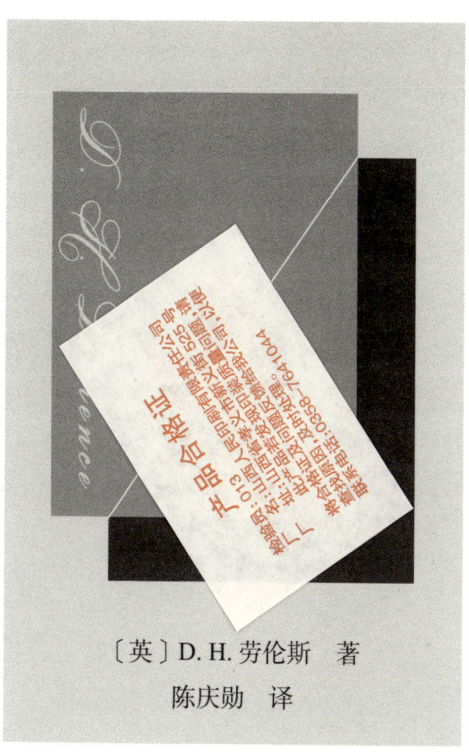

劳伦斯读书随笔

〔英〕D. H. 劳伦斯 著

陈庆勋 译

商务印书馆
The Commercial Press

涵芬楼文化 出品

目 录

i 天才的侧面像 / 陈庆勋
　　——《劳伦斯读书随笔》序

1 谈小说

23 小说为什么重要

33 道德与小说

43 小说与情感

53 给小说动手术或者扔一颗炸弹

61 约翰·高尔斯华绥

83 托马斯·哈代研究（选译）

111 乔万尼·维尔加

127 《宗教法庭大法官》序

141 德国式作品：托马斯·曼

151 美国经典文学研究（选译）

235 《新诗集》自序

243 诗歌中的混沌
　　——《太阳的凯旋车》引言

249 评《当代诗选第二辑》

259 雷切尔·安南德·泰勒

267 艺术与个人

281 艺术与道德

291 作画

301 为《查泰莱夫人的情人》辩护

天才的侧面像
——《劳伦斯读书随笔》序

劳伦斯是天才。劳伦斯是小说家、诗人、散文家、评论家和画家。他的天才当然首先体现在他那些充满诗情、灵性、生命力和想象力,同时又不乏思辨色彩的小说中,这已是举世公认;而他那些同样充满灵性、生命激情和丰富想象力,我们完全有理由认为是天才的另一个侧面的那些诗篇、散文、评论和绘画却几乎湮没在岁月的灰尘中。在西方尚且如此,在中国就更不会有人像"炒作"他的小说一样让这些"小玩意儿"上讲坛下地摊了。

究其原因,不外乎是这么几条:一、这些小玩意儿"不伦不类",是评论还是创作,是哲学思辨还是宗教启示……读来令人莫衷一是。二、不同于写作长篇小说,他写评论文章时从来不曾板起面孔做严肃的逻辑论证,而是随心所欲,信手拈来,更不在乎建立起一套严格的哲学理论体系,因而读者也就难以理出个头绪来。三、劳伦斯的观点,用他自己喜欢的词语来说，时刻都在"流"、在"变"。四、他的有些文章的确思辨色彩太浓，冗长，啰唆，乏味。

但既然是珍珠，拭去灰尘，依旧会闪光；既然是生命的激流，必然具备震撼人心的冲击力。

一

并不像读者们通常所认为的一样，劳伦斯除了一些惊世骇俗的言论之外并无稳定的、有体系的哲学思想可言；也不像一些评论者所说的一样，劳伦斯的思想只能简单地概括为"性宗教"。其实，劳伦斯的创作和评论都是有一定的轨迹、理论和准则可循的。但是，由于他的观点从未得到统一概括，而是散布在他的评论性散文与书信之中，因此有必要在此稍做引介，以便对我们面前的这位天才的作家有一个更好的理解。

劳伦斯的严肃的哲学思考可以说是从他在1913年为《儿子与情人》写一个并不打算发表的序言时开始的。他从创作《儿子与情人》的切身体会发现，"儿子""母亲"和"情人"很富有象征意义，完全可以由此出发将他的思想体系化。在1913—1914年这两年间，他一边着手创作《虹》，一边反复研读哈代的小说，几经易稿，终于完成了他的《托马斯·哈代研究》。这部他原打算作为小册子发表的作品直到1936年才在他的遗文集《凤凰》中正式出版。它的完成标志着劳伦斯的思想体系已具雏形。这一共分十章"研究"的标题与其内容其实是很不相称的。尽管其中不乏对哈代作品的洞察之见，但总的说来，劳伦斯只是以哈代为引子来阐述他的哲学宗教观点，探索文学艺术创作与评论的一般规律，乃至一般人的恋爱婚姻。用劳伦斯自己的话来说，它可以说是"关于世界上任何其他事情的，但就不是关于托马斯·哈代的"，它是"我的心灵忏悔录"。[1]

整个《托马斯·哈代研究》都是紧接着《儿子与情人》的序言、围绕着他对基督教的三位一体的解释或者修正而展开的。劳伦斯认为，圣父代表肉体，圣子代表字词；第一个人亚当也就是耶稣；肉体造就了字词——与基督教的说法恰好相反。肉体属于圣父，这是不可改变的；人属于字词，而字词枯萎了。圣子篡夺了圣父的地位，肉体便离我们而去，只剩下衰败的字词，这就意味着精神排挤掉了肉体。字词无法使我们与女人融为一体，从而导致了我们的毁灭。按劳伦斯的表述，也可以说肉体就是圣母，圣母生出圣子，而圣子又说出言辞，因而圣母（即女人）或者肉体是我们所有本能或者血性知识的源泉。

这就是劳伦斯的带有鲜明异教色彩的"神学"的核心内容，也是他展开社会批评与文学艺术批评的理论基础。当然这还只是劳伦斯的思想的一种表述方式，在不同的地方他

---

[1]《劳伦斯书信集》第2卷（剑桥版），第220、235页。

还会用不同的词语、不同的概念或者不同的意象来表达，有时甚至还相当玄奥。一些他频繁使用的词语如"上帝""道德""生命""阳物"，其实指的是大致相似的内容。

在劳伦斯看来，几千年来的西方文明，尤其是文艺复兴以来的西方文明，由于排挤掉了肉体——也就是他所谓的"上帝""生命""性""本能"——因而就只剩下了一片苍白荒凉的精神意识，所以肉体与字词的结合和男人与女人的结合，不论把它们当作事实看待还是当作象征看待，在劳伦斯看来都是至关重要的，是他进行艺术批评的准则，也是他进行艺术创作的准则。这一点他在1914年6月给麦克略德的一封信中说得非常清楚：

> 我认为，使艺术源泉不至于枯竭，使艺术得以复兴的唯一方法就是使其成为一项男女合作的事业。我觉得唯一该做的事就是鼓励男人靠近女人，向她们敞开胸怀，由她们来改变他，也就是让女人接受男人。这是使艺术和文明获得新生命的唯一方法。让男女在一起互相吐露真情。这将产生一种伟大的、深沉的感情，以达到一种默契，经受痛苦和喜悦。这需要一段时间来探索和发掘。因为一切生命和知识的源泉存在于男人的生命与女人的生命、男人的知识与女人的知识、男人的心声与女人的心声的互相交融混合之中。[1]

---

[1] 《劳伦斯书信集》第2卷，第181页。

如果说劳伦斯先期的哲学思想具有太浓的宗教色彩、侧重玄奥的思辨的话，那么他后来则转向解决实际问题，这大概是因他《虹》的初稿受到几家出版商的拒绝、第一次世界大战的爆发以及他的实际生活的影响的缘故。通过对哈代作品中的人物、人物之间的各种关系以及悲剧的实质等方面的分析，他的哲学思想逐渐明晰化，而且更侧重服务于艺术目的。通俗一点说，他的哲学发展成为了一种生命哲学，而这一哲学又是他的艺术法律。劳伦斯通过对哈代的分析认识到，"所有小说都必须有某种生存理论作为背景或结构骨架，必须有某种玄学体系。这种玄学体系必须促进艺术家的意识目的之外的艺术目的，不然的话，小说就会成为一篇论文"。

那么他的"玄学体系"又是如何与"男女的合作"挂起钩来，又是如何"促进艺术家的意识目的之外的艺术目的"呢？

我们首先应该清楚他所谓的"男女合作"的意义。尽管就劳伦斯个人而言，这一词语也意味着他自己与妻子弗利达共同参与艺术创作，但是它更重要的则是从男人代表字词、女人代表肉体这一角度来说的，也就是男人（即字词或精神）从事艺术创作时，不能离开女人（即肉体或本能），必须回到女人那里去获取新的养料。而"意识目的之外的艺术目的"同样也就是指艺术不能是纯粹精神的产物，而应该同时还是艺术家的本能或者直觉的产物。

在劳伦斯看来，圣父（或肉体）与圣子（或字词）是宇宙中永远既相互对抗又相互依从的力量。圣父（亦即女性）的力量可称为法的力量，圣子（亦即男性）的力量可以称为爱的力量。既然圣父是稳定不变、包容一切的，所以根据这一法则，生命仅仅是一种纯粹的存在，与由创造物组成的宇宙完全是联成一体的。人存在于肉体、自然与感知之中。而在整个创造过程之中，与此相对的圣子的爱的力量同时在发挥作用。这种力量促使存在向主观认识运动和变化，促使无差别的统一体向异己的观念运动和变化，从而确立起自己与对方相抗衡的地位。这两股相互对抗的力量是一切进步与发展的动因。在这一永无终止的对抗过程中，每发生一次冲突，人的生命、宗教或者艺术就会提升到一个新的高度。圣父与圣子冲突产生了圣灵；性冲突产生了完美的婚姻，使男女双方获得了完整的自我；艺术作品则是艺术家身上两种力量相冲突的产物。

以上只是对劳伦斯哲学思想的一个简要介绍。需要说明的是，一方面，他的观点往往存在不一致甚至相互矛盾之处；另一方面，这里介绍的只是对他的主要作品和这个小集子中的文章有直接而重要影响的观点，而对他晚期的一些启示性的神秘论观点，在此就从略了。

二

接下来谈谈他的文艺评论以及他的哲学观点在评论中的

运用。

在劳伦斯的所有作品中，他的文艺评论是最不受重视的部分之一。尽管对劳伦斯某些观点深表赞扬并以此为他们自己的研究的起点的研究者也不乏其人，但是对他的评论至今还没有人做出全面而公允的评价——当然，这也并非是这篇序言的目的。

劳伦斯的文学评论观最集中地体现在《约翰·高尔斯华绥》一文中。他的观点可以简括为以下几条：一、推崇感情（或情感），反对侧重理智的科学分析法；二、评论家必须富有感受力，勇于直陈自己的真实感受而不拘泥于社会道德；三、评论家必须形成而且坚持自己的评价标准。劳伦斯自己的评价标准当然就是上文提到的哲学观点。这些观点和准则是劳伦斯通过总结自己的评论实践而得出的。

收入这一集子中的前面五篇文章反映了劳伦斯对小说的一般看法，是探讨他的小说思想的重要材料。在《谈小说》一文中他提出了对小说的三条基本看法。其一，小说必须是"富有生气的"。这是他的"生命哲学"的直接反映，也是他的艺术创作与艺术评论的首要原则。其二，小说必须是一个生动而有机的整体。其三，小说必须是"正直诚实"的。从他对托尔斯泰等人的批评可以看出，他所谓"正直诚实"其实是相对作家而言，指作家应尊重作品自身的规律与逻辑，而不可将自己的观念强加到作品中。在《小说为什么重要》一文中劳伦斯之所以再三强调小说的重要性，是因为他认为小说是唯一能全面地反映生活并且作用于人的整个生命的一种文学作品。《道德与小说》中的"道德"其实是指介于圣父与圣子之间的"圣灵"，或者说是劳伦斯极为关注的各种"关系"。他用了一个非常形象的比喻：道德是一架永远颤动着的天平，艺术家切不可出于偏见而将手指伸进秤盘之中。同时他又反对将"关系"固定下来，因为一切事物正是通过天平的颤动而获得新生命的。《小说与情感》则在批判西方文明的同时号召人们倾听发自人的内心深处的野性的情感的呼唤。《给小说动手术或者扔一颗炸弹》是劳伦斯对他的同时代小说做出的诊断。尽管他的冷嘲热讽有些过分，但他批评普鲁斯特和乔伊斯的写作过分琐碎、没有生机还是有一定道理的。他对小说的前途仍然是充满信心的，他的处方是运用新方法为小说注入新情感。

《托马斯·哈代研究》是劳伦斯最重要、最严肃的一部评论作品，这里只选译了直接对哈代的作品进行分析与评价的部分章节。劳伦斯主要是从悲剧性质、人物性格与人物之间的关系这三方面来对哈代进行评价的。他认为哈代的悲剧和托尔斯泰的一样，只是人为了实现自我而人为地强加在人身上的社会道德体系所造成的悲剧，而不是像俄狄浦斯与哈姆雷特一样，是违背自然与生命的"大道德"所造成的悲剧，因此相比之下哈代笔下的悲剧是低层次的悲剧，甚至算不上悲剧。而哈代笔下的人物，劳伦斯则认为，他们全是些没有得到充分发展也没有鲜明个性的主角，因而"尚未诞生"。这一看法是许多哈代研究者都认同的。而劳伦斯自己的两部代表作《虹》和《恋爱中的妇女》正是在这些结论的基础上起步的。哈代是劳伦斯受惠最多的作家。《托马斯·哈代研究》的另一引人注目之处是它采用了一种全新的批评方式。也就是，在《托马斯·哈代研究》这一文本中，作为批评家的劳伦斯与作为批评对象的哈代成了文本中的两位主人公，文本的内容就是这两位主人公进行对话的内容。

谟维尔加和托马斯·曼的两篇文章是劳伦斯作为批评家所具有的敏锐感受力的很好的体现；而在他给陀思妥耶夫斯基那部没什么名气的作品所写的序言中，劳伦斯晚期的思辨文风更是可见一斑。

在1917—1918年这两年间，劳伦斯大量阅读了美国小说与惠特曼的诗，写了十余篇评论文章，于1923年以《美国经典文学研究》为题结集出版。这部论著尽管存在不少缺点，但是它所表现出来的敏锐而深刻的见解足以确立劳伦斯作为评论家的地位。他的见解可以概括为两方面：一是美国作家都是站在美洲那片土地上看世界的，因而他们的文学具有强烈的但又不为欧洲人所察觉的地域特色；二是美国作家企图掩盖他们与欧洲人的差异，但他们的艺术语言又背叛了他们。劳伦斯由此得出的一些结论现在已成为文学界的名言，如："艺术语言是唯一的真实"、"艺术就是通过某种模式的谎言编织出真实的"、"绝不要相信艺术家，要相信故事"等等。

在这部论著中，劳伦斯把文学批评与社会批评相糅合的特点格外明显。他认为现在还没有一个美国人在精神上摆脱了欧洲的"家长"的束缚，因此，现在的美国及其民主都只是欧洲人的意志力畸形发展的产物，由"白种土著"与印第安人组成的真正的美国尚未诞生。但是诞生的时刻不会太遥远。麦尔维尔的"佩阔德号"已经载着白种人的灵魂沉没了；那条象征着"白种民族最深刻的生命存在"的大白鲸也已与这艘"灵魂之舟"同归于尽——至少从劳伦斯的哲学逻辑看来是这样的。爱伦·坡则沉迷在灵魂解体的死亡的虚幻美境中不能自拔。而惠特曼呢，他率领美国人的灵魂沉入堕落的深底，但他又是"第一位白种土著"，是最伟大的美国诗人，是新生命、新灵魂和新美国诞生的预言人。

顺便提一提劳伦斯有关诗与画的论述。

劳伦斯将诗划分为写过去的诗、写未来的诗与写现在的诗三种。他认为写过去的可能是字字珠玑、尽善尽美的，写未来的诗可能是充满希望、令人心驰神往的，但是他唯独推崇写飘忽变幻的现在的诗。这是因为永不停留的生命只可能蕴含在瞬息万变的现在这一瞬间之中，而过去只是僵死的记忆，未来只是虚幻的遐想，均无生命可言。他之所以推崇惠特曼的自由诗，是因为它们是写现在的诗。但由于现在是一片无序的混沌，所以写现在的诗中不可能有完美与永恒。而在他谈艺术的几篇文章中，他只是再次强调了情感、本能与直觉在艺术创造中的作用，并无新的见解。

三

最后简要介绍一下劳伦斯的论述性散文的特征。

T. S. 艾略特曾经批评劳伦斯没有一点幽默感,但是假如艾略特读过劳伦斯的散文,他大概就不会发表这样的言论了。的确,劳伦斯的小说无论是语言还是氛围,都是严肃和沉重的,除了偶尔有一些滑稽嘲讽的场面外,没有多少轻松幽默可言。而他的评论性文章既不同于他的小说,又与我们通常读到一本正经的学术性论著大相径庭。他的评论大都是一些随感性的杂文。

劳伦斯散文的第一个特点是他的推理论述总是有鲜明生动的形象相伴随。他的散文中哪怕是最严肃最具有思辨性的也往往通过一个或几个读者熟知的形象来展开,如《托马斯·哈代研究》中的罂粟花,《〈宗教法庭大法官〉序》中的"面包",有时他甚至将所有的论证都蕴含在形象之中。而且,他的散文中的形象总是那么自然贴切,就仿佛都是妙手偶得,全无刻意追求的痕迹。

第二个特点是他的散文具有丰富的知识性。劳伦斯的论述性散文从来都不是就事论事,他总是把一个事件放在广阔的文化历史背景中来论述。上至远古的神话传说,下至当代各种文化趣事与科学现象,无不在他的视野之中,随时听候他的差遣。因此即使读者不赞成他说的道理,也能从中得到知识与情趣的陶冶。

第三个特点是他的散文轻松活泼,风格多变。正如他从来没有写题材、风格和主题相同的小说一样,他的散文不论是文体、语调还是叙述的主题与方式都是丰富多彩的,他的《〈新诗集〉自序》是一首优美的抒情诗,《约翰·高尔斯华绥》则有点像檄文,你很难相信它们是出自一个人的手笔。尤其值得一提的是他的讽刺笔法。也许是因为这个世界令劳伦斯不满的地方太多,这一手法是他在散文中运用得最多的,从最神圣的典籍和他最尊重的艺术大师,到他最仇恨的人与最不屑一顾的人,他都会用一些或温和或泼辣或致命的讽刺来表达他的不满。当然,在他情绪实在太坏的时候,他的讽刺挖苦也会流于歇斯底里。

第四个特点是他的散文与他的小说与诗歌一样充满激情。劳伦斯是一个充满激情而且从来不掩饰自己的感情的人。文如其人;用他自己的话来说,"艺术语言是唯一的真实"。下面我们将读到的那一页页恣肆纵横的激昂文字就是他的生命激情的最好的印证。

陈庆勋

1998年7月28日

谈小说[*]

有人说，小说的寿数已尽。也有人说，小说是快要戴上头的月桂，青青翠翠。既然是大家谈，我也说上几句又有何妨！

在桑塔亚那[1]先生看来，现代小说已经日薄西山，因为小说的气息已变得如此微弱。看来，桑塔亚那先生不耐烦了。

我自己也很不耐烦了。哪一本现代小说都在变得越来越难以卒读。你读一点点就知道它的下文是什么，也许你根本就不想知道它还有什么下文。

真惨。不过我转而一想，这不是小说的错。错在那些小说家。

你想把什么东西塞到小说中就可以把什么塞到小说中，

---

[*] 本文最初于1925年发表在《豪猪之死沉思录》，后收入《凤凰》。
[1] 桑塔亚那（1863—1952年），美国哲学家、诗人和批评家。

可为什么人们塞来塞去，塞的却老是同一样东西呢？为什么一写到口味就都是鸡肉口味呢？也许是鸡肉口味正风行一时吧。但是谁第一个吃腻了谁就会第一个嚷：换换口味。

小说是一个伟大的发现，比伽利略的望远镜和某某人的无线电还要伟大得多。小说是迄今为止人类拥有的最高表达形式。为什么？因为它对绝对之物太无能为力。在小说中任何事物与其他事物之间都是一种相对关系，如果这部小说还有什么艺术可言的话。它里面可能有那么一点说教，但这不算小说。作者可能袖子里还揣着某种说教的"企图"。的确，大多数作家都有这种"企图"，比如托尔斯泰的基督教社会主义、哈代的悲观主义、福楼拜的理性绝望。但是即使说教的企图恶劣如托尔斯泰和福楼拜，它也不至于将小说判处死刑。

你可能会说，福楼拜的是一种"哲学"而不是什么企图。但是小说家的哲学不是一种高层次的企图又是什么呢？既然每一位够格的小说家都有一门哲学——甚至巴尔扎克也有，那么每一部像样的小说就必然有某种企图。只要是一种大企图，而且不与激情和灵感相左，那也未尝不可。

渥伦斯基[1]不是犯罪了吗？但是这种罪是人们诚心企盼的一种完美。这在小说中明摆着，管你老托尔斯泰承不承认。《复活》中那位后来变得道貌岸然的公爵[2]却是个笨伯，

---

[1] 渥伦斯基：《安娜·卡列尼娜》中的男主人公，安娜的情人。
[2] 指小说中的男主人公涅赫留朵夫公爵。

– 谈小说 –

没人稀罕他的虔诚,也没人相信。

小说伟大就伟大在这里。它不会允许你说教撒谎,也不会理睬你的说教撒谎。当渥伦斯基得到安娜·卡列尼娜之时,普天之下哪个都在为之欢欣鼓舞。那么罪呢?从这一角度看,所有的悲剧都是由于渥伦斯基和安娜害怕社会引起的。魔鬼是社会魔鬼而绝不是阳物魔鬼。他们无法为发自内心的激情而生,不敢为之感到骄傲,不敢对着古隆迪老太[1]的老眼啐一口唾沫。这种窝囊才真的是"罪过"。这种罪过在小说中明摆着,还打缺了老列夫的门牙呢。"作为军官,我还有点用,但作为男人,我是一团废物。"[2]渥伦斯基如是说——也许是效果相同的什么别的话。好个无耻之徒,作为人、作为男人只是一堆废物,当然就只能充当社会的走卒了。还是"军官"呢,老天!别人在歌剧院里背对着他,就那么个原因,就好像别人的背不如脸好看!

而老列夫呢,他千方百计编得全是阳物的过错。这个老骗子!没有这种阳物的光彩,列夫的大作又能归入哪个册子呢?还要责怪那一杆子热血,它才真的给了他一切生命财富呢!真是个犹大!缩成一条癞皮狗吧,没血性的社会。用你的基督教社会主义去为那位脏兮兮的古隆迪老太戴上新帽子、抹上粉脸吧。真够兄弟,真是同一个被阉割了的父亲的

---

[1] "古隆迪老太"在英语中是假正经的代名词。
[2] 见《安娜·卡列尼娜》第8部第5章。

两个儿子![1]

小说自个儿在背后将渥伦斯基踢了个嘴啃泥,还打掉了老列夫的门牙,我们可要学着点儿。

真是烦人,几乎所有的大作家都怀揣着某种说教的企图,不然就是某种哲学,与他们的激情灵感背道而驰。在他们的激情灵感里,他们都是些阳物崇拜者。从巴尔扎克到哈代,不,从阿普列乌斯到 E. M. 福斯特,无不如此。然而一到他们的哲学,或者他们美其名曰的什么东西,他们无不变成了十字架上的耶稣。真烦人,为什么要给小说背上一副这样沉重的枷锁呢?

但是小说一直是这么背着枷锁的。上千上万的英雄一世的男女主角都是这样被悲哀地钉上十字架。甚至那本傻乎乎的表里不一的《复活》,还有那本居心险恶的表里不一的《萨朗波》,尽管有位颇具阳刚之气的受难英雄马托,也在一位珠光宝气的公主的十字架上受着折磨。[2]

你骗不了小说。即使把男人钉在女人——他的"亲爱的十字架"——上面,小说还是会向你挑明,她是多么可亲可爱:代价可高啦。[3]这些男主角把他们的女人都变成"亲爱的

---

1 "两个儿子"指托尔斯泰与犹大,暗示托氏的基督教社会主义与基督教其实如出一辙。
2 《萨朗波》是福楼拜的历史小说,萨朗波是女神塔尼特的女祭师,马托是围攻迦太基城的雇佣军统帅,他因战败而被折磨至死;钟情于马托的萨朗波亦忧伤而死。
3 原文"dear"一词兼有"亲爱的"和"代价高的"两种意思,故有此说。

十字架",还请求把自己钉上去受刑,真叫人反胃。

其他每一种艺术媒介你几乎都可以去骗一骗。一首诗你可以把它写得假作虔诚,它还是一首诗。《哈姆雷特》可以写成戏剧,但如果你把哈姆雷特写进小说,他就会变得滑稽可笑,或许有点儿可疑,变成一个令人怀疑的人物,像陀思妥耶夫斯基笔下的白痴。[1]在诗或戏剧中,你把地面扫得太光洁,让人的话语也飞得太高。而在小说中总有一只雄猫——一只黑雄猫——跳将起来去追逐话语的白鸽,鸽子一不当心就会滑倒在西瓜皮上,滑倒的前提是你知道前面有个盥洗室可以去洗干净。所有这些都有利于保持平衡。

在柏拉图讲《对话录》时,假如有人突然站到他的头顶上,将这位春风得意的柏拉图踢上一脚,让他的整个学堂来个捧腹大笑,那么柏拉图与宇宙的关系就真实多了。或者,在讲《蒂迈欧篇》的过程中,假如柏拉图停下来说了一句:"哎哟,亲爱的克列翁(管他是谁呢),我肚子痛,必须如厕一趟,这也是人的'永恒理念'的一部分啊,"[2]那么我们绝不会沦落到弗洛伊德一般的地步。

假如当耶稣叫财主倾其所有分给穷人时,财主说,"行啊,老家伙,你不是穷吗?来啊,我给你一大笔财。来啊!"[3]

---

[1] 指同名小说中的主人公米西金公爵。
[2] 《蒂迈欧篇》是苏格拉底、蒂迈欧、克列提阿斯与赫墨克莱特四人的一篇对话。克列翁是雅典政治家(卒于公元前422年),劳伦斯似乎把他与克列提阿斯混淆了。
[3] 见《圣经·马太福音》第19章第21节。

那么我们也许不至于哀哀怨怨一把鼻涕一把泪的了，也许我们不至于造就出一个马克思一个列宁了。耶稣要是接受了那笔财富该多好！

是啊，马太、马可、路加、约翰们没有写出心直口快的小说来真是憾事。他们的确写过小说，就是走了点儿板。《四福音书》是挺不错的小说，就是"怀有企图"的作者写的。可惜的是"登山宝训"太多了点。

马太、马可、路加、约翰，
穿着裤子睡觉！[1]

这两句哪个孩子都会唱。哎，要是他们脱掉裤子睡觉该多好！

在我看来，伟大的小说都像《圣经》中的那些篇章，如《创世记》《出埃及记》《撒姆耳记》《列王记》，它们的作者都是些心怀大志之人，而且其"企图"不与激情灵感相抵牾。企图与灵魂几乎合而为一。这二者究竟是何时分开来的，这还真是个谜！但是在现代小说中它们硬是无法挽回地分离了，只要其中还有一星半点的灵感，就会遭到离异。

现代小说的毛病就出在这里。现代小说家被这样一个老古董"企图"缠着，鬼迷心窍，他的灵感则拜伏在地。当然

---

[1] 这是一首流行的滑稽歌谣中的两句。

他们自己矢口否认有什么"企图",因为"企图"就像黏膜炎,是羞于启齿的。可他们就是得了黏膜炎。他们都得了这种病:都抱着一种假做悲伤的企图。

在他们自己眼里他们都是些小耶稣,他们的"企图"就是明证。噢,老天爷!——《吉姆爷》《西尔维斯特·伯纳尔》[1]《假如冬天来临》[2]《大街》[3]《尤利西斯》《潘神》[4],它们的作者都是些或忧郁或富有同情心的,或者是令人厌恶的小耶稣,或者比耶稣不足,或者比耶稣有余。如今的小说中总是有一位永远"纯洁"的女主角插在粪堆上!比如那位"绿帽女人"[5],她总是跪在耶稣的脚前,言行举止还真有点儿迷惑人心。天知道救世主真的拿她怎样,管她是顶"绿帽子"、是位"坚贞仙女"[6](坚贞了十八个月心就变了),还是什么别的。男女主角、男女作家们都是些小耶稣。他们也许正在污泥中打滚,但耶稣不也在地狱中捞过财宝吗!A la bonne heure[7]!

噢,他们都是有着自己的理念的小说家!未免"企图"得过火,因为眼下的理念都令人厌倦,都造作而令人恶心。小说没有理会他们,他们骗不了小说。

---

1 法国作家阿纳托尔·法朗士的一部小说。
2 美国作家亚瑟·哈钦森的一部畅销小说。
3 美国作家辛克莱·刘易斯的一部畅销小说。
4 克努特·汉姆生的一部长篇。
5 指迈克尔·阿尔伦的畅销小说《绿帽子》中的女主人公。
6 参见《道德与小说》中的注释。
7 法文:妙哉。

现在我们真的不应该再往小说身上倒污水了。如果你的目的是想证明你有资格做耶稣，如果你那股灵感的细流就是"罪过"，那么就让它枯竭吧，因为兴趣已经死亡。既然小说自己已证明它竭力表现的生活其实亦不是真正的生活，而只是一种没完没了、错综复杂、令人厌恶的习惯——病态的男耶稣与女耶稣们的习惯，那么，假装那两便士一套的《绿帽女人》和《坚贞仙女》中的生活就是生活的本来面目又何益之有呢？还生活以真面目吧！

这都是些令人乏味恶心的小女人小说。说真的，它们根本就算不上小说。在哪一部小说中有一个从头到尾都是英雄的人物？哪一个人物都不是一成不变的，从头到尾都是英雄的只有躺在他们身后的某种没有命名也叫不出名字的火焰。这就好比上帝是《旧约》各个篇章的兴趣中心。只不过在《旧约》中太亲密了一点，太 frerè et cochon[1]。在伟大的小说中，这种感觉得到却又叫不出名字的火焰在所有人物的背后燃烧，在他们的一言一行、一举一动中，它都会一闪一闪地显示它自己的存在。如果你太个人化、太富于人情味，这种火焰就会熄灭，你得到的只是一堆看上去酷似生活，其实和大多数人一样毫无生活气息的东西。

我们不得不在生与死之间做出抉择。生犹如神圣的火焰一般，存在于一切事物之中，而死就是死。在我写作的这间

---

[1] 法文：兄弟兼及猪狗，爱屋及乌之意。

屋子里，就有一张死的桌子，它真的气息全无。还有一只怪模怪样的小铁炉，不知为什么，它却是个活物。还有一只铁衣柜，由于某种更神秘的原因，它也是活的。还有几本书，直挺挺地躺在那里，彻彻底底地死了。还有一只在睡觉的猫，生气勃勃。一盏玻璃灯，是件死物。

是什么造成这种生与死的区别呢？没人说得清楚。但区别的确存在，这我知道。

一切生的总和与源泉我们不妨称之为神。一切死的总和与整体我们不妨称之为人。

如果有人想找出生之所以为生的原因所在，那么，它肯定存在于有生之物与未知的，也许是其他一切事物之间的一种超自然的关系之中。它似乎是由某种不固定的、流动的、变化着的奇特或者美妙的关系组成。那只滑稽的铁炉子多少与生有点儿关系，而这张细腿的桌子却与它什么关系也没有。它不过是孤单单的那么一堆东西，就像一只被割断了的手指。

至此我们就看得清小说的伟大功德了。没有生命力它就无法存在下去。那种平庸而无生命力的小说，即使流传甚广也会没人绝对的死寂，死物会以惊人的速度埋葬它们的尸首。因为即使死物也喜欢有人逗它乐乐。然而一转眼，它们就会将那欢乐和逗它们欢乐的东西遗忘得一干二净。

其次，小说容不得你为绝对之物说教。所有有生命之物及其所有言行都自有其神圣。所以渥伦斯基之占有安娜·卡列尼娜我们必须看作是神圣的，因为这就是生命力。而《复活》中那位犯罪的姑娘，还有那位公爵，我们则必须看作是死的。押送囚犯的列车是活的、有生命力的，但是那位赎罪的公爵却死如朽木。

这些法则是小说本身为我们定下的，而我们努力做的则是逃避法则。小说中的人物必须是"活的"。这句话可能有多种理解，但是我指的是：他必须和小说中的一切其他事物有一种富有生命力的联系，这些事物包括：雪、臭虫、阳光、阳物、火车、丝帽、猫、忧伤、人、食物、白喉病、倒挂金钟、星星、理念、神、牙膏、闪电、卫生纸等。他必须和所有这些事物富有生命力地联系在一起。他的言行必须与它们有关。

这就是为什么——举个例子说——《战争与和平》中的皮埃尔比安德烈公爵更单调乏味、更没有生气的原因。皮埃尔与理念、牙膏、神、人、食物、火车、丝帽、忧伤、白喉病、星星等事物的关系倒是相当密切的，但他与雪和阳光、猫、闪电和阳物、倒挂金钟、卫生纸的关系则呆滞而混乱。他还不够富有生气。

真正有生气的托尔斯泰则喜欢将它们扼杀或者搞乱，像一个真正的布尔什维克。娜塔莎竟会嫁给皮埃尔，人们不免觉得这女人太糊涂、太没主见。

皮埃尔就是我们所说的那种"太富有人情味"的人，言下之意是他"太缺乏创见"。人们粘在一块形成社会群体，为的就是减轻个人的责任:这就是人性。这就是皮埃尔。这就是抱有基督教博爱思想的哲学家托尔斯泰。为什么要把人局限在基督教博爱思想之中?我自己呢,要是我能在这种最甜蜜的基督教博爱中待上一天,第二天准会扛一块生牛排当鞍褥随阿蒂拉[1]策马而去,让那只赤色雄鸡在基督教世界的漫天火焰中啼叫。

那就是人!那就是真正的托尔斯泰。甚至可以说,那就是那位把人在基督教博爱机器中剁成香肠肉的神。

去他的绝对,我要十二重地诅咒一切绝对!我来告诉你,任何绝对之物也不能让猛狮与绵羊和睦相处[2],除非像那首打油诗中所说的一样,绵羊到了狮子的腹中:

> 他俩外行归家中,
> 绵羊列夫在肚中,
> 老虎脸上微微笑,
> 唱着歌儿欢嘀乐,
> 欢嘀乐乐欢嘀乐,
> 欢嘀乐乐嘀乐乐。[3]

对人而言,既不存在什么绝对的神,也不存在什么神的

---

[1] 阿蒂拉:匈奴人之王。
[2] 参见《圣经·以赛亚书》第11章第6节。
[3] 此诗系劳伦斯的戏仿之作。

赦免。这类东西应该留给那些直角三角形之类的魔鬼,直角三角形只存在于理念之中,在直角三角形的斜边上你是找不出直角来的,不信你试试。

哎!哎!人们把绝对之物从一个人传到另一个人,就好像我们是一本本几何书,上面尽写着些公理、假设和定义。神手里拿着圆规,摩西手里拿着三角尺,人就是几何图形中的一个交叉点,连小萝卜也算不上一个!

神圣的摩西啊!

"当孝敬父母!"[1]也太装腔作势。

假如他们不值得孝敬,那又怎么办呢,摩西?

西奈山上传来一阵雷声:"假装孝敬他们呗!"

"当爱邻人如己。"[2]

哎呀,我那邻居不巧是个又卑鄙又可恶的人。

圣灵闪着微光轻声说道:"哄哄他,说你爱他。"

听听那些关于狡猾的蛇的胡言乱语吧!我可没见过哪条蛇亲吻它的天敌。[3]

圣灵,回你的老家去吧!

真个是上帝无所不包。

一切都是相对的。神或者人嘴巴里吐出来的每一条戒

---

1 语出《圣经·出埃及记》第20章、《圣经·申命记》第5章、《圣经·马太福音》第19章,为"十诫"之一。
2 语出《圣经·利未记》第19章、《圣经·马太福音》第19章。
3 《圣经·马太福音》第10章第16节中有"你当像蛇一样聪明,像鸽子一样无害"之语。

律严格地说都是相对的，都只适应于特定的时间、地点和环境。

小说之美就美在这里，任何事物只有在其特定的关系中才成其为真，而不可另作延伸。

因为一切事物的相互联系与内在联系就像溪水一样会流会变会起波澜；小说中的人物就像溪水中的鱼儿一样会游会跳会漂，一死肚皮就会朝天。

所以，如果某一部小说中的人物想娶两房、三房或者三十房妻妾，那么，这对那一时间那一环境中的那一男子而言是真实的。这对另一地点另一时间里的另一些男子而言也有可能是真实的。但是由此而推断所有的男子永远都想娶两房、三房或者三十房妻妾，或者推断这位小说家在狂热地鼓吹一夫多妻制，那就太愚蠢。

这种推断的愚蠢一点也不亚于由但丁崇拜过一位冥冥之中的贝雅特里齐而推断每一个男人、所有的男人都应当去崇拜冥冥中的贝雅特里齐。

如果当初但丁把事情说得明白一点儿，事情也不至于这么糟糕。我们为什么对但丁床卧娇妻、儿女满堂这样一个事实视而不见呢？彼特拉克呢，他也是十二个婚生子嗣绕膝，而他的劳拉还远在天边。可是我们听到的还是一片"劳拉！劳拉！""贝雅特里齐！贝雅特里齐！""天边！天边！"之声不绝于耳。

什么鬼话！但丁和彼特拉克为什么不来个齐声合唱：

啊，来做我的精神情妇吧

{ 贝雅特里齐！
  劳　　　拉！

我那口子已为我生了好些小崽，

可是你啊，才是我的精神情妇，

{ 贝雅特里齐！
  劳　　　拉！

这样一来，那帮家伙该会相互忠诚相待了。再没有人妒忌那些体面人物的精神情妇。可是养着一个老婆和一个家庭（十二个孩子），他们又都认为是一种卑贱的勾当。

由此可见，这是多么不道德！千篇一律地把一些重要事实掩盖起来，又是多么不光彩！

下面我们来谈谈小说的第三个基本特征。在散文、诗歌、戏剧、哲学著作或科技论文之类的作品中，如果你不想明目张胆地行窃，就可以用一些不经之谈虚晃一枪。小说与此不同，按其本质它是而且必须是：

1. 富有生气的。

2. 其所有部分是生动地、有机地联系在一起的。

3. 正直诚实的。

我之所以说但丁的《神曲》有点儿不诚实，是因为他对自己的娇妻、爱子闭口不谈。我之所以说《战争与和平》是弥天大谎，是因为它竟让那位呆头呆脑的胖子皮埃尔唱主角，人人都知道他即使在托尔斯泰眼里也没有魅力，可还要硬把他扶上来，把他说成是人见人爱的英雄。

当然，托尔斯泰毕竟还是一位有创造力的伟大艺术家，他对他的人物还是诚实的。但是作为哲学家，他对自己的天性就不那么诚实了。

性格是个古怪的东西。它是人身上的一团火焰，有时是熊熊烈火，有时是幽幽微光，有时蓝蓝的，有时黄黄的，有时红红的，有时升，有时降，有时猛地一闪，这得视周围的风向与生活的气流的变化而定。这火焰变幻莫测，但千变万化也还是那么独一无二的一团火焰，在一个奇特的世界里闪光，除非因时乖命蹇而遭熄灭。

要是托尔斯泰审视过他腹中的那团火，那么他就会清楚自己并不喜欢那个胖墩墩、傻乎乎的皮埃尔，皮埃尔毕竟不过是一件可怜的工具而已。但是托尔斯泰的人格却要重于其性格。人格是人的自我意识中的"我之为我"，是一个一度是万能的人格之神遗留在我们身上的一切的总和。所以在人格和万能的"我之为我"的作用下，列夫就面不改色心不跳地把那个看门狗皮埃尔捧成了雄狮。

有没有人说这是列夫的不诚实呢？可能他对他自己相当忠实。但是不！他那自我意识中的人格要比他的肚子和他的膝盖高级，所以他以为披上一层羊皮就可以完善自我。他正是那头蹒跚而行的老狮子！列夫就是狮子！

私下里列夫却是个男性崇拜者，他崇拜拥有一腔掳掠成性、生命旺盛的血的男子。如果在大街上看见三个雄赳赳、气昂昂的年轻军人，他要是不妒忌得叫出声来，那才怪呢！但是过不了十分钟，他又会按最高的道德标准将他们雷轰电打一阵，忘个干净。

伟人真没劲！俄罗斯这样的伟大民族真没劲！竟让这些改革者将它的老亚当男子气概改造成这般模样。这些改革者都觉得自己缺少了点儿什么，于是就在怨恨中度日。终于人只剩下了一些空壳子，将自己改造得日益空洞，直到话语和公式在壳子里叮当作响……

这位急得咬爪子的小列夫的所作所为也太不诚实。这一点你从他的小说中就可以看个明白。《复活》的纸嘴皮子还在嘀咕："哎，我本可以成为一本小说的，可全让列夫给糟蹋了。"

托尔斯泰伯爵有着伟人的最大弱点：他想要绝对，如果你喜欢，也可以说是绝对的爱。说到"高贵思想的最大弱点"，这真是一种流行性衰老病。他想做到绝对的四海皆兄弟。对托尔斯泰来说，列夫这个名字太狭小。他要膨胀、膨胀、再膨胀，直到把他自己膨胀成所有的"四海兄弟"，膨胀成我们地球这颗大醋栗。

一派胡言。没有人能做到绝对。没有人能做到绝对的善或者绝对的公正。没有人绝对地可爱、绝对地被爱或者绝对地爱人。即使耶稣这位尽善尽美的典范也只是相对的善和相对的公正。犹大就能牵着他的鼻子走。

– 谈小说 –

在人能想象到的神中没有哪一个有可能是绝对的,也做不到绝对的正确。人所发现的神仍不过是神,他们互相矛盾、彼此责骂,但是他们仍然是神,那个变化多端的潘神也是神。

搞清楚现在、过去和将来的那许多不朽的神灵到底是些什么神是很有趣的。他们各说各的一种绝对,而一种绝对在其他所有的神听起来却毫无意义。这样就连永恒也成了活蹦乱跳的东西。

但是人,可怜的人,就像时间之河里漂泊无着的软木塞,却必须把自己拴到头顶上某颗绝对的正义之星上。于是他抛出绳子,用钩子钩稳了。可是过不了一会儿,他却发现他钩稳的那颗星在缓缓地坠落,最后嘶嘶地坠入了时间之河,又一颗绝对之星熄灭了。

接着,我们又一次扫视天空。

至于"爱"那个宝贝,单说换尿布也够让我们心烦的。把那小东西放下来,让他自己去学着东蹦西跳,让他自己去擦他的小屁股吧。

但是有人持有这样一种怪有趣的想法,认为所有的神灵都是不朽的上帝。要是你觉得某一位神灵真的像上帝,要是你觉得他不怎么像上帝,那就等一等,你会听到他嘶嘶地坠落的。

小说对这一切都了然于心,这是不可篡改的。它会亲切地说:"亲爱的,一位神灵对另一位神灵来说是相对的,如果它钻进一台机器里,交通警察就会来找麻烦!"

"但是我怎么办!"绝望的小说家说,"从亚扪[1]到拉[2]再到艾迪太太[3],从阿什脱雷斯[4]到朱庇特[5]再到安妮·贝桑特[6],我不知道哪里才有我的位置。"

"啊,你知道,亲爱的,"小说回答说,"你就在你现在的地方,用不着把自己系在阿什脱雷斯或者艾迪的裙子上。你如果遇上她们,就礼貌地说声'你好',但是不要拴在她们身上,不然我就会把你摔个脸朝天。"

"忍着点儿,不要拴住!"小说说。

"在大庭广众之中可得顾及点儿面子!"他补充说。

面子!是啊,诸神就像彩虹,全是色彩与阴影。因为光本身是看不见的,要显身就得变成赤橙黄绿青蓝紫,或者说要"染上颜色"。

假如你是一位神智论者,那么你就会叫嚷:"走开!你这暗红色的光环!走开!!啊,来吧!淡蓝色的光环,淡黄色的光环!你们来吧!"

假如你是神智论者,你可以这么叫。而如果你把神智论者写进小说,他可能也会大吼一声"走开"。

---

[1] 亚扪:《圣经》中罗得之子。
[2] 拉:埃及主神太阳神。
[3] 艾迪太太(1821—1910年),美国基督教科学的创立者。
[4] 阿什脱雷斯:古代腓尼基及叙利亚主司爱情与生殖的女神。
[5] 朱庇特:希腊神话中的主神。
[6] 安妮·贝桑特(1847—1933年),美国神智学会会长。

– 谈小说 –

但是，正如喇叭成不了军乐队一样，神智论者也成不了小说家。小说家可以有其神智论者、基督徒或者圣滚者[1]的一面，但是小说家不能筑起一垛围墙。风想朝哪个方向刮就朝哪个方向刮，色彩想呈现红色就会呈现红色，小说家无法更改。

事实上，唯有圣灵知道正义为何物，而苍天则只知道圣灵为何物。这听起来简单，但是圣灵在火焰中随风飘浮，从红色变成蓝色，从黑色变成黄色，在一个标记上打上另一个标记，给一团火焰添上另一团火焰，这一切都是随风飘忽，其生命也在幽烟与鬼火之间穿梭不定，人根本无法知其法则、晓其原委。它必须有所行动，不然就会死在龌龊之中。

小说要求你顾全面子，其实不过是要求你忠实于在你心中跳动的那团火焰。当《复活》中的那位公爵如此残酷地背叛和抛弃那位尚在花季的姑娘时，他背叛和浇上一盆水的只是他自己的人性之火。后来，当他用悔过的恻隐之心来欺侮她时，他又一次背叛了他那日渐微弱的人性之火，还往它上面吐了一团感伤的口水。最后他的人性终于泯灭了，他自己也成了一摊半死不活的老肉。

这就是最古老的潘神之谜。上帝是整个宇宙的生命之火，生命之火是五花八门的，所有的色彩、所有的美、所有的痛苦、所有的忧郁，无不包括在其中。无论你的人性中跳

---

[1] 一个在地板上打滚以表达其宗教狂喜的宗教派别。

动着的是哪一种火焰,那火焰就是你,就是现在的你。那就是你的人性,可别往上面泼污水,小说这样说。一个人的人性就是忠实于他心中的各种火焰,懂得没有哪一团火焰是绝对的,或哪一团火焰也是相对的。

但是瞧瞧托尔斯泰这老头,他偏要往他的人性之火上泼水。就好像他泼的水也是绝对的。

性就是火焰,小说宣告说。这火焰要烧毁一切绝对之物,甚至阳物也要烧毁。因为性的内涵远比阳物丰富,远比本能欲望深刻。性的火焰要烧焦你的绝对,还要残酷地焚毁你的自我。说什么?还想在这茫茫宇宙中维护你的自我?那就等着斑纹猛虎般的性的火焰朝你张开血盆大口吧:

> 他俩外行归家中,
> 窈窕淑女在腹中,
> 老虎脸上笑盈盈。

你想玩玩性游戏是不是?性就像冷饮柜里的冰镇汽水,它会让你好好乐乐!你想抚弄抚弄你那最好的姑娘,跟她动动手脚来个你也乐她也乐是不是?你想把性喜欢怎么着就怎么着是不是!

你等着!等着那被你泼了水的火焰朝你反扑过来,然后呢,等着瞧!

性是一团生命的火焰,一团暗火,它少言寡语,而且大

- 谈小说 -

部分时间潜踪隐迹。它埋藏在人的内心深处,是人性之火的精髓。

你竟然想玩弄它!你想让它变得低贱肮脏吗?

去买一条大毒蛇玩玩看。

性甚至是阳光底下的一笔高贵财富。

啊,给我一本小说,让我听听小说说了些什么。

可是小说家呢,却常常是些唾沫横飞的骗子。

小说为什么重要[*]

我们对自己有着种种稀奇古怪的想法。我们认为自己要么是有着一种精神的身体，要么是有着一种灵魂的身体，要么是有着一种思想的身体。Mens Sana in Corpore Sano[1]. 岁月喝光了酒，就把酒瓶丢掉，这酒瓶当然就是我们的身体。

这是一种滑稽的迷信。既然我的手能写出这些如此充满智慧的文字，我为什么还要认为与指挥它的头脑相比它什么也算不上呢？在我的手与我的头脑或者思想之间，真的存在巨大的差异吗？我的手是活的，它闪烁着自己的生命。它接触周围世界里陌生的一切，认识了许许多多的东西，也懂得了许许多多的事情。在我的手写出这些文字的时候，它欢快地滑动着，像草蜢似的跳出一笔一画，它觉得这书案很冷，如果我写得太久，它还会生出一些小小的烦恼呢。它有它自

---

[*] 本文作于20世纪20年代中期，1936年在《凤凰》中首次发表。
[1] 拉丁文：健康的思想在健康的身体内。引自古罗马诗人朱文纳尔的讽刺诗。

己的一些小小的想法，正如我的头脑、我的思想或者我的灵魂就是我一样，它的的确确也是我。既然我的手千真万确是活生生的，就是活生生的我，那么我为什么还要认为有一个我比我的手更称得上我呢？

当然话说回来，在我看来我的笔是没有任何生命的。我的笔下是活生生的我。活生生的我就到我的手指尖为止。

任何是活生生的我的东西都是我。我手上的任何一根毛细血管、任何一个小斑点、任何一根毛发、任何一条皱纹，都是活生生的。任何属于活生生的我的东西都是我。我的手指甲是介于我与无生命的宇宙之间的十件小武器，它们能跨越这条介于活生生的我与我的钢笔之类的东西之间那条神秘的卢比孔河[1]，在我的观念中钢笔之类的东西是没有生命的。

所以，既然我的手是活生生的，是活生生的我，那么又怎能说它只是一只酒瓶、一把壶子、一个锡罐、一只瓦钵，或者诸如此类的东西的胡言呢？的确，如果把我的手划一道口子，它就会像樱桃罐头似的流出血来。但是，这划了口子的皮肤、流着血的血管，还有怎么也看不见的骨头，它们都像流动着的血一样，是活生生的。所以锡罐瓦钵之类的玩意儿全是扯淡。

如果你当了小说家，你就会懂得我这话的道理。而如果

---

[1] 意大利北部的一条河，公元前49年恺撒越过这条河与罗马执政庞培决战。喻指界线。

你是牧师、哲学家、科学家或者笨伯,很可能这就是你没法弄懂的道理。如果你是牧师,你谈的是天堂里的灵魂。如果你是小说家,你就懂得乐园就在你的掌心里、就在你的鼻子尖上,因为它们都是活生生的;既然它们是活生生的,而且是活生生的人,那肯定比你说的乐园要实在得多。乐园是来生的事,但是至少就我而言对来生之事是不怎么感兴趣的。如果你是哲学家,你谈的是无限和无所不知的纯粹精神。但是如果你随手翻开一本小说,你马上就会明白,你谈的无限不过是刚才我说的那把就是我的身体的壶的把儿罢了;至于说认知,我把手指头伸进火里,火就会把它烧得疼痛难忍,这种感受太强烈太深刻了,相比之下,涅槃的感受却只能凭空想象。是啊,我的身体,活生生的我懂了,懂得够深刻的了。至于说一切知识的总和,比我的身体懂得的东西累积起来也多不到哪儿去。亲爱的读者,你身体懂得的东西加起来该也不少了吧。

这些该死的哲学家,他们谈起来就好像他们摇身一变,成了蒸汽,就好像他们变成蒸汽之后就比他们穿着衬衣之时重要得多。全是胡说。每个人的生命就到他自己的手指尖为止,哲学家也不例外。那就是他那个活生生的人的终点。至于从他那里冒出来的语言、思想、叹息、渴望,都不过是以太中的无数振动,根本就没有生命。但是如果这些振动传到了另一个人身上,他可能会将它们吸收进自己的生命之中,这样他的生命就可能面貌一新,就好比变色蜥蜴从黄色石头上爬到绿色的树叶上。话是这么说，但仍然改变不了这样一个事实：哲人圣贤的所谓精神、启示和敬谕是毫无生命的，像无线电报一样，不过是以太中的振动罢了。所有这些精神之类的玩意儿都仅仅是以太中的振动。如果你这个活生生的人因为这种以太中的振动而焕发了新生，那是因为你是一个活生生的人，因为你千方百计去获取营养与激励。但是说传送给你的启示或者精神比你充满活力的身体更重要，那就是无稽之谈了。你还不如说餐桌上的土豆更重要呢。

除了生命之外没有什么东西是重要的。在我个人看来，除了在活物之中，我是绝对在任何地方也看不见生命的，大写的生命唯独活人才拥有。连雨中的卷心菜也拥有生命。所有拥有生命的东西都是神奇的，而所有死东西都是活东西的附属物。活狗强于死狮子。但活狮子又强于活狗。C'est la vie[1]！

圣徒、哲学家或者科学家似乎连这么一条简单的真理也是不可能坚持的。在某种意义上说，他们都是背叛者。圣徒的愿望是将自己作为精神食粮奉献给众生。阿西西的圣方济各竟然将自己的身体变成一种天使糕，以便人人可以吃上一片。但是天使糕毕竟比不上活生生的人。可怜的圣方济各在弥留之际大概是这样对他的身体道歉的："原谅我吧，我的身体，这些年来我真的亏待了你！"身体不是圣饼，是不能给

1　法文：这就是生命。

别人吃的。

哲学家却是另一番情形,因为他会思考,所以他断定只有思想才是重要的。这就好比一只兔子,因为它能拉出一些小粪球,所以它就断定,除了小粪球之外什么都是微不足道的。至于科学家,只要我还活着,他对我就绝对毫无用处。在科学家看来,我已死亡。他将已死的我的一小块放在显微镜下,说那就是我。他将我拆得零零散散,先说这一块是我,然后又说那一块是我。照科学家看,我的心脏、我的肝脏、我的胃向来都是科学意义上的我;这样一来,我要么是脑子,要么是神经,要么是肾脏,要么是肌体组织科学中更新潮的什么玩意儿。

在此我要断然否定我就是灵魂、身体、思想、智力、头脑、神经系统、肾脏或者我身体的任何其他部分。整体大于部分。因此,作为一个活生生的人,我大于我的灵魂、精神、身体、思想、意识,也大于任何只是我的一部分的东西。我是一个人,而且是活生生的。我是一个活生生的人,而且只要可能,我决计直到生命的最后一刻,也要继续做一个活生生的人。

由于这个原因,我当了小说家。而作为小说家,我认为自己胜过圣徒、科学家、哲学家和诗人。就人的不同的点点面面而论,他们都是大师,但是活人的全貌他们绝不可能抓住。

小说是一种能充分反映生活的书。书籍不是生活。它们不过是以太中传来的振动。但是小说作为一种振动,它能使整个活人颤动起来。这种振动是诗歌、哲学、科学或者其他任何书籍的振动无法比拟的。

小说是生活之书。从这个意义上说,《圣经》是一部伟大而混乱的小说。你可能会说,它写的是上帝。但它的的确确写的是活人。亚当、夏娃、撒莱、亚伯拉罕、以撒、雅各、撒母耳、大卫、拔示巴、路得、以斯帖、所罗门、约伯、以赛亚、耶稣、马可、犹大、保罗、彼得[1],这些人从开头到结尾,不是活人又是什么?的确是活人,而不是活人的一点一滴。连主也是一个活人,他还在火焰腾空的荆棘丛中朝摩西的脑袋上扔石块呢。[2]

我真诚地希望大家开始领会到我的意思,领会到小说作为一种以太中的振动为什么极其重要。柏拉图与我理想的尽善尽美的一面共鸣。但是共鸣的只是我的一小部分。在活人这一奇特的结构中,完美的只有一小部分。"登山宝训"与我那无私的精神共振。但是共振的也只是我的一小部分。"十诫"使我身上的作恶本性发抖,并且警告我:若不看住自己,就会沦为盗贼凶犯。但是就连作恶本性也只是我的一小部分。

我倒是很乐意让我所有的这些小部分都颤动着生命与生

---

1 以上均为《圣经》中的人物。
2 见《圣经·出埃及记》第3章第2—6节和第32章第15—19节,但并无主朝摩西的头上扔石块之说。

– 小说为什么重要 –

命的智慧。但是我最大的愿望却是,整个儿的我会整个儿地颤动起来。

当然,这种颤动只可能发生在我这个活物的内心之中。

但是,这种颤动尽管因为传递而有可能产生,却又只有在将整部小说传递给我的条件下才能变为现实。《圣经》——必须是完整的《圣经》——还有荷马与莎士比亚的作品,它们都是古代小说中的顶尖之作。它们都是以其包罗的一切来影响所有的人。换个说法是,它们以其整体而影响整个活生生的人,是人的整体而非其任何一个部分。它们是让整棵树都颤动着新生命,而不是仅仅促使它朝某一个特定的方向生长。

我再也不想朝某一个方向生长了。而且我还会想方设法阻止其他人作单向发展。单向前进就会走进死胡同。现在我们就陷在死胡同中。

我不相信什么眩惑的天启,也不相信什么至高无上的"道"。"百草枯,万花谢,主之道永不变"[1]之类的说法就是我们用来麻痹自己的鬼话。事实上正因为百草会枯,所以春雨一来才会长得更加绿叶青青。万花谢了,所以才有新蕾绽放。但是主之道其实是人的嘴巴里吐出来的,不过是以太中的振动,所以变得日益陈腐,日益叫人腻烦,直到终有一天我们对它置若罔闻,它就不复存在,比百草可要枯萎得彻底

---

1 语出《圣经·以赛亚书》第40章第8节。

多了。像鹰一样回春不老的是百草，而不是什么"道"。[1]

别去寻求什么绝对。快让那丑恶霸道的绝对、永远地统统见鬼去吧。没有什么绝对的善，没有什么绝对的正确。万事万物都在流动和变化，甚至变化也不是绝对的。整体就是由看起来互相矛盾、此不合彼的各个部分奇特地组合起来的。

我这个活人正是由各个互相矛盾的部分组合起来的一个奇怪的组合体。怪就怪在我今天说的"是"和昨天说的"是"就是不同。我今天的泪水与我一年以前的泪水毫不相干。如果我爱的人一点儿也没变，一点儿也不变，那我就不会再爱她。仅仅是因为她的变化之快令我刮目相看，逼我变化，催我奋进，而我的变化又动摇了她的惰性，我才有可能继续爱她。如果她一直是原地踏步，我爱胡椒瓶也一样嘛。

变化归变化，我仍然保持着某种完整性。但是如果我伸一个指头去维持这种完整性，祸事就会临头。假如我自称是这是那，而且又固执己见，那我就会变成电线杆一般僵化的蠢东西。我将永远也弄不懂我的完整性、我的个性、我的天性在哪里。我绝不可能搞清楚。空谈我的自我是没有什么益处的。那只意味着我为自己设计了一个理念，意味着我试图照着某一个模式将自己塑造出来。这可不行。量体裁衣是可以的，削足适履则不行。不错，你可以穿上一件理想的紧身

---

[1] 参见《圣经·赞美诗》第103章第5节。

衣。可是即使紧身衣的款式也是变化的。

让我们从小说里学学吧。你看小说里的人物，他们除了生活就是生活。假如他们照着模式一直行善，或者照着模式一直作恶，或者甚至是照着模式反复无常，他们都会完蛋，而且小说也死了。小说中的人物必须活，否则他就什么也不是。

我们也一样，活着就必须好好生活，否则我们什么也不是。

当然，我们所说的生活正如我们所说的存在一样，是难以描绘的。人们根据自己对生活的看法在自己的头脑中形成不同的概念，然后照着一个模式来裁剪生活。有时他们走进沙漠是为了寻找上帝，有时他们走进沙漠是寻找钞票，有时是寻找美酒、女人与歌，有时是寻找水、寻求政治改革、捞取选票。你根本没办法知道下一步要寻求的又是什么，从用可怕的炸弹和用煤气杀害邻居，到资助育婴堂、宣扬博爱，再到破坏他人的婚姻，不一而足。

混乱之中我们需要的是某种引导，编造一些"你不可"是不顶用的。

那么怎么办呢？真心诚意地到小说中去寻找答案吧。在小说中你会明白怎样才能成为一个活生生的人，怎样又会成为行尸走肉。你可以像活人一样爱一个女人，也可能像行尸走肉一样跟女人做爱。你可能像活人一样吃饭，也可能像死尸一样胡咬乱嚼。你可能像活人一样朝敌人开枪。但是如果成了生活中的魍魉，你就有可能朝跟你非亲非故的人投掷炸弹，就好像对你而言他们只是一些非死也非活的物件。如果这些物件恰好是活的，那就叫犯罪。

要活着，要做活人，要做完整的活人，这才是关键。小说，尤其是小说中的上乘之作可以帮你一把。它可以帮助你不做行尸走肉。如今，无论是在大街上溜达的，还是在房子里踱步的，也无论是男人还是女人，都已大半截身子入土了。就好比一架钢琴，一半的琴键发不出声音。

但是在小说中，你能明白无误地看到，当男人死了时，女人也萎蔫了。假如你愿意，你可以培养出一种求生的本能，而不必去编造一套是非善恶的理论。

生活中是有是非善恶，永远都有。但是一个场合中的是到了另一个场合就成了非。在小说中你会看到，某一个人因为所谓的善而成了僵尸，另一个却因为他所谓的邪恶而死去。是与非是一种本能，但它是一个人的肉体、理智、精神诸方面合起来的意识整体的一种本能。只有在小说中，所有方面的潜能才得到了充分的发挥，至少是有可能得到充分的发挥。这样我们就会认识到，活着的原因就是生命本身，而不是苟且偷安。正因为一切事物都各显其能，这样，一个唯一的却又无所不包的事物才会诞生：完整无缺的男人，完整无缺的女人，生龙活虎的男人，生气勃勃的女人。

道德与小说*

艺术的职责是在一个充满生机的瞬间揭示人与其周围环境的关系。由于人类总是在旧关系的罗网中挣扎,所以艺术总是走在"时代"的前面,而时代则总是远远落在这一充满生机的瞬间的后面。

凡·高画向日葵时,他所揭示的,或者说他所获得的,是在那一生机盎然的时刻作为人的凡·高与作为花的向日葵之间的那种生动的关系。他的画并不表现向日葵本身。至于向日葵的实质是什么,我们永远也无从知道。若要将向日葵的外形诉诸直观,照相机比凡·高高明得多。

画布上展现出来的东西既不是向日葵本身,也不是凡·高自己,而是向日葵与凡·高相结合而产生的一个第三者,它完全是摸不着说不清的。画布上的图像无论是跟画布,还是跟颜料、跟凡·高这个人的机体、跟向日葵这个植

---

* 最初发表于《现代文坛日历》1925年12月号,1936年收入《凤凰》。

物机体，都是永远不可通约的。画布上的图像既无法称量也无法度量，更不可能用文字描绘。说实在话，它仅仅存在于引起过许多争议的第四向度上。在可以度量的空间里，它根本就不存在。

它是对在某一瞬间达到了完美境界的人与向日葵之间的关系的展现。它既不是镜子里的人，也不是镜子里的花；它既不高于什么，也不低于什么，也不与什么交叉。它是在第四向度上位于万事万物之间。

对人类而言，这种人与周围世界的完美关系就是生命的本质。就它的第四向度意义而言，它是永恒的、完美的。但它又是瞬间的。

在形成新关系的过程中，人和向日葵都从那一瞬间消失了。万事万物之间的关系都是日日更新、悄然变化的。因此，展现或者获得另一种完美关系的艺术永远是新的。

同时，存在于由纯粹关系构成的无向度空间中的事物又是没有死亡、没有生命的，也就是永恒的。那就是说，它给我们一种超越生死的感觉。我们说亚叙人的狮子或者埃及人的鹰头是"活的"。[1] 我们的真正意思是说，它超越了生命，因而也超越了死亡。它给我们的是这种感觉。我们身上肯定也有某种东西是超越了生死的，因为我们从亚叙狮子或者埃

---

[1] "亚叙人的狮子"指亚叙雕塑"巴比伦之狮"，至今仍屹立在古巴比伦城的废墟之上，作于公元前1000年以前。"埃及人的鹰头"指古埃及太阳神荷鲁斯，其形象为鹰头人身。

及鹰头上面获得的那种"感觉"对我们来说是弥足珍贵的。产生于黑夜与白昼之间的纯粹关系中的火花，就像星辰，对人类来说，自远古以来一直就是珍贵的。

如果我们想一想，就会发现，我们的生命就是存在于为在我们自己和我们周围生机勃勃的世界之间建立一种纯粹关系的奋斗之中。我就是通过在我与万事万物之间建立起一种纯粹关系而"拯救我的灵魂"的。我与另一个人，我与别的人，我与一个民族，我与一个种族，我与动物，我与树木或花草，我与地球，我与天空、太阳、星星，我与月亮，这中间就像大大小小的满天繁星之间一样，有着无数种纯粹关系，这些纯粹关系使我们共同获得了永恒，也使我们彼此获得了永恒，包括我与我正锯着的木头、我与标在木头上并朝它使劲儿的墨线、我与我做面包时揉的面团、我与我写字的动作、我与我得到的一星半点儿黄金，都获得了永恒。但愿我们早就懂得，这就是我们的生命和我们的永恒：我与我的周围世界之间的这种微妙的、完美的关系。

而道德，它就是我与我的周围世界之间的一架永远颤动着、永远变化着的精密的天平，它是一种真实的关系的先导，又与它相伴相随。

至此，我们明白了小说的美与伟大价值所在。哲学、宗教、科学，它们都在忙碌着把东西钉得结结实实，以求得一种稳定的平衡。宗教钉出来的唯我独尊的上帝在指手画脚："你应当""你不可"，句句不容辩驳；哲学钉出一套一成不变的概念；科学则钉出一套"法则"。这三样东西时刻想着的都是把我们钉死在某一棵树上。

但小说不这样。小说是人类迄今发现的微妙的相互关系的最高典范。它在它自己的时间地点之内，一切都是真实的，在它自己的时间、地点、环境之外，一切都是不真实的。在小说中如果你想把什么钉个结实，那么，要么是小说没命了，要么就是小说站起身来连钉子一块走远。

小说中的道德就是那架颤动着的天平的不稳定性。如果小说家把大拇指伸进秤盘，想使天平向自己偏爱的一边倾斜，那就是不道德。

现代小说的趋势是变得越来越不道德，因为小说家的大拇指往秤盘里使的力气越来越大；要么是把天平往爱情、纯洁的爱情一边拉，要么是往无法无天的"自由"一边拉。

按道理说，小说并不是因为小说家有什么占主导地位的意图或者目的就不道德了。不道德的根源在于小说家那不由自主的、无意识的偏爱。爱情是一种伟大的感情。但是如果动手写小说时你正陷在对爱情的巨大偏爱之中，认为爱情是至高无上的、是值得为之而生的唯一一种感情，那么你就会写出不道德的小说来。

因为任何感情都不是至高无上的，不是唯一值得为之而生的。所有的感情都以在一个人与另一个人、另一个动物或者另一件事情之间建立一种充满生气的纯粹关系为宗旨。包括爱与恨、暴怒与柔情在内的所有感情，都应该调整好有着

– 道德与小说 –

某种关系的两个人之间那架摇晃不定的天平。如果小说家为了爱情、柔情、甜美、安宁而把拇指伸进秤盘,那他就做了一件不道德的事。他阻碍了建立最最重要的纯粹关系与纯粹联系的可能性;而且,当他伸开拇指时,天平必然会做出可怕的反应,朝仇恨与暴行、残酷与毁灭的一边倾斜。

生活就是由围绕着天平颤动着的轴心左右摇摆的各个对立面构成的。父辈犯下的罪孽,子女遭报应。如果父辈把天平往爱情、和平与创造的一边拉,那么到了第三代或者第四代那里,天平就会朝憎恨、盛怒与毁灭的一边猛烈倾斜。我们必须一边往前走,一边保持平衡。

在所有艺术形式中,小说最需要天平的颤动与摇晃。与充满刺激性的情节小说相比,"甜派"小说更造作,因而也更不道德。

那种俏皮、肮脏、玩世不恭的小说同样是造作和不道德的,它认为无论你做什么事都无关紧要,因为一件事与另一件事是没有什么区别的,卖淫与其他营生一样是"生活"。

这可是大错特错。一件事并不因为它是人做的就是生活。艺术家应该非常清楚这一点。银行小职员给自己买了一顶新草帽根本就算不上"生活",像一日三餐一样,这只能说是生活的方式,但并不是生活本身。

我们所说的生活,是指一种闪闪发光的、有第四向度性质的东西。如果那位银行职员真的为他的帽子而感到其乐无穷,如果他同帽子建立起一种充满生气的关系,把新草帽戴上走出商店时焕然一新、光彩照人，那么它就成了生活。

妓女也是一样。如果一个男子与她建立起了一种富有生气的关系，哪怕是短暂的一瞬间，那也是生活。但是如果他与她没有建立这种关系，如果仅仅是金钱与本能，那就不是生活，而是肮脏污秽，是对生活的背叛。

如果一部小说展现的是真实和生机勃勃的关系，那么，无论这种关系的性质如何，它都是一部有道德的作品。如果小说家尊重这种本来就存在的关系，这部作品就是一部伟大的小说。

但是不真实的关系太多了。当《罪与罚》中的那个男子[1]为了几个卢布而谋杀那个老妇人时，尽管确有其事，但并不怎么真实。凶手与老妇人之间完全失去了平衡，只剩下一团糟。这是真人真事，但不是生机盎然的生活。

另一方面，《如果冬天来临》之类的通俗小说，尽管讲得娓娓动听，讲的却是换汤不换药的旧关系。而把旧关系说得娓娓动听同样是不道德的，甚至像拉斐尔一样技艺高超的画家也不过是给人家早已体验过的关系披上一层华丽的外衣而已。它给大众的是一种饱食一顿的快感、一种骄奢淫逸、一种沉湎纵乐。几百年以来，人们一提起自己理想的妖艳美妇就说"她是一位拉斐尔式的圣母"，而妇女们现在才开始懂得这是对她们的侮辱。

---

[1] 指小说的主人公医科大学生拉斯柯尼科夫。

一种新关系、一种新联系在建立之时多少会让人痛苦，而且总是会令人痛苦。生活本来就是痛苦的。因为真正的骄奢淫逸起源于旧关系的重演，而从旧关系中获得的充其量不过是一种如入醉乡的快感，还有些颓废。

每当我们致力于与什么人或者什么事物建立一种新关系时，肯定会给我们带来某种痛苦。因为这意味着与旧联系搏斗，并且要排除掉旧联系，而这绝不会令人愉快。此外，调整旧关系还意味着一场斗争，至少调整两个活物之间的关系是如此，因为每一方都势必要在对方之中"寻求属于自己的东西"，而且必定会遭到拒绝。当双方都非得在对方身上寻求属于他自己（或她自己）的东西不可时，那就有一场你死我活的斗争。对所谓"激情"而言就是如此。还有另一种情形，当双方中的一方完全屈服于另一方时，这就叫牺牲，它同样意味着死亡。这就是"坚贞淑女"会因为她十八个月的坚贞而死的原因。[1]

坚贞不渝是淑女的天性。她本该对自己的淑女本性坚贞不渝。而接受牺牲也算不上男子汉。他本该保持自己的男子汉气概。

然而，还有既不是牺牲也不是殊死搏斗的第三样东西，它是双方都仅仅在对方身上寻求一种真实的联系时产生的。

---

[1] "坚贞淑女"指英国作家玛格丽特·肯尼迪（1896—1967年）的同名小说的女主人公苔丽莎·桑格，她与男主角托德私奔，对他的爱情坚贞不渝。"十八个月"指故事发生的大致时间。

双方都必须忠实于他自己（或她自己）、忠实于他自己的男子汉气概（或者她自己的女子特性），让这种关系顺其自然地产生。这意味着首先要勇敢，其次要自律。要敢于接受发自自身和发自对方的生命冲击力。自律就是尽量不要越出自己。当已经越出了自己时，要敢于接受既成现实，不要怨天尤人。

显然，阅读一部真正的新小说在某种程度上总会使人痛苦，总会引起一些抵触情绪。看新式绘画、听新式音乐也是如此。你可以根据它们是否引起某种抵触情绪、是否最终强迫你表示某种默许来判断它们的真实性。

对人类来说，男人与女人之间的关系将永远是主要关系，男人与男人、女人与女人、父母与子女之间的关系将永远是次要关系。

男人与女人之间的关系永远都是变化的，而且永远是探索人类新生命的中心线索。生命的中心线索是关系本身，而不是男人与女人，也不是由这种关系偶然产生的子女。

想在男女关系上标上一个印记，使它维持现状是没有用处的。你办不到。正如你没办法在彩虹和雨点上标上印记。

至于爱情的纽带，当它折磨得人痛苦时，最好把它解开。男人与女人必须相爱的说法纯属荒谬言论。男女之间永远都有一种微妙而不断变化的联系，根本就不需要什么"纽带"将他们纽在一起。唯一的道德就是让男人忠于他的男人本性，女人忠于她的女人本性，让那种关系堂堂正正地自己

— 道德与小说 —

去形成。因为对双方来说,它都是生命的本质。

如果我们讲道德,那就不要往任何东西身上钉钉子,既不要往对方身上钉钉子,也不要往第三者——相互关系上钉钉子,这种相互关系永远都是我们双方的圣灵。每钉上十字架牺牲一次都需要五根钉子——四根短的、一根长的,每钉一根钉子就增添一份怨恨。但是当你想把这种关系钉住,并在上面写下"爱情"二字,而不是"这是犹太人的王",那么你永远都可以继续往上面添钉子。就连耶稣也称它作"圣灵",以便向你表明,你是不可能捉住它的。[1]

小说是向我们展现我们各种生机盎然的关系这道变幻的彩虹的完美手段。小说能指导我们怎样生活——这是任何其他东西都办不到的——但又不做任何《圣经》似的说教。只要小说家不把他的拇指伸进天平的秤盘。

但是假如小说家的拇指已经伸进去了,那么小说就成了引诱男男女女坠入深渊的元凶。其流毒之深恐怕只有"引路吧!仁慈的光"[2]之类的感伤的颂歌可以与之相提并论,它们将我们这一代人腐蚀到了骨髓。

---

[1] 这是劳伦斯对圣父、圣子、圣灵三位一体的解释,参见《圣经·路加福音》第23章第28节。
[2] 英国纽曼红衣主教约翰·亨利(1801—1890年)作于1833年的一首颂歌。

小说与情感[*]

我们认为我们很文明、受过很高级的教育,因此非常文明。真滑稽。原因当然是,我们所有的文明都是一根单弦上弹出的竖琴声,最多也是两根或者三根弦上弹出来的。弹呀,弹呀,弹,叮叮,叮叮——当!这就是我们的文明,弹的永远是同一个调子。

这调子本身并不碍事,可怕的是调子里的那股独断专横气。永远是同一个调子,永远是同一个调子!"啊,当你的太太快乐得像只丰满可爱的鹧鸪,你怎么能去追求其他女子呢?"这时,丈夫把他的手扪在胸前的背心上,脸上露出一副惶恐的神色。"除了鹧鸪再没有别的吗?"他惊叫道。

Toujours perdrix[1]!时不时还会轮到那位太太当母鹅、当母牛、当牡蛎、当吃不起的悍妇。

---

[*] 本文作于1920年以后,1936年在《凤凰》中首次发表。
[1] 法文:永远是鹧鸪。

我们在哪方面受过教育？说说看，我们都受过些什么教育？在政治方面，在地理方面，在历史方面，在机械方面，在软性饮料与烈性饮料方面，在社会经济与社会排场方面，咄！满满一大学的可怕的知识呢。

但是这全是没有巴黎的法兰西、没有王子的《哈姆雷特》、没有盖茅草的砖墙。因为我们对我们自己一无所知，或者说接近一无所知。过了几千几万年之后我们学会了怎样洗脸，怎样剪头发，就个人而言，那大概就是我们学到的全部知识。当然，就集体而言，我们作为一个物种已经拿细齿梳把这个圆圆的地球梳了个遍，而且几乎只伸了伸手就摘下了满天的星星。接下来做什么呢？我这个两条腿的人坐在这里，一副舍命脾气，能知天下事——信不信由你——火地岛、相对论、假象牙的合成方法、炭疽杆菌的形状、日食，还有鞋子的最新款式；但是正如打杂女佣说营养丰富的淡啤酒，这对我没啥子用啊！很久以前，英国老太太品没加糖酒的茶时还有一种说法：我心里面还是一点儿不少地觉得孤单单的！

我们的知识就像禁酒时期的啤酒，永远是淡淡的。但它远远比不上淡啤酒有营养。它给我们的不过是同样一种心里面孤单单的感觉。

我们自己的无知简直无可救药。我们能够一知半解地讲几句巴塔哥尼亚方言，于是我们就装着在这方面受过教育了。真是瞎扯！我穿的牛皮靴子也可以这样灵验地把我变成

— 小说与情感 —

一头大公牛或者小公牛吧。哎!我们的教育就像我们的靴子一样徒有外表,而且带来的好处还要少得多!所有的教育怎么说都是表面文章。

我接人待物时是个什么样子?我应该是个通情达理的人。我头上顶着满满一废纸篓的观念,可是在我身体的另一个地方,却装着我本性的黑暗大陆,我各种各样的"情感"在那里惊涛骇浪似的颠来倒去。有了这么些情感,我连理一理头绪的机会都没有。它们有的作狮子吼叫,有的作蟒蛇盘绕,有的像雪白羊羔咩咩叫,有的像红雀鸣啭,有的像鱼儿寂然无声一滑即逝,有的像牡蛎时翕时合——瞧我!又往废纸篓里的理念堆里加了一张纸屑,想这样将教育之事做个了结。

恶狮朝我扑来,我就飞给它一个理念;毒蛇恶狠狠地瞪我一眼,我就递给它一本莫迪和桑基的赞美诗集[1],事态日趋恶化。

这些野性的东西是从我们内心深处那个最黑的非洲跑出来的。在黑夜里你能听到它们狂呼怒吼的声音。如果你是一位比利·桑迪[2]似的大猎手,你可以扛一杆特大号猎枪。不过,因为森林分布在我们所有人的内心深处,而且每一片

---

[1] 指莫迪(1837—1899年)与桑基(1840—1908年)作的《圣歌与独唱曲集》,二人均为美国福音教士与赞美诗作家,以在英美倡导信仰宗教复兴运动而著名。
[2] 比利·桑迪(1862—1935年),美国福音教士,他布讲神谴的言辞非常动听,很能打动听众,故下文有"特大号猎枪"之说。

森林里各种猛禽恶兽一应俱全，你可是寡不敌众啊。长久以来，为了清除心中的那片黑非洲，我们想尽了千方百计。我们一直在忙着寻找冰清玉洁的北极，忙着让巴塔哥尼亚人改宗基督教，忙着爱我们的邻居、想妙计将他们斩草除根，忙着静坐恭听、奔走呼喊。

但是，亲爱的读者，复仇之神正在擤着鼻子。尖啸声虽然被闷住了，但还是听得到一阵低沉的吼声从黑非洲传来。

我这里说的是情感，而不是感情。感情是我们多多少少辨认得出来的东西。我们看得见爱情，在敬神者眼里它像一只长满羊毛的羔羊，在渎神者眼里则像一件装饰品，一头穿着巴黎时装的堕落的黑豹。我们看得见恨，它像一条用铁链拴在窝里的狗。我们看得见恐惧，像一只发抖的猴子。我们看得见愤怒，像一头鼻子里拴着铁圈的公牛；而贪婪，则像一头猪。我们的感情就像驯化了的动物，高贵的像马，胆怯的像兔子，但是全都服从我们的差遣。兔子下了锅，马套进了车辕。因为我们是由环境决定的动物，所以必须填饱肚子，塞满口袋。

实用啊，实用！有实用的感情也有不实用的感情。不实用的我们就用链子拴住，或者在它们鼻子里圈一个铁环。实用的则是我们的心肝宝贝。爱情就是我们最宠爱的心肝宝贝。

在情感教育方面，我们的教育现状就是这般模样。在我们的语言里没有用来描写情感的词汇，因为对我们来说情感根本就不存在。

但是人是什么？他真的仅仅是一台用土豆和牛排做燃料的小发动机吗？他身上所有那些奇特的生命之流是由肉与土豆产生，然后变成所谓本能的吗？

受过教育！就我们的情感而言，我们甚至还没有降生呢！

你可以继续吃，吃到你膨胀起来，可以继续"进步"，直到你成了"进步"的代名词，然而在你的内心深处仍然有一片黑非洲，阵阵吼叫声与尖啸声从那里传过来。

人不是一架由因与果造出来的小小发动机。我们务必把头脑里的这种想法清除掉。人身上的因是一种我们永远也别想用尺子来量的东西。但是它的确存在，它是一个我们不曾探索过的奇特的黑暗大陆，因为我们根本就不承认它的存在。然而，它永远在我们身上，它是驱动我们人和我们时代前进的因。

我们的情感就是这个因在我们那片原始丛林里的第一次现形。时至今日，我们仍然不敢正视我们自己，我们一直背对着那片丛林，用布满钩钩刺刺的铁丝把它天罗地网似的围起来，宣称它不存在。

可是啊！正是因为有生命从我们那片阴暗的原始森林里出来，蹦蹦跳跳地进入我们的肢体和头脑，我们才得以生存下来。我们也许希望将蹦蹦跳跳而来的生命拒之门外。我们也许希望像我们那些驯化了的动物一样逆来顺受。但是让我们记住，即使我们的猫儿狗儿，也得代代进行驯化。它们不是一个天生驯服的物种。管制一旦取消，它们就不再百依百顺。它们不会自己驯化自己。

人是唯一一种处心积虑地自己驯化自己的动物。他成功了。但是这是一个没有止境的过程。驯服像烈性酒，会毁了酿酒者自己。驯服是管制带来的结果，但是被驯化的东西自己却丧失了管制力。它必须由外界来对它进行管制。人已经把自己驯服得俯首帖耳，还管自己的驯服叫作文明。真正的文明恐怕远不是这么回事。但人现在是驯服的，而驯服就意味着那种特有的控制力的丧失，丧失了为自己指明方向的力量。他无法替自己做出选择。他就像一匹温顺的马，在等待缰绳。

假设所有的马突然之间不受管束了，它们会做什么？它们会狂奔。但是假设它们被围在地里拉犁，被关在围场、畜栏和马厩里，它们又会怎么样？它们会精神错乱。

后一种情况恰恰是人类所处的困境。他被驯服了，但又没有未驯服者来对他发号施令，为他指路引航。然而他又被关在他自己编织的遍地的铁丝网中。所以他只能精神错乱，只能走向堕落。

还有没有别的选择呢？如果说我们能在五分钟之内解除我们身上的枷锁，那是胡话。解除枷锁同样需要一个漫长的求索过程，需要慎之又慎地求索。如果说我们能砸碎围栏，猛冲到荒野里去，那也是胡话。已经没有更荒的荒野了，况且人是一条狗,会转过头来吃它自己吐的东西。[1]

假若我们仍不着手接通我们的源头活水,我们是会堕落的。而一经堕落,我们的情感就会神不知鬼不觉地放肆泛滥起来。它们会像秋光秋色一般缤纷消退。它们像风中落叶,预示着死亡的风暴即将来临。

这是无可奈何的事。人不可能驯服自己,又一直维持驯服状态。从他试图维持驯服的那一时刻起他就开始堕落,并且步入另一种野蛮——野蛮的毁灭,这可能会像秋风中的黄叶一样美丽一阵,但黄叶注定是要飘零腐烂的。

人驯服自己为的是学会让自己摆脱驯服。要文明化,我们就不可以否定自己的情感,留下一片空白。驯服不是文明。文明不仅仅是焚烧野林、垦荒种地。我们的文明几乎还没有意识到开垦灵魂是何等必要。接下来我们就漫无目的地播撒种子。但时至今日,我们做的还只是些焚林伐木、去草斩根的工作。就我们自己的灵魂而论,我们的文明所走的迄今还是一条毁灭之路。我们的灵魂仍是一片残株遍地、焦味满天的荒凉景象,东一洼碧水,西一座马口铁小棚,小铁炉在冒着青烟。

现在我们不得不再一次遍地地撒种。我们不得不教化我们的情感。追随流俗,让乱麻一团的种种自由而堕落的情感一股脑儿地冒出来,这样的企图是带不来任何益处的。它不会

---

[1] 《圣经·箴言》第26章中有"愚昧人行愚妄事,行了又行,就如狗转过来吃它所吐的"之语。此处为借用。

给我们任何满足。

同时，心理分析家的那种做法也毫无用途。心理分析家最害怕的是人的内心深处那块原始的地方——如果真有上帝，它就在此地。犹太人对真正的人类本性——神秘的"自然人"——的那种由来已久的恐惧在心理分析家那里提高了声调，变成了尖叫。就像白痴流着唾液咬着自己的手腕，不见流血不松口。弗洛伊德之流对最古老的人类本性——与上帝还没有分家时的人类本性——的仇恨是刻骨铭心的，在心理分析家看来，这一本性就是恶魔，就是一群纠集在一起令人心惊肉跳的毒蛇。

这种幻象是堕落的驯服者眼里的歪曲的幻象，他们被驯服的过程是一部历时千百年的耻辱史。人类本性是永远驯服不了的，驯服者对它又是恨又是怕，但是那些在内心深处对它抱有崇敬之心的人却是无所畏惧的。

上帝就是人类本性中最古老的本性，他原本躲在黑暗的胸墙之后，藏在肚脐的封皮之下。后来人类嫌恶自己，于是就把上帝赶了出来，让他寄居在最遥远的太空中。

如今我们不得不走回头路。如今人类本性必须昂首挺胸地摆脱驯服。这既不是要人堕落腐朽，也不是要人任性胡来，而是要他让上帝回到人的胸墙之内原来的位置上去。上帝就在人体的最黑暗的大陆上。我们情感的第一缕暗光就是从他身上发射出来的，这暗光无言无语，但它绝对是言语的先导。这内心深处的光线是第一批信使，是我们人性中原始而荣耀的野兽,其声音在无言地回荡,永远在灵魂的暗道上无言地行走,但又充满令人心悦诚服的言辞。这就是我们内心深处的意义。

如今我们不得不教化自己,教育的方法不是定规立则,刻石铭文,而是用心倾听。不是倾听从芝加哥或者廷巴克图传来的喧嚷[1],而是倾听从我们身上血管中的暗道里高贵的野兽那里发出的声音,倾听从心灵的上帝那里发出的声音。朝里面听,朝里面听,不是要听到言语,也不是要听到灵感,而是要倾听内心深处的野兽——即情感——发出的哞哞之声,它们从暗红心脏中的上帝脚下出发,在血液的森林里漫游。

我们应该怎样开始教化我们的情感?该怎样开始?

其方法不是确立条条科学规律,不是确立条条宗教训诫,也不是确立条条哲学原理与前提。就连断言如此这般就是有福气的也不是。教育的方法根本就不是用言语。

如果说从黑暗的血管中我们自己的森林里发出的呼叫声太遥远,我们没办法听见,那么我们可以读一读真正的小说,在那里倾听。不要听作者高调的说教,小说中的人物在他们命运的阴暗树林里徘徊,我们要倾听的就是他们发出的低沉的却又是发自内心的召唤。

---

[1] 指听收音机。《查泰莱夫人的情人》第10章中康妮对克利福德的收音机就抱有这种态度。"廷巴克图"为马里中部古城,泛指任何偏远古怪之地。

给小说动手术或者扔一颗炸弹[*]

当小宝贝、小天使还在摇篮中牙牙学语的时候，大家就谈论起他的未来；这是一个罗曼蒂克的、令人神往的题目。大家还同教士谈论起那位总算躺在床上奄奄一息了的坏老爷爷的未来。这一题目又勾起了你许多理还乱的情绪，这一回多半是害怕的情绪。

我们对小说做何感想呢？是想象未来辉煌的小说年代而感到欢欣鼓舞，还是无可奈何地摇摇头、希望这个捣蛋鬼能多活些时日呢？小说是一位躺在病床上奄奄一息的老无赖，还是一个正围着自己的摇篮蹒跚学步的小乖乖呢？在对这一相当严肃的个案做出裁决之前我们不妨再将它打量一番。

现代小说是那个有着百十种面孔的魔鬼，枝繁叶茂，像棵树。像暹罗孪生子一样，它几乎是双重的。一方面是那种脸色苍白、自诩高雅、一本正经的小说，你不得不严肃地对

---

[*] 本文最初发表于《文学文摘国际书评》1923年4月号，收入《凤凰》。

待它；另一方面是那种像轻浮女子一般强扮笑脸、巧舌如簧的流行小说。

这会儿我们先给正经的百手巨人族这边的《尤利西斯》、理查森[1]小姐和普鲁斯特先生探探脉息；再给那边的《酋长》[2]、格雷[3]先生、钱伯斯[4]先生等摸摸心跳。《尤利西斯》是不是还在摇篮里？妈哟！脸色那么死灰！《尖屋顶》呢，是不是逗宝贝姑娘们开心的小玩具？还有普鲁斯特先生呢？不好！你听得见他们喉咙里临终时的痰响了。他们自己也听得见痰响。他们正津津有味地听着，试图确定痰响的音程是小三度还是大四度呢。真是幼稚。

于是乎，大家就有"严肃"小说读了，临终前的痛苦也要拖泥带水地写上十四卷[5]，小说没死也快断气了，而作者却还兴味盎然地孩子气地陶醉其中。"我是觉得我的小脚趾痛了一下呢，还是没有痛过呢？"乔伊斯先生、理查森小姐还有普鲁斯特先生的每一个人物都这样问。我身上的气味是乳香、上等红茶与皮靴漆的混合味，还是没药树、熏猪肉和设得兰花呢的混合味呢？床边送终的听众等答案直等得打呵

---

1 理查森（1882—1957年），英国小说家，以在小说中最先运用"意识流"技巧而著称，著有长达十二部的《朝圣》，下文提到的《尖屋顶》（1915年）为第一部。
2 英国女作家赫尔著的一部畅销的性感小说。
3 格雷（1875—1939年），美国畅销小说家。
4 钱伯斯（1865—1933年），美国小说家与插图画家。
5 指普鲁斯特的《追忆似水年华》。

欠。啃过几百页之后，终于有一个阴沉沉的声音把答案传过来："哪一种也不是，是一种奇臭无比的氯科利亚姆基气[1]。"听众们浑身上下直发抖，咕哝道："和我自己感觉到的一模一样。"

这就是严肃小说的沉闷无味、气息奄奄，是懒婆娘裹脚似的滑稽戏。它把自我意识撕扯得如此又细又碎，以至于它们的大部分肉眼看不见了，你非得用鼻子去嗅不可。乔伊斯先生和理查森小姐在一千又一千的书页中把他们最琐细的感情撕成最纤巧的丝线，最后，你都觉得自己被织进了一块正在慢慢晃动的羊毛床垫中，被裹在周围的羊毛里你也跟着在变成羊毛。

这不好，而且孩子气。一大把年纪的人了还自我陶醉、忸忸怩怩的，真是孩子气。十七岁的时候自我陶醉是在所难免的，二十七岁的时候也多少还有一点。但是如果到了三十七岁我们还有那么强烈的自我陶醉，那就只能说明我们发育迟缓。如果到了四十七岁还依然如故，那明摆着是老顽童。

严肃小说就有这么一股子老顽童气。它一心一意地孩子气地关注着的是"我是什么"。"我是这，我是那，我是其他。我的反应是如此如此，这般这般。还有……"老天爷，要是我愿意把自己认真地打量一番，要是我愿意将自己的感

---

[1] 这是劳伦斯挖苦乔伊斯而生造的一个词，并无意义。

情丝丝缕缕地分析一番，比如我解开手套上的纽扣，却不直截了当地说我解开纽扣，那么我接着往下写的不是一千页，而是一千个一千页。"真的，我越想这事儿，越觉得硬邦邦地说一句'我解开手套上的纽扣'真粗野，真不文明。解纽扣怎么说也是一桩吸引人的历险啊！我先解开的纽扣是哪一颗来着？"等等，等等。

对他们自己，对他们感觉到和没感觉到的东西，对他们对每颗纽扣做出的冗长沉闷的反应，严肃小说中的人物就是如此如痴如醉；而它们的读者也将作者的发现引为心声，做出同样疯狂痴迷的反应："那就是我！跟我一模一样！我正在这本书中寻找我自己呢！"咳，这岂止是送终，简直是料理后事。

得来个翻天覆地的变化将这种严肃小说从自我意识中解救出来。上一次大战使它更糟了。该怎么办？因为这可怜的东西真的还年轻。小说还从没有长大成人过。它还从没有长到懂事的年龄。它从来都在天真烂漫地向往着完美，可是一到最后一页就在为自己感到汗颜。这就是孩子气的表现。这孩子气的岁月真是漫长。同样把自己的青春期拖延到四十岁、五十岁甚至六十岁的青少年也太多太多！看来得在某个地方动动手术才行。

接下来是流行小说——《酋长》《巴比特》[1]、格雷小说之

---

[1] 美国作家辛克莱·刘易斯的一部长篇小说。

– 给小说动手术或者扔一颗炸弹 –

流。它们同样是自我陶醉,只不过对自己产生了更多的幻觉。女主角们的确觉得自己更可爱、更迷人、更纯洁。男主角们的确觉得自己更英勇、更勇敢、更有骑士风度、更有迷人风采。群氓在流行小说中"寻找自己"。可是如今他们寻找的自己有些滑稽。酋长手里握着鞭子,女主角背上留着鞭痕,他们崇拜着,崇拜着,最后鞭子不见了踪影,鞭痕却还若隐若现。

他们在流行小说中发现的自己怪有趣的。拿《如果冬天来临》[1]说吧,它的中心寓意就站不住脚:"你越是行善,就越是得到恶报,你也够可怜的。你是个大好人,可是老天爷不长眼。"《巴比特》却有另一种训条:"再去挣,挣一大笔,然后装出一副你也不知道那钱打哪儿来的样子。哄其他财迷都来效法效法,他们要能挣上那么多,高兴还来不及呢。这样你就胜过他们一筹了。"

让你膨胀起来的总是同一种发酵粉:不是苏打中和酒石,就是酒石被苏打中和。《酋长》中的女主角之类是痛遭鞭打,广受推崇。巴比特之流是腰缠万贯,顾影自怜。《如果冬天来临》的男主角等可爱得像喜鹊却被打入大牢。有的训诫是:不要太善良,你会因此而进监狱的。有的训诫是:没有挣够以前不要于心有愧,也没必要于心有愧。有的训诫

---

[1] 美国作家亚瑟·哈钦森的小说,其男主角因为相信"正义"而备受屈辱与折磨。

是：人家没有穷追猛打，可不要接受他的崇拜。这样一来，你俩成了小小的同谋，也成了天造地设的一对。

这同样是孩子气。长不大的青春少年。进了自我陶醉的老套，还在老套里痴迷和癫狂。人已步入中年老年，却还是一副青春少年的做派，就像《董贝父子》中那位疯疯癫癫的"克莉奥帕特拉"[1]，咽最后一口气时还在唠叨着"玫瑰色的窗帘"。

小说还有未来吗？这可怜的老东西已经被堵到了一个又脏又乱的死角。它的出路只有两条：一条是跳墙，另一条是在墙上砸洞。换句话说，它必须成长起来。把这些孩子气的东西扔到一边去："我爱不爱这个姑娘？""我是不是又纯洁又甜美？""我是先脱右边的手套还是先脱左边的手套？""我母亲不喝我的新娘子给她煮的可可茶是不是毁了我一生？"尽管这个世界仍在拉锯似的问着这么些问题，做出那么些回答，但是我对它们真的再也提不起兴趣来。这些东西尽管我也曾经关心过，但现在完全是兴味索然。纯洁的感情与心理分析的绝技已经表演到了尽头。我已经完了。我听不出他们弹奏的都是什么曲调。但是对那些东西我既不是玩腻了，也不是看破了红尘。我只不过是转移了兴趣。

假如在这些东西的支架下面放一枚炸弹，爆炸之后我们会成个什么模样？我们想把什么感情带入新时代？什么感

---

[1] "克莉奥帕特拉"指董贝先生的续弦斯科顿太太，参见该书第27章与第41章。

情将把我们支撑起来？当这些民主制的、工业化的、多愁善感的、"亲爱的带我去找妈妈"之类的事儿被炸成瓦砾之时，我们身上会有什么潜在的动力推动我们去建立新事物呢？

"下一步怎么办？"这才是我感兴趣的。"目下如何？"则不能再引起我的兴趣。

如果大家想要追溯历史，寻找解决"下一步怎么办"的书籍的话，大家可以追溯到古希腊哲学家。柏拉图的《对话录》是一些怪腔怪调的小小说。在我看来，世界上最大的遗憾莫过于哲学与小说的分家。自从神话时代以来，它们原本一直是一家的。后来，就像一对闹别扭的夫妻，小说与亚里士多德、阿奎那[1]以及那位可恶的康德分道扬镳了。结果，小说变得无病呻吟，哲学变得抽象枯燥。它们应该在小说中言归于好。

大家必须去寻找一种新动力才能发现人身上的新事物。如果想通过抽象的观念去寻找，那是注定要失败的。不行，哲学和宗教都顺着代数的风向走得太远：假设"X"代表绵羊，"Y"代表山羊；那么"X"减"Y"等于天堂，"X"加"Y"等于地球，"Y"减"X"等于地狱。你帮大忙了！但是"X"穿的衬衣是什么颜色呢？

小说是有前途的。它必须勇敢地运用新方法，而不是

---

[1] 阿奎那（1225—1274年），中世纪意大利神学家和经院式哲学家，其神学与哲学被称为托马斯主义。

运用抽象的观念来解决新的比例问题；它必须运用真正的新感情，运用一整套的新感情把我们从老一套的感情中解救出来，使我们得到全新的表现。不要吊古伤今空发悲叹，也不要循着老路去虚构新感觉，而要砸破高墙，闹出一条路来。当然这样做人们会尖叫起来，惊呼亵渎神圣，因为当你被关在死角里的时间长了，你就会对死角里的呆滞与封闭习以为常，甚至会觉得那里面窒息得舒适，你那舒舒适适的墙上猛然冒出一个亮光光的洞来，你当然会惊恐不已。你害怕了。你连忙转过身来，背对着那股新鲜空气的寒流，好像它会要了你的命。但是慢慢地，一只接一只的绵羊从那洞子里钻了出去，发现外面的世界真精彩。

约翰·高尔斯华绥[*]

文学评论只可能是评论家对他正在评论的作品给他的感受做的一番推理论述。评论绝不可能成为一门科学,第一个原因是,它具有太强的个人性;第二个原因是,它所关注的是价值,而科学则是忽视价值的。评论的检验标准是感情,而不是理智。我们评判一部艺术作品的根据是它对我们诚恳而富有活力的感情所产生的影响,而不是任何其他东西。我们对风格与形式所做的所有批评性摆弄,所说的批评性废话,模仿植物学方法对作品所做的所有伪科学的分类与分析,都不得要领,而且大都是些无聊又难懂的行话。

批评家对一件艺术作品所产生的冲击必须富有感受力,能感受到它的全部复杂性和力度。要做到这一点,评论家自己必须是一个具有复杂性和力度的人,这样的评论家少而又少。一个本性猥琐粗率的人只可能写出猥琐粗率的评论。而

---

[*] 本文作于1927年,翌年发表于《细绎》,收入《凤凰》。

在感情方面受过教育的人更是凤毛麟角。一般说来，一个人所受的学究气教育越多，在感情方面他就越是一个乡巴佬。

这还不够，一个人即使受过艺术和感情方面的教育，也还必须有坚定的信念。他必须有勇气承认自己的所知所感，必须有承认自己所知所感的灵活性。所以在我看来圣伯夫至今仍不失为一位伟大的评论家；而麦考利[1]之类的人则尽管才华横溢，却不称人意，因为他不坦率。他的感情丰富，但他歪曲自己的感受。他为了取得良好的效果而不惜在评论中颠倒他对作品的真实的美学与感情方面的反应。他有足够的智慧将他的真实感受向我们表述出来。但他的道德观念不允许他这样做。批评家必须做到的不仅是每一根神经都感情活跃，有智慧和基本的逻辑技巧，而且还得不受道德的约束，非常坦率地表白自己的观点。

所以我觉得一位好的评论家是应该给他的读者几条遵循的标准的。只要他坚守信念，他是能够改变每一种新的批评方法的标准的。但是这就等于说：如此如此就是我们的评判标准。

总的说来，圣伯夫确立的标准是"好人"。他打心底里相信，伟人实质上就是富有最广泛的同情心的好人。这一直是他的一般标准。佩特[2]的标准是孤独的哲学家的纯粹思想

---

[1] 麦考利（1880—1859年），英国历史学家、散文家与政治家，著有《批评与历史文集》等。

[2] 佩特（1839—1894年），英国文艺批评家，主张"为艺术而艺术"，主要著作有《文艺复兴》等，他的批评标准是在该书的序言中提出来的。

和纯粹美学真理,麦考利的标准受政治或民主偏见的影响,他肯定站在弱者一边。吉本尝试的是一种纯粹道德标准——即个人品行。

重读高尔斯华绥的作品时——或者说读他的大部分作品,因为通读的话量太大——人们觉得自己需要某种标准、某种关于真正的男人和真正的女人的观念,以便对所有这些福赛特[1]及其同时代人做出评价。有人的标准、思想纯洁的人的标准、可贵的下等人的标准以及有道德的个人的标准,都不能用来对他们做出评价。有人想用人的标准来评价,但是人的标准究竟是什么呢?福赛特们麻烦就麻烦在这里。他们的人性是很足的,因为正如自然中的一切都属于自然一样,人身上的一切也属于人性。然而他们中间没有一个像真正的活灵活现的人。他们是社会人。我们这么说是什么意思呢?

在此我们要对我们所说的与人截然不同的社会人做出界定,仅仅是为了写这篇评论起见。这些福赛特给我们的不满之感使得定义必不可少。我们为什么不能承认他们是人?举个例说,赛莉·甘普[2]是讽刺性地构想出来的,奥斯汀的人物也有十足的社会性,我们为什么不能将福赛特们与这些人物归为一类呢?我们可以把甘普太太、奥斯汀笔下的人物,

---

1 "福赛特"此处不是定指《福赛特世家》中的人物,而是泛指高尔斯华绥的所有人物。
2 狄更斯《马丁·瞿述尔维特》中的一个滑稽人物。

甚至梅瑞狄斯的自我主义者[1]当作与我们同属一类的人来接受。福赛特们却为什么令人反感,令人无法把他们当作和我们一样具有普遍人性的人来接受、从感情上接受呢?我们为什么凭直觉就感到他们低人一等呢?

这是因为在我们看来他们已经丧失了做人的资格,他们已经沦落到了社会人的地步。社会人就是那些在我们文明中的地位相当于古文明中的奴隶的那种特殊造物。人类个体是一种古怪的动物,永远在变化着。但是如今的致命变化是自由的人类个体的心理颓败成了社会人的心理,这种致命的变化一点儿也不亚于以往自由人的灵魂颓败成奴隶的灵魂。自由人的道德与奴隶的道德、人的道德与社会的道德,它们永远是对立的。

只要人仍旧是人,是真正的人类个体,那么他内心中就有某种纯真,这种纯真蔑视分析,而且你不能跟它讨价还价,你只能自己也保持同样的纯真,用由此而来的坚定信念来对待它。这并不意味着人只有纯真的一面。他还是一位"老世故先生"[2]。但是他的内在本质是纯真的,与金钱沾不上边。当然,金钱对芸芸众生的作用是相当大的。它也许能侵入活人的倒数第二种情感。但是他那最后的袒露的灵魂,金钱却是进不去的。

---

1 指同名小说的主人公威罗比·派腾爵士。
2 "老世故先生"是班杨的《天路历程》第一部中的一个寓言性人物。

而社会人、金钱却能笔直穿透他的内心,并且是占据统治地位的主宰,不管他怎么伪装,也不管他怎么虚张声势。他即使倾其所有施舍穷人,也还是会露出一副社会人的面目,在金钱与社会道德的支配下,最后还是不可自制地摇晃起来,金钱和社会道德是没有人性可言的。

我觉得当人的主客观意识出现严重分歧时,他身上终归会有某些东西分裂出去而成为社会人。当他对客观现实变得太敏感,觉得自己在客观世界面前太孤立无援时,他的本体中心就分裂,他的主心骨就会坍塌,他的纯真就会消失,他就会变成一种纯粹的主客观现实,貌合神离,不是严格意义上的个体。

当人仍然是人,还没有堕落为社会个体之时,他天真地认为自己和宇宙这一伟大的连续统一体是在一起的。他没有分离也没有隔绝。人们可能反对他,时代潮流可能正在兴起,将抱他席卷而去。但是他与生气洋溢的宇宙融为一体,因此他是不可能被卷走的。俄狄浦斯和菲德拉[1]是这样认为的,哈姆雷特和李尔也是这样认为的。只要人保持着自己的本性,这就是他身上最重要、最深刻的一种感受。这种感受在伏尔泰似的自然神论者身上有,在达尔文似的科学家身上有,在拿破仑似的伟人身上同样也有,不会消失,直到物质的东西在他头上堆得太多时才会失去,才会厄运临头。人是

---

[1] 分别为索福克勒斯与欧里庇得斯戏剧中的人物。

不能缺少这种纯真，这种与时空和生命的伟大宇宙浑然一体的感觉的，这种感觉在伟人身上熠熠生辉，在自由的普通人身上则是一朵纯洁的火花。

但是如果人失去了他的神秘天真的信念——即他的纯真；如果他太注重外在的客观现实，从而导致他与生俱来的纯真自豪感的崩溃，那么他就会对客观理念或者说物质信念执迷不悟；他要为自己，也许还要为众人提供保证，确保天下平安。这种冲动起于恐惧。一旦个体丧失了同富有生机的宇宙之间的那种质朴的一体感，他就会落入恐惧之中，试图用财富来为自己提供保证。如果他是利他主义者，他就想为所有人提供保证，如果做不到，他就会觉得这是悲剧中的悲剧。但是所有为自己提供财产与金钱方面的物质保证的要求都是由恐惧带来的，人在失去了与充满生机的宇宙的一体感之后，在失去了独有的内心纯真并且分裂成碎片之后，他就陷入恐惧之中。金钱与物质的拯救是唯一的拯救方法。拯救就是上帝。因此金钱就是上帝。社会人可能连这一位上帝也会反叛，高尔斯华绥的许多人物就是这么做的。但是反叛并没有还给他们纯真。他们不是积极的实利主义者，而是反实利主义者。但是反实利主义者和实利主义者一样是社会人，一点儿不多，一点儿不少。他同样遭到了阉割，由于失去了纯真，失去了与宇宙的一体感那朵明亮而独特的小火花，而成了无性人。

人们读高尔斯华绥先生的作品时，觉得这地球上连一个人类个体也没有。他们全是些社会人,有的积极,有的消极。他们当中连一个自由的灵魂也没有,连潘迪斯和琼·福赛特也够不上。[1] 如果金钱不是从正面,那也是从反面决定他们的存在。金钱和财产是同一回事。潘迪斯太太尽管可爱,但完全被财产左右。说到底,她一点也不可爱,她是骗局中的一员,为财产而出卖自己。更没有别的人物更像人。老乔利昂是个多愁善感的实利主义者。我们只看到一个人物有一阵子像人,那就是《友爱》中那个扫马路的,他从监狱中出来之后蒙着自己的脸。但是即使他的人性也只能从他的脑子受过伤来解释——是一种心理反常。[2]

就好像这样做正是出于高尔斯华绥先生的本意,即证明福赛特们不是完完全全的人性个体,而只是堕落到了生命的低层次上的社会人。他们丧失了使男人成为男人、女人成为女人的那一点点自由。《有产业的人》有成为伟大小说的基础,有一种了不起的讽刺。它的本意是要揭示社会人的所有力量与所有卑劣。但是作者缺乏将它写到底的勇气。这部作品的了不起之处在于其新颖、诚挚而且惊人地深刻的讽刺。它是对现代人的最大的讽刺,而且切中要害,其炉火纯青的技巧和笃实的创造激情同样令人耳目一新。它真像一部揭露

---

[1] "潘迪斯"此处指玛格特·潘迪斯,为高尔斯华绥《庄园》(1907年)中的人物,她向往自由;琼·福赛特为《福赛特世家》中小乔利昂与弗兰西斯所生之女。
[2] 这几句是劳伦斯将小说中的几个细节搞混淆了。可参见《友爱》第24、第33和第38章。"扫马路的"指因刺伤妻子而遭监禁的休斯。

社会人的所有离奇之处的力作。然而紧接着，它却嘶的一声化作了泡影。

后来，在处理艾琳与波西尼的爱情时，在将老乔利昂写得多愁善感时，致命的弱点出现了。高尔斯华绥没有足够的勇气来表达他的讽刺。他动摇了，向福赛特们让步了。这是最大的遗憾。他本可以成为现代灵魂急需的外科医生，本可以从生气洋溢的人的活生生的身体上切除我们的福赛特们那块腐肉。然而，他放下了手术刀，给伤口敷上了一层软弱而感伤的泥罨剂，来了个雪上加霜。

讽刺存在的目的是要置社会人于死地，让他看一看自己是何等的下作，看一看尽管在社会上显得诚实有加，他其实是何等完全彻底地腐朽恶劣。他对生命不诚实、对富有生命的宇宙不诚实，他只是一条寄生在宇宙之中的寄生虫。讽刺家通过讥讽社会人，能让真实的个体、让真正的人重新站起来，继续战斗。因为生活从来就是战斗，并且将永远是战斗。

这并不是说大多数人都必定是社会人。但是大多数人的确仅仅意识到自己社会的一面，但人性的一面，人类却无能为力，根本就意识不到，即使对任何人来说都是最珍贵的东西也茫然不知——那就是男人女人的精髓，是与生机盎然的宇宙浑然一体的那份质朴纯真，就是它造就了人类个体，而且作为个体，有了它，即使像李尔王一样被逼疯了，从实质上说，他仍然是幸福的。即使在最不幸的时候，李尔王实质上还是幸福的。正如虱子和臭虫被排除在幸福之外，戈奈丽尔与芮艮[1]是不可能得到幸福的，因为作为社会人，就像寄生虫一样，她们失去了真正的自由与独立。

但是今日之悲剧在于，人们仅仅意识到物质与社会的一面。他们对自由人的本性一无所知，所以任其横遭践踏。我们每星期都在把数以千计的自由人制造成社会人。

福赛特们全是寄生虫，高尔斯华绥先生本打算让我们看个明白，这种尝试真可谓气势恢宏。他们寄生在思想、感情和整个富有生命的血肉之躯上，富有生命的个体先他们而死、依附他们而生。在丧失了自己富有个性的生命之后，惶恐之中他们只好集富敛财，只好附丽于由生机勃发的人们给整个人类带来的生命。他们没有生命，所以他们终身生活在对死亡的恐惧之中，只好靠积累财富来逃避死亡。他们能够墨守成规，但不可能继承传统。这二者有着天壤之别。要继承传统，你就得给传统增添点儿新东西。而墨守成规只需寄生虫一般一成不变地消磨时光，懦夫一般无休无止地忍气吞声，他们是些因为自己没有生命而畏惧生命的人，是些求生不得想死不能的人——是些社会人。

在我看来，高尔斯华绥的作品中只是些福赛特：积极主动的福赛特或者消极被动的福赛特，功成名就的福赛特与功败垂成的福赛特。也就是说，他的每一个人物都是由金钱

---

[1] 《李尔王》中迫害李尔的两个女儿。

支配，有的人是捞取，有的人是占有，有的人是渴求，有的人是奇缺。捞钱的有福赛特们；占有钱的有潘迪斯们、贵族们、希拉利们、比昂卡们[1]以及诸如此类的各色人等；渴望钱的有伊琳们、波西尼们和小乔利昂们；缺钱的是所有默默无闻的打杂女工和悲惨兮兮的可怜人——用斯通老先生的话来说，是那些"占有"钱的人的影子。[2]这就是高尔斯华绥的全部疆域，所有人都绝对受金钱的支配，他们当中一个有个性的灵魂也没有。他们全是落魄者，全是社会人，全是被阉割的人。

高尔斯华绥先生也许是受到了人多势众的福赛特们的威慑，不敢对他们大张笔伐。也许是出于别的什么原因，他心中有更严肃的想法。也许是因为自己不是福赛特，因此根本没能识破庐山真面目。茫茫人海中，除福赛特之外还有什么别的吗？高尔斯华绥先生查看过，但什么也没发现。严格地说，他惊惊惶惶地搜查一遍，真的什么也没有发现。但是他给我们带来了伊琳和波西尼。瞧！他好像在说，这儿有反福赛特的！嚯，大家看见了吧！爱情！激情！激情！

我们朝这爱情、这激情看了一眼，看见的只是一片狗一般的温情和一种反福赛特情绪。它们不过是同一场戏中唱

---

[1] 希拉利和比昂卡均为《友爱》中的人物。
[2] 在《友爱》第2章中，斯通先生说，"在那些地方，在那些街上，我们每个人都有一个影子"。这句话多次重复，贫穷和受压迫的人是富人的"影子"的观点贯穿全书。

反调的一半。福赛特们中间那些摆脱了控制的狗逃进了后花园，就偷偷摸摸、恬不知耻地交媾起来——这就是高尔斯华绥先生笔下那些堂皇的桃色事件给我们的印象，"黑暗之花"们、波西尼们、"苹果树"们或者是乔治·潘迪斯们，无不如此。[1] 他们之中几乎每一个都有些恬不知耻，有些像狗，狗在大街上交媾时，要往四周瞧一瞧，看有没有福赛特在盯梢。

然而，这就是试图耽于声色而无所拘束的福赛特。他做不到这点，他丧失了这个能力。他只能蝇营狗苟。波西尼不仅是个福赛特，还是个反福赛特，他对财产怀有刻骨之恨。但是一个人痛恨的东西正是这个人的性质的决定因素。波西尼是搜寻财产的猎狗，不过他逃离了狗群，或者说他是在狗群之外出生的。所以他是个叛逆者。他围着有财产的母狗嗅，即使对那些取财有道的猎狗他也是那样嗅的。尽管同样是可恶之人，人们不由得还是喜欢索米斯·福赛特一些。

这与人们喜欢琼或者某一位老姑妈而不喜欢伊琳是同一个道理。我觉得伊琳像一条鬼鬼祟祟、卑躬屈膝、居心险恶的母狗，她反对福赛特，又绝对靠福赛特家供养——不错，她一直到死都绝对靠他们的钱度日，又试图往他们头上栽赃。她和波西尼一样，是一条搜财猎宝的杂种狗，还在财宝

---

[1] 此处劳伦斯所指的桃色事件为：《黑暗之花》中马克·列南与几个女子，《有产业的人》中的波西尼与伊琳，《苹果树》中的亚瑟斯特与梅甘·大卫和《庄园》中的乔治·潘迪斯与雅斯帕·贝洛之间的恋情。

窝里撒尿。但是她的确是一个为财产而卖身的娼妓，像《友爱》中的那个小榜样。[1]不过她造反！这是高尔斯华绥的作品中反复出现的一种类型：寄生虫身上的寄生虫，"大虱子养着小虱子"，等等。波西尼和伊琳像《岛上的法利赛人》中的流浪汉一样，属于小虱子的行列。[2]正如邋遢的乞丐爱自己身上的虫子一样，福赛特们和希拉利们也爱这些依附在他们身上的寄生虫——他们的叛逆者。

当高尔斯华绥先生写到性的时候，他彻底地垮了。他那股感伤味令人反胃。他想把性写得重要，结果却把它写得令人反感。感伤主义就是把自己并不真正拥有的感情往自己身上发泄。我们都渴望拥有某些感情，比如爱情、性爱的激情、仁爱之情，等等。真正感受到了发自内心深处的爱情、性爱激情、仁爱之情或其他感情的人却非常罕见。所以芸芸大众就在自己心里伪造这些感情。整个世界都沾满了这些造作的感情！它们要胜过真实的感情，因为你刷牙的时候可以把它们吐掉；这样第二天你就可以造出新鲜的来。

《岛上的法利赛人》中的谢尔顿是高尔斯华绥笔下的第一位情人，也可能是最后一位。他的表现接近滑稽。我们所知道的他对安冬妮娅的激情就是：他一开始就"饿"她[3]，好

---

[1] 指艾维·巴顿，见《友爱》第4章。
[2] 引文出自斯威夫特的《诗之随想曲》。"流浪汉"指《岛上的法利赛人》第1章中一位名叫路易·法兰德的外国年轻人。
[3] 小说第2章中有"他的脸上肯定露出了饥饿之色"之语。

像她是一块牛排。在小说将近结尾之处,他吻了她,并且希望(毋庸置疑)她猛地拜倒在他的脚下。她从来不曾对他有过哪怕是一秒钟的温柔的同情心。尽管她为自己的阶级地位所束缚,但她从不曾不近人情。不近人情的是这位情人。他和她遥遥相望时就贪婪地盯着她,好像她是一盘猪脚,pieds truffés[1];如果稍微走近一点,她在他眼里可能是位大仙;但是当近在眼前,他发现这位可爱的人儿不过是一位极普通的中产阶级之家的姑娘时,他就滑稽可笑地对她深仇大恨起来。这太荒唐了。他就是这样不由自主地造反的。他恨她不配充当她那个阶级的女子,甚至恨她不配活在这个世上。显然,她应该只是一件飘浮的女性器官,在他周围飘来荡去,满足他那些小小的"饥饿",然后,basta[2]。需要人全身心投入的性的真正意义,他从来没有想到过。对他而言,性只是一种功能,女性只是一种发泄的工具,如此而已。

后来,这种低贱拙劣的性我们又反复读到,它与人毫无关系。性的层次低得出奇,就像狗。高尔斯华绥的主人公们都在稀奇古怪地与自己相爱。如果了解得更多一些,我们会发现他们在受慢性自恋病的折磨。他们就知道三类女人:潘迪斯家的母亲,她是为财产而卖身的妓女;最反对卖淫的伊琳,她是招摇过市的女性器官;还有喜欢社交的女子,她是

---

[1] 法文:松露猪脚。
[2] 意大利文:够了。

唯一的淑女。所有这三种女子都被反复出现的男主人公们轮流地爱着和恨着。但是这种爱与恨无论是积极的还是不积极的，都发生在低层次的财产水平上，都是狗一般的卖淫。快快滚它们的蛋吧。

最滑稽的一个故事是《苹果树》。故事发生在德文郡一个偏僻的农庄上，一位男青年遇上一位威尔士小女工，她是凯尔特人而不是撒克逊人，她对这位高尔斯华绥式的英雄一见倾心。这位青年绅士当时正为迷恋潇洒的自己而苦不堪言，见姑娘如此死心塌地、卑躬屈膝地迷上了自己，于是也迷上了这位小女工。她不是威尔斯式的人物，没有叫他"我的王爷"；她只是说："没有你在一起我就不能活。随便你怎么处置我都行。只要让我和你在一起！"[1]这话做卖淫的宣言真合适！

一位刚从牛津毕业的患自恋病的青年绅士一见倾心，为的当然就是这个。紧接着就是激情勃发。他去给她买一件像样的上衣，好让她穿上跟他一起走，不巧遇上一位大学里的朋友，带着一位年轻贤淑的妹妹，于是兴高采烈地一块品了茶，住了一宿，等到他往面包上撒上果酱时，那份勃勃激情早已自然死亡。他回到了自己的阶级，其他一切都抛到了九

---

[1]《苹果树》中的男女主人公分别指弗兰克·亚瑟斯特和梅甘·大卫。"威尔斯式的人物"指威尔斯的小说《托诺-邦盖》中的女主人公比特丽丝，她对男主人公乔治说过："我当然要嫁给你。你是我的王子，我的王爷。"见第2部第3章。

霄云外。他忠于自己的阶级，娶了这位年轻淑女。但是为了品尝他酿的这杯苦酒，小女工跳河自杀了。有趣的是小女工这样做仅仅是为了这些自恋的青年绅士，青年绅士往池塘里一瞧，不仅看到了自己的飒爽英姿，还目睹了淹死在水中的奥菲莉亚的花容月貌，而且又不用像那喀索斯一样亲自跳下去，这是何等快慰人心。[1]我们读到的故事要比神话中的高明。在高尔斯华绥先生的小说中，那喀索斯自己没有淹死。相反，他却仁慈地叫奥菲莉亚或者梅甘自己去淹死。在这部小说中她真的把自己淹死了。他觉得这真是太妙不可言！

高尔斯华绥先生对激情的处理真的丢人。整个小说都有点儿狗一般的低贱。那男子"饥饿"了一阵子，用人们描写狗的话来说是他"发了一阵情"。情消失了，就一切都完了。如果你没被纠缠住，就赶紧溜走。溜走之后面带愧色地回头望一望。原来一直有人在监视！去他们的！不过别介意，都会烟消云散的。谢天谢地，母狗朝另一个方向跑了。用不了多久它会引来一串公狗跟在它后面。真是太好了！下一次我会体体面面地结个婚，在我自己的房子里做我的狗事儿。

随着个人的堕落，性也堕落为狗的发情。要是高尔斯华绥先生有力量把这一现状讽刺一番，而不是加入一勺感伤的开胃调料，那该多好。当然，如果他这样做了，他绝不

---

[1] 此处劳伦斯套用了希腊神话中那喀索斯自恋的故事。"奥菲莉亚"指《哈姆雷特》第4幕第7场中她在河中淹死的故事。

会成为一位受人喜爱的作家，但是他有可能成为一位伟大的作家。

然而，他选择了将狗一般的性写得可歌可泣，光彩照人。他嘲讽福赛特们，为的是歌颂那些更糟糕的叛逆者。假若一个人还是真正的人，还没有堕落，那么性也仍会是有活力的、极其重要的东西。但是一旦你堕落成了社会人，性就变得令人恶心，像发情的狗。狗就像社会人，真正的狗性丧失殆尽。狼和狐狸不在大街上交媾。它们的性是野的，其行为完全是秘密的。你也许能听到嚎叫声，但是你绝不会看到任何踪迹。但是狗是驯服的，所以它在大街上排泄和交媾，好像有意惹你不高兴。它是福赛特家的叛逆。

人类也是同样的。他们一旦驯服就会变得有几份裸露癖，好像是仇视一切。他们没有任何属于自己的真实的感情。除非让人"撞上了"，他们根本就感觉不到自己是否真的感觉到了什么东西。这就是今日群氓的现状。这就是福赛特的叛逆。这就是仇视社会的社会人。

噢，要是高尔斯华绥先生嘲讽过福赛特精神的这一面、嘲讽过这种装腔作势的反福赛特的"叛逆"、嘲讽过那喀索斯与裸露癖、嘲讽过在大街上交媾的狗，那该多好！然而恰恰相反，他大唱赞歌，真是英国文学的奇耻大辱。

《有产业的人》中的讽刺的格调还真有几分高贵，但是很快就断了气，于是我们眼前出现了一系列高尔斯华绥式的"叛逆"，他们跟所有现代中产阶级叛逆一样，其实根本就没有造反。他们摆出一副反社会的姿态,其实不过是社会人。他们崇拜自己的阶级,却又假装高它一等,并且对它嗤之以鼻。他们是福赛特中的叛逆,以势利眼看势利眼。然而,他们想引人注目想赚钱,这就是他们"反叛"的原因。这是福赛特精神的恶性循环。钱对他们来说比对索米斯·福赛特更重要,所以他们就假装胜他一等,瞧不起他,但是他们为了钱什么都干得出来——比索米斯·福赛特做得更绝。

如果还有任何东西比这种积极的社会人更令人反感的话,那就是消极的社会人——纯粹的"反叛者"。在斯文扫地的这一大堆人中,这位绅士[1]是最无耻的。令人难以觉察到的是,波西尼与伊琳比索米斯及温妮弗莱德兄妹俩更不诚实、更无廉耻,但他们是"叛逆者",所以受到赞扬。真令人恶心。

《岛上的法利赛人》的那段开场白把整出戏都解说得一清二楚:

> 每个人降生在这个世界上天生就要走一段旅程,而且很有可能他就降生在通衢大道之上。……刚刚学会蹒跚行走,他就起步了。出于奇怪的本能,我们呼唤着对生活的爱,顺着这条路……在他之前他的父辈就是朝这个方向走的,他们踏出这条路来让他行走,而且,当他

---

[1] 指波西尼。

们生养他的时候，就把这种爱传入了他的性格之中，要他像他们曾经做过的一样去做事。于是，他往前走啊走啊。……突然有一天，在无意之中，他注意到树篱之中有一条小道或者一道缺口，朝右弯或者向左拐，他停住脚步，看着这条新发现的小道。后来每到树篱的一道缺口处，他都停一停；一天，他按住怦怦直跳的心，试着走上了一条。于是，有趣的事情便从这里开始了。

十个中有九个又回到了原来的康庄大道，而不是再走羊肠小道。他们舒舒服服地蜷伏在下一个小酒店里，想象着他们可能会走到什么地方去。"可是那傻乎乎的第十个还在勇往直前。十次中有九次他陷入了泥沼中；这个新发现真的迷住了他的心窍。"但是第十次他闯过去了，于是一条新路便敞开在人类面前。

把生活看成是两行树篱之间的一条康庄大道，这是一种阶级观念，或者至少也是一种没有希望的社会观念，竟认为唯一的出路就是树篱间的裂口和通往邪恶的岔道！旅行者十次有九次从这些叛逆的小岔道上溜回了舒舒服服的安乐窝；只有一个怪人往泥沼里陷；绝无仅有的一个找到了一条蹚过泥沼的路，从而开辟了一条新路。

在高尔斯华绥先生的小说中，我们发现十个中有九个、一百个中有九十九个、一千个中有九百九十九个溜回了舒舒服服的安乐窝；我们看到一个稀奇古怪的波西尼死在汽车之下，因为他没有足够的勇气做别的事，可怜的叛逆！但是这位难得的人物是不是拐进了看不见的暗处我们并没有看见。因为这个人物在这一场合出现完全是错误的。如果生活是一条通衢大道，那么它就必须往未知的地方继续延伸。岔道不能通往任何地方。那仅仅是叛逆。路的尽头永远是没有修竣的，是一片荒野。如果它通到了悬崖和峡谷，那么就有必要做些勘探。但是我们看到，高尔斯华绥先生在写完《庄园》之后还在原来那条大路上安然无恙，在舒适、财产和名誉中稳如泰山。他至少从不曾陷入过泥沼，也没有费尽心思地去开山辟路。现在的树篱破破烂烂，到处是口子，有人想拐进去做几次"不落俗套"的小小的漫游吗？但是福赛特之路根本就没有往前伸展。它仅仅是变得乱糟糟脏兮兮了，旅行者在路上玩了些"叛逆"的把戏，做了些"不落俗套"的勾当，扔了一路的锡罐。

在《岛上的法利赛人》《有产业的人》和《友爱》这三部早期作品中，高尔斯华绥先生有可能用讽刺的炸药炸开这条被堵死了的公路，帮我们找到出路，走上新的旅途。但是他的炸药中的性配料湿漉漉、黏糊糊的，还没有爆炸就在感伤的嘶嘶声中慢慢地熄灭了，这样，我们的处境就比以前更糟糕。

此后的小说纯粹是商业性的，要不是几部早期作品的话，它们不值一提。它们受人欢迎，销路很好，也就如此而已。它们包含有早期作品中的那种炸药，但含量很小，像哑爆竹一般嘶的一声完了。当你读到《出租》，也就是福赛特的结尾——至少希望是结尾，你读到了什么？只有钱！钱，钱，钱，还有一种傻乎乎的势利眼，还有数不清的"叛逆"把戏和扭捏作态，再没别的。故事软弱无力，人物无血无肉，感情矫揉造作、装腔作势。统统是造作。不一定是高尔斯华绥先生的造作。人物自己为自己造作感情。但是那帮不了我们。假如你把那些人物细察一番，你会发现那股低劣和庸俗气非常令人厌恶。哪一种福赛特的庸俗气你都能找到，但力量一点儿也没有。乔利昂和伊琳对他们的儿子比上一辈的福赛特对他们的儿子更吝啬、更居心险恶。年轻一代的自私自利远要比他们的前辈斯威辛或者詹姆斯更狭隘、更机械、更庸俗。这种自私自利中弥漫着一股暴发户的庸俗气，我行我素就是这种庸俗气的结果，他们对真实的感情之类的东西根本就无法接受，妇女们尤其如此。弗勒尔、伊琳、安妮特、琼等人表面上能言善辩、年轻奔放，实际上愚钝傲慢、缺乏感情；而且时时刻刻都有一种卑躬屈膝的、铜臭味的占有欲和任性气，这种铜臭味和任性气不免使我们怀疑，有的时候高尔斯华绥先生是不是对他的广大读者毫无信任，在他那多愁善感的彩虹之下是不是有些愤世嫉俗和痛心疾首。

他用一个词就把弗勒尔毁了：她有"占有欲"。千真万确。我们并不因为他把人家赶走了而责怪这位年轻的约翰。他借弗勒尔对琼说的一句话毁了伊琳："她也破坏了你的生活吗?"[1]——她正是这么做的。出于卑怯和吝啬,伊琳阻止琼找情人。出于卑怯和吝啬,她还阻止弗勒尔找。她是个占着茅坑不拉屎的女人。她是一个卑怯的叛逆。伊琳是世界上最美的女人,可是高尔斯华绥先生这位伟大的老感伤主义者出于愤世嫉俗却对此避而不谈,反而让琼说些冷言冷语:"谁也破坏不了生活,亲爱的。那是瞎说。道高一尺,魔高一丈嘛。"

这就是通行无阻的哲学——"道高一尺,魔高一丈。"很好,那么就用这种调子,用这种直率的老玩世不恭的基调写吧。写得悲悲戚戚,一味地偷偷摸摸、冷嘲热讽任何好处也没有。为什么要让假模假式的感情倾盆而来,然后又猛不丁地说出一句"道高一尺,魔高一丈"?

的确是道高一尺,魔高一丈。如果我们是些庸俗的感伤主义者,我们"高一丈"也还是感伤主义者,所以什么事也没有发生,什么事也不可能发生。一切都是庸俗。但是庸俗付出了代价。庸俗里包含着金钱。

庸俗是付出了代价,而闷在感伤主义中的廉价的愤世嫉俗付出的代价比任何东西都要高。因为堕落的社会人身上什么也不可能发生。所以就让我们假装发生了,然后跳高一丈!

现在该有人一吐这感伤主义的块垒了,至少要抛弃这种"高一丈"的哲学。现在我们该把明晃晃的灯光笔直地

---

[1] 见《出租》第3部第10章。

照向这群老鼠、这些名目繁多的小福赛特感伤主义者了。正在让我们窒息的就是感伤主义。让这些社会人尽其所能地去跳吧。但是现在对着这种四处泛滥的感伤主义使劲儿拧开水龙头的时候已经到了。这个世界是黏糊糊的一团糟,小福赛特们的确可以在这里继续蹦跳,但是诚实的感情却再也不能呼吸。

如果黏糊糊的东西积得太深,就连这些小福赛特也再跳不起来,那么他将连同其他一切一起闷死在自己的黏泥之中。这倒是一种安慰。

托马斯·哈代研究(选译)*

第三章 六部小说与真正的悲剧

人们猜想这大概是一本关于托马斯·哈代小说中的人物的书。但是如果把这些人物所引发的一切都写出来,那么整个"生命册"都会填得满满的。

对于他们要说明的一点是,这些男女主角没有一个是太在乎金钱或者直接的个人名利的,他们拼命搏斗都只是为了求得生存。求得生存到底包括一些什么内容则难以说清楚。但是从这些威塞克斯小说看来,非常明显的一点是,首要的并且是最主要的一个因素是为了爱而搏斗与对爱进行搏斗:这里的爱是指男人对女人的爱和女人对男人的爱。对男人或者女人来说,通往生存的必由之路是爱,而且只有爱。一旦获得了爱并且走完了爱的旅程,人就无影无踪地消失了。他

---

* 这一研究作于1914年前后,共分10章,1936年在《凤凰》中首次发表。

已经成为他自己,他的故事就讲完了。对任何已经完整的东西来说都再也没有故事可讲。故事讲的是正在变得完整或者没能变得完整的东西。

人们竭力反对哈代的人物,说他做出一些不合情理的事情,一些非常不合情理的事情。他们总是令人始料不及地发作,又做出一些谁也不会做的事情。这非常正确,而这种指责也有趣。这些威塞克斯人物总是刚才还是蓓蕾,突然之间又成了怒放的花朵,总是突然间猛冲出严密的习俗,冲出死板的裹得紧紧的卷心菜一般的状态,狂热地做出一些离经叛道的事情。数一数哈代书中领取的特殊结婚证书的数目是有趣的。这些人物所做的私事就连最微小的变化也没有,全是暴发式的,裘德也许是个例外。裘德还多少看得清自己的所作所为,并且三思而行。他比较经得起推敲。其余的则是从常规中爆出来的。他们人人都有一个真实的、富有生气和潜力的自我,甚至那些早期作品中明显软弱无力的女主角也有,这一自我突然冲破礼义、常规和成见的俗套,做出一些不受约束的、荒诞的举动,既没有经过深思熟虑,也没有心领神会。

而且悲剧往往就是从这一阵发作发展而来。因为毕竟还存在一个巨大自我保护体系,我们都生活在这一体系当中。冲破这一体系之后还要生活在这一体系当中,这正是威塞克斯人发现自己面临的问题。而除了那位处理得滑稽而不恰当的伊莎伯姐之外,他们谁都不曾解决这个问题。

这是因为他们必须在心里赞成这一体系。在金钱和社会抱负这些更直接的自我保护要求方面他们可以使自己不受约束。哈代的男女主人公中没有哪一个非常关心这些东西。但是还有一个更大的自我保护观念，它是在国家，在整个社会群体的模式中形成的。而这一观念，威塞克斯的男女主人公和几乎所有其他作品中的男女主人公一样，是无法摆脱的。国家、社会群体、既定的生活方式毕竟仍旧存在，而且原封未动，坚不可摧，而企图冲破它的个人则或者由于恐惧，或者由于心力交瘁，或者由于受到围攻而死，就好像离开禁闭在围墙中的城市后生活在无依无靠的旷野中的人。

这就是哈代的悲剧，总是同一种悲剧：那些多少有点儿开路先锋性质的人物为了行动自由，离开围在既定规范内（好比是监狱）的安全之所，逃到荒野之中，然后死在那里。一部接一部的小说都有这样一个主题：要么是如果你恪守陈规旧俗，你仍旧是善良的、安全的、幸福的，尽管你永远也不会有由同情带来的撕心裂肺的痛苦；要么就是，如果你富于激情、放任自由、我行我素，你就会觉得习俗带来的安全感是一座高墙之中的监狱，你就会逃跑，你就会死亡；死亡的原因要么是你自己缺乏忍受孤独和攻击的力量，要么是遭到社会的直接报复，要么是二者兼而有之。这就是悲剧，而且是唯一的悲剧，这并不比人以这样的方式分裂为彼此对立的两部分更玄奥：首先，既然他是社会的一分子，那么，为了自己的尊严，他就绝不能分裂这个社会，不论是社会道德还是社会的实际形式都不能；其次，社会规范是他本能的个体欲望的牢狱，不管他觉得闯入社会的禁区有无道理，这一欲望都会迫使他冲出围篱，孤身一人站在那里自言自语："我做得对，我的欲望是真实而且不可回避的；如果我还是我自己，我就必须满足它，管它规范不规范。"或者是独自站在那里疑虑重重："我做得对吗？我做错了吗？如果我做错了，啊，就让我死吧！"——在这种情况下他只求一死。

这一悲剧的产生和发展、对这种分裂和这一问题的认识的日渐加深、对某种结论的接近，是威塞克斯小说的主题之一。

因此这些作品必须按年代顺序进行分析，以便揭示出其发展进程并得出结论。

1.《计出无奈》

斯布林格罗夫是一位单调乏味的主人公，他在陈规陋习中故步自封，不敢告诉茜茜利娅自己已经订婚，因此准备制造麻烦。曼斯顿代表肉欲激情，他由于受追求茜茜利娅的欲望的支配而走向极端，他冲破陈规，害人性命。他得到了狂热无知、无法无天的阿德克利夫小姐的帮助。他与阿德克利夫小姐以死告终，而斯布林格罗夫和茜茜利娅则在幸福与成功之中结成连理。

2.《绿荫树下》

范茜是一位小小的女教员，她为牧师所算计，在为追求社会理想与满足想象这条打破常规的路上走了一阵子后,回到了迪克的身边,抛弃想象,安定下来过着稳定、踏实、吃穿不用愁的婚姻生活。这都是理所当然的事。但是范茜一辈子都在心里埋藏着许多还没来得及开放就会枯死的花蕾;迪克也很可能会有他难受的时候。

3.《一双蓝蓝的眼睛》

在艾尔弗莱德与斯蒂芬私奔后回来之时,她跳出陈规的第一道小篱笆的尝试就失败了。她连一点点孤独都不能忍受。奈特的陈腐观念的背后埋藏着自私的本性,他认为艾尔弗莱德不是处女因而无法忍受,尽管这时她爱他爱得死去活来。她顺从他,并且全盘接受了那些陈腐观念,尽管当时她是无辜的。当两个男子还在犹豫时,一个贵族轻而易举地赢得了她的欢心,她没有足够的勇气,没办法摆脱那些最陈腐的观念,成了激情的可怜而无辜的牺牲品,躺进了亮闪闪的棺材中,而三位意志坚定的情人却在一边悲痛,说这悲剧太悲惨。

4.《远离尘嚣》

芭丝谢芭是个桀骜不驯的女子;农场主博尔德伍德是个狂热的中年单身汉,他突然疯狂地追求起某种不真实的理想中的女子来,芭丝谢芭就是这一理想的化身;特洛伊中士是个假贵族,他厚颜无耻又从不放过寻欢作乐的机会,芭丝谢芭对博尔德伍德几乎是信誓旦旦，但又轻浮地出走，嫁给了特洛伊。她爱特洛伊，他却不爱她。善良的加布利尔一直在忠贞不渝地爱着她，他像一条守着骨头的狗一样在等待时机。特洛伊中士对待芭丝谢芭的态度很糟糕，从来没有爱过她，尽管他是这部作品中唯一了解她的男子。她的自尊心帮她重整旗鼓。特洛伊被博尔德伍德杀死，这位厚颜无耻但又有眼光的、几乎是愤世嫉俗的年轻士兵和这位疯狂地追求海市蜃楼的中年人退场；善良稳健的加布利尔上场，他娶了芭丝谢芭，因为他愿意做她的好丈夫，而她想象中的私恋之花却已经在特洛伊的鄙视之下死去。

5.《伊莎伯妲的婚事》

伊莎伯妲是个有个性又有几分才华的女子，她试图在社会上往上爬；觉得唯一让她倾心的男人裘利斯太地位低微，就把他移交给善良的小皮科蒂，而她自己则几乎是玩世不恭地献出所谓的她的心，嫁给了老恶棍蒙特克勒克勋爵，把勋爵和他的庄园打点得井井有条，成为上流社会中一根强有力的顶梁柱，此时她已将她心中的花蕾捏死。寓意是：如果管家的女儿是位卓越女子，那么她嫁一位老爷要比用爱情去找一位丈夫容易。

《伊莎伯妲的婚事》几乎是一部讽世喜剧。在威塞克斯小说中它是某种感情达到了顶点的标志，这一顶极感情就是，最好将对"爱情"的渴望一脚踢开，然后以常识取而代之,把柔情留给那些次要人物。

这部小说是耸肩一笑、是对希望的致命奚落、是大团圆式的结局的终结,此后只有在《号兵长》中才有健全的神志和一点点玩世情绪再次露面,为的是给遭鄙视的人一个祝福。这是对人的失败所做的艰难反抗和讽刺的宣言,心怀不满,还有点儿龇牙咧嘴。这是向狂暴愤怒的激情和真正的悲剧,向真正毁灭自己的爱人、向真正的自取灭亡屈膝投降。直到现在,在被爱的人中只有艾尔弗莱德遭到了毁灭;好人总有出头之日。

6.《还乡》

这是哈代第一部悲剧性的重要小说。尤黛莎愚蒙、放肆、富有激情,她非常清楚自己的七情六欲,知道自己没有继承什么传统因而也不会为自己的欲望而引以为耻,因为她出生在一个新式的意大利家庭。她首先爱上反复无常的怀尔狄夫但又对他不满,后来抛弃他而转向新近回乡的克林,并跟他结了婚。她想得到什么呢?她不知道,但明显的是某种自我实现,她想做她自己,想实现自我。但是她不知道怎样去实现,通过什么途径,所以就罗曼蒂克地想象巴黎与上流社会。好像那能让她永不满足。

克林早已发现巴黎与上流社会的虚伪。那么他想得到什么呢?他不知道。他的想象告诉他他想为社会的道德体系服务,因为物质体系是可鄙的。他想教育伊格登学堂里的小男孩。这很可能和尤黛莎的巴黎一样虚伪。因为道德体系不就是物质体系的公认形式吗？克林的利他主义不就是一种深层的、非常狡滑的懦弱吗？由于这种懦弱，他表面上做得高贵而实际上却是在逃避自我；由于这种懦弱，他放弃了实质上是实现自我的努力而选择了使人类变得更好。他没有能力接受自己的灵魂，所以就接受了启迪他人灵魂这一社会责任。这是一种巧妙的逃避。可见尤黛莎和他都将自己撇在一边，彼此都让对方无法信任、无法满足、无法实现。尤黛莎因为越出了社会规范，所以必得一死；克林因为投入了社会群体，所以从巴黎回乡说教。他从不曾成为一个完整的人，因为当他面临形成自我的要求时，他就躲到社会群体的掩护之下，找出一个利他主义的借口。

他为他母亲之死而感到的懊悔中掺杂着感伤情绪；它由于躲在后面的传统的逼迫而被夸大了。连这种悔过听上去也不真诚。他总是照章行事，他的感情多少有点儿根据需要、根据普遍接受的标准而产生。实际上他从来就不能根据本真的自我去行事，甚至去感受也不能，他总是按常规去做。他所受的惩罚是他最终丧失了全部的本真自我，所以他只能出于完全的空虚而说教。

托马辛和维恩心中没有什么狂风巨浪将他们推到常规的边缘。他们的心里总有活动的余地。他们是真实的人，并在隔墙之内得到奖赏。

怀尔狄夫机智多变但不幸福，他总是受到外来的诱惑而从来没有内在驱动，他既不能与现有的体系共处又不能没有它。他一点儿也不在乎它，因为他反复无常，没有确定的个性。

另一个牺牲品是克林的母亲，她是旧体系的一根老朽僵硬的柱子倒下后的残骸。她受到的外来压力太大。她心中又优柔寡断，因为她天生不是拘泥于传统的人，这种性格是无法承受约束的。

所以在这部作品中那些有强烈的感情和不寻常的性格的特殊人物都被削弱；只有那些稳定真实的、如果是平常的人物才保持不变。假如人照自己的意愿行事，他就会遭到毁灭。他必须根据既定体系的要求来行使自己的意志力。

真正的悲剧感不是由背景而来的。这部作品伟大的悲剧力量是什么呢？是伊格登荒原。谁又是荒原的真正精灵？首先是尤黛莎，然后是克林的母亲，然后是怀尔狄夫。那些本地人很少或者根本就没有与这一地方相一致的东西。

这部作品的真正悲剧实质是什么？是荒原。是那片荒野原始的土地，在那片土地上翻腾着本能的生命。在那本能的深沉而粗野的激荡中有着形成悲剧的真实。在接近事物本体的地方，可以听到创造我们和毁灭我们的躁动。荒原上涌动着原始的本能。伊格登的黑土地像野兽的躯体一样，是强壮、粗糙和有机的。尤黛莎、怀尔狄夫、约布莱特小姐、克林及所有其他人物都是这片粗糙的土地的产物。他们是一年之中偶得的庄稼。如果有的溺水或者病死，有的说教或者婚嫁，那算得了什么？这正如伊格登的秋天里野草的枯萎、浆果的圆熟、荆豆的结籽和蕨藤的死亡，算得了什么？荒原依旧存在。它的身体强壮肥沃，除了这一批它还会生出更多的庄稼。它有一种继续生产的忧郁的和潜在的力量，不管其产品身上发生了什么。这是一种深沉的、隐秘的源泉，所有这些小小的生命内容都由它而来。这些小生命散落和消耗掉了。这其中有一种残酷的满足：既然还有如此多的生命在来，既然还有一种如此神秘强大的生殖力在生产，那么散落和消耗掉一些又有什么要紧？

三个人死亡并被收回了荒原之中；他们的根茎被折断之后他们又一次化作肥泥与丰饶的土壤混合在一起。太好了。徒劳的不是伊格登，它在激情的剧烈涌动中送来了生命。它不可能是徒劳的，因为它是永恒的。徒劳的是人的良苦用心。

人有一种目的，这种目的是他由将他从土地中产生出来并赋予他生命的那个躁动的目的之中离异出来的。荒原生发出长满粗毛的石楠、荆豆和蕨藤，只给了它们生命。但是它生发出尤黛莎、怀尔狄夫、约布莱特小姐和克林又是出于什么目的？尤黛莎认为她想得到巴黎的有边与无边的帽子。也许她是对的。那养育出真正的本地人的难以耕种的坚硬的伊格登土壤，巴黎城下有，威塞克斯下面也有，尤黛莎却要到那个快乐的城市里去寻找自己。她以为生命一到巴黎就会变得热烈，以为伊格登给予她的所有精力和激情在那里会绽放出美丽的花朵。如果巴黎真是她想象中的巴黎,那么她无疑是对的,她的本能得到了合理的表现。但是真正的巴黎并非尤黛莎想象中的巴黎。除了一些激情勃发、自由放浪的男人,她的伴侣,她想象中的巴黎——那个能让她强烈的个性开出花朵的地方又在哪里呢?

克林本来是可能成为这种伴侣的。他生在富有激情的伊格登,本该富有激情地生活,让他的强烈感情赋予他更为旺盛的生命力。但是他的生活很早就缩成了一个狭隘的目的:他必须投身商业,将全部生命,将肉体、灵魂和思想都献给商业和它所代表的伟大体系。他的感情本来是用来造就人的,但它们却受到抑制和禁锢,他只能按外界强加在他身上的一套体系行事。伊格登那场隐秘的斗争就像荆豆在挣扎中开花,是一场争取生命的斗争,它仍在他身上继续,但又不能冲破将他禁锢起来的观念和体系。既然无力生存,他就只得改变自己,生活在一个抽象概念中、一种普遍原则中,他只得认同既定的体系。他只得作为人类或者人性,或者作为群体,或者作为社会,或者作为文明而生存。

一种内心的狂热正在折磨着他那平静端庄的外表,他们对他外表的评价是卓尔不群……他的面容上写着种种读得出来的意义。尽管不是心力交瘁,他还是露出某种由感悟身处其中的环境而来的痕迹,这种痕迹在结束平静的学生年代之后又做过四五年努力的人身上并不鲜见。他已经表明思想是肉体上的一种疾病,并且间接地提供事实,说明理想的外表美与感情的进步和对纷扰的尘世的清醒认识是水火不容的。心灵的光亮必须由生活的灯油来点燃,即使已经有了一根身体的灯芯;那一种供给两种需求的可怜情景在这里是明摆着的。

但是克林的脸上显露出来的究竟是思想给肉体带来的一种疾病呢,抑或是肉体给思想带来的一种不安呢?思想不像热病,它不是感染上的,而是产生出来的。如果它果真是肉体上的一种疾病,那么它是表明这种疾病的皮疹,而不是疾病本身。克林天性中的那种"内心的狂热"并不是在同他身体的匀称做斗争,而是在同束缚他身体运动的种种限制做斗争。就天性而论,他是伊格登的一个激情狂暴的产儿,早在达到这一年龄之前,他就应该已经在肉体上和灵魂中经历过爱情的苦与乐。他早该生活过、感动过而且拥有过自己的生命,然而他只有自己的事业,而此后又只有迂腐。他的学生年代已成往事,"他是个有希望能独树一帜的人",可是他停留在学生年代。他在生命和行动方面都没有任何创举,在思想方面当然也就谈不上创见。他的各种观念中没一个是独创的。连他本人也是复制品。他受的教育太多,自己也变成了回声。他的生命已经停滞,他的活动变成了重复。他的感情远没有进步,他在感情方面发育不全,几乎一点儿也没有发育。发育了的只有他的智力。而他那被掩蔽的感情不得不按他贴上的标签——一个现成的标签而行事。

然而,他仍是所有这些心智情感的一个滥觞之地,不管他如何阻挠和遏制其自然的活动,生命之力仍然在他的身上。"神性被耻辱地锁在人类朝生暮死的尸体之内却又犹如一束光线从他身上闪耀而出,这对性本机灵的人来说是常有的事。"但是神性到底是被锁在他朝生暮死的人类尸体之内,还是被锁在他有限的人类精神之内?是他的血从伊格登神秘而强劲地腾空而起,阻碍和限制着这种神性,抑或是他的思想——那所由外来的知识筑成又由他的意志守护着的房子——构成了监狱?

他回到伊格登——干什么呢?为了将他自己和像从河的源头一样从伊格登喷涌出来的那股强大、自由的生命之流重新结合起来?不——"为了向隐居在伊格登的修士们布道,以便使他们不经过苦修苦炼就能达到大彻大悟的境界",好像这些扎根在肥田沃土之中并通过根茎而获得生命的伊格登隐士不是早已比他大彻大悟得多!只要他们将这茁壮的根深埋在原始的土壤中,只要他们的本能已经搬迁出来转化成了行动、得到了表达,他们是怎样修炼的又有什么关系呢?这一体系对他们来说是足够大的,但又不会危及他们的本能。应该由他们来教化他而不是他来教化他们。

伊格登让他娶了尤黛莎。就他而言这就是行动和生命,这就是获得生命之举。但是一旦他得到她,在他看来她就变成一个概念,她不得不适应他的概念体系。照他的生活方式看，他已经了解她，她被贴上标签、分了类并且固定下来。他已经陷入这种生活方式，不能自拔。他已经与这一体系融为一体，无法摆脱。他不知道除了自己的存在之外尤黛莎也有她的存在。他不知道她的存在是他的体系与思想触及不到的，她的存在不受任何体系的支配，而且其中的任何意识也没有上升到表层。他不知道她就是伊格登，那个生命沸腾的、强大的、永恒的滥觞。他以为他知道。他以为伊格登是一片普通土地，杂草丛生，生活着一些蒙昧的居民。于是他上天入地，走马观花，画出一幅表面图，以为对一切都已了然在心。但是他的轻率和狂妄使他无法注意到，在被框进他的地图的世界之下和之中，永恒旺盛的生殖力在继续繁衍。他的说教，他的浅薄，无济于事。他有没有根据生活的表面计算出一幅道德的系谱有什么关系？它对生活的影响，会比星象图对星星的影响、对我们茫然不知的宇宙星空的影响更大吗？将要产生的一切都在伊格登的深不可测的母腹中播种和孕育，他的言辞能影响母体的这种运作吗？他的思想与言谈不是同他自己的心跳毫无关系，对它毫无影响吗？他是根据自己心里神秘的回响而在他的道德体系中制定生命的航程的，那么，他能把这一回响绘进地图吗？万事万物都从那隐秘强大的源泉获得生命，并将永远继续从那里获得生命，在搏斗中长盛不衰，那么，他又是怎样地将这源泉忽略得一干二净却浑然不觉？他能看到一星半点的静态外表，就绘入图中。于是，他认为他的地图就是事物的本质。他真够盲目，竟对推动和产生这一外表的巨大运动视而不见。他不知道每一种生命的大部分都隐藏在地下，就像树根的触须伸到了很远的暗处。他布着道，以为生命可以像鸡窝一样四处搬动。他的盲目的确招来了灾难。但是如果尤黛莎、怀尔狄夫或者约布莱特小姐死了又有什么要紧，如果他自己变成反复嘎嘎作响的词语又有什么要紧——有什么要紧？这令人遗憾。如此而已。伊格登这个原始的、躁动的身躯将永远再造该造出来的一切，尽管人的意志会一而再再而三地把花朵毁灭在蓓蕾之中。终有一天他会在思想和意志中认识到与他身上的原始冲动同根而生的东西。到那时，他要么是消亡，要么是继续说教。这些小小的悲剧尽管在自行表演，但不可能减损这一伟大现实。只有这些对它不利的意志和言辞才是虚无缥缈之物。

哈代的小说常给人一个这样的启示：它们之中有一个伟大的背景，它至关重要，充满活力，比活动于其中的人物更为重要。这背景就是那隐秘的、激情充沛的伊格登，就是那枝繁叶茂、液汁饱满、充满欲望与情感的树林，就是那深奥莫测的星空，在这一背景之下是生命的小体系:《还乡》《林地居民》或者《塔上二人》。这一原始道德的博大精深的模式是人类的思想无法掌握的，人类以这一模式为蓝本所制定的道德生活与抗争的小模式是可怜的，甚至是可笑的。人类为了抵御荒芜广袤的自然，建立起法则与秩序，修筑起城墙与堡垒，它总是变得太狭小，那些不堪城堡中礼教的重压的先驱冒险往外冲,结果却死在礼教的镣铐中,自由但又不自由,嘴里在宣扬城堡,眼睛却望着荒野。

这就是哈代小说的惊人之处,它给小说以美。我们把生活本身具有的博大而未经探索的道德称为自然的道德,它将我们裹在当中,永远无法理解,人类的小道德剧在它的中间继续上演,其道德场面稀奇古怪,其动作也机械僵化;尽管演得一本正经,令人心惊肉跳,还是有某个厌倦了舞台的角色偶尔把头探出如醉如痴的那一圈子演员,扫一眼四周狂风呼啸的荒野。接着他心神不定,他的小戏剧砸了锅,或者变成了背台词,但是外面那个大戏场没受一点儿影响,还在演着自己的那场看不懂的戏。哈代的作品差不多都有这种特性,它们都包含有这种绝妙的讽刺、挑战和蔑视。那些鳏夫寡妇的小故事是一些蓄意而为的讽刺,而《还乡》等鸿篇巨制中却包含着对我们故作正经地生活在其中的人类生命的讽刺。

这正是哈代与莎士比亚、索福克勒斯、托尔斯泰等伟大作家共同具有的品质,他们将人物的小行动设置在自然的难以理解的大行动的背景之中;将被人类意识把握住和建立起来的小道德体系设置在自然或者生活本身没有被理解而且也不可能理解的大道德之中。不同之处在于,在莎士比亚与索福克勒斯的作品中,人物主动地触犯他不理解的大道德,或者叫命运,大道德主动对他施行惩罚;而在哈代和托尔斯泰的作品中,人物则是主动地触犯人类制定的小道德,即机械的体系,小道德为了维护自己就对人物施行惩罚,而大道德则只是被消极地、被动地违背了，它只体现在背景和布景之中，它不主动参与，和主人公没有直接联系。俄狄浦斯、哈姆雷特和麦克白违背了，或者意识到自己违背了他们不理解的自然的道德，他们是被这一不可理解的力量处死的。而安娜·卡列尼娜、尤黛莎、苔丝、苏和裘德则是意识到自己违背了人类制度与道德的既定体系，他们无法超脱，于是就被击倒。他们的真正悲剧在于他们不忠于不成文的大道德，它本可以让安娜·卡列尼娜耐心等待，总会有她能够凭借天地正义从社会中获得她想要的东西的；本可以让渥伦斯基摆脱旧体系，成为一个独立的人，与安娜一起去开拓一片道德的新天地；本可以让尤黛莎为克林自己的灵魂而同他斗争，让苔丝获得她的安琪，既然她比他更空灵；本可以让裘德和苏为尊严而忍受苦难，既然人必须宁为玉碎，不为瓦全。

假若俄狄浦斯、哈姆雷特、麦克白弱小一些，不是那么充满真正的、炽烈的生命力，那么悲剧就不至于降到他们头上；他们就会懂些事理，想出方法把他们的事情摆平，躲到人类道德中去避避难，避开那神秘道德的巨大压力与攻击。但是作为他们这样血性十足的男子，当他们发现自己与生命本身的势力势不两立，他们就只能战斗到死，因为生命的道德，也就是大道德，是永远不可改变和不可战胜的。它可是躲得起惹不起的。另一方面，安娜、尤黛莎、苔丝或者苏——在他们的观念中哪一点必然是悲剧性的呢？那的确必然是痛苦的，但他们不是在向上帝开战，而只是在同社会开战。然而他们都只是受到人为强加在他们身上的裁决的威胁，从他们自己的灵魂看，他们一直做得对。处死他们的是人们的裁决，而不是他们自己的灵魂的裁决，也不是永恒的上帝的裁决。

现代悲剧的弱点就在这里，触犯社会礼教就会导致毁灭，就好像社会礼教操纵着我们不可改变的命运。像克林一样，这幅地图在我们眼里比大地还真实。我们的目光几乎短浅到了盲目的地步，我们凝视着这幅航线图，制定航程，然后具体落实下来，可我们就是看不出生命一直在对我们撒谎。

第五章 作品、天使与尚未诞生的主角（选译）

我们一开始就走了一条方向相反的错误路子。我们以为，通过了解我们不是何物，就可以掌握我们作为个体是何物，然而我们知道，整个人类的意识中一点儿也不包含人所是的东西，所以，采用排除法是毫无用处的；我们以为，通过发现生命在以往的运动模式，我们就可以由此规定它以后的运动模式，然而我们知道，在生命中新的运动并非旧的运动的结果，据我们的理解，它是一种相当新颖、相当不同的东西。

于是，我们在新的还尚未成型、尚未孕育、尚未诞生之时，就拼命机械地重复旧的生活过程，而不能自强自立，不能做出任何新东西来。

察看一下哈代的这些小说，你会颇有兴趣地发现，他的那些主人公中几乎没有一个是得到了充分发展的、个性鲜明的人物，他的人物是潜在个性尚未得到体现的个体，是还裹在母腹中的、混杂的、没有个性化的生命，有的稍微具有了一些个性，有的一点儿个性也没有。

在《计出无奈》中很少有什么真正的人物，在展示情节之时尤其如此。哈代令人厌倦的通常是，他既不写道德剧，也不写小说。就情节而言，这部处女作中的人物无法称其为人物。女主人公完美纯洁，男主人公呢，洁白之上有一个小斑点；女恶棍是又红又黑，但红的多于黑的；男恶棍是又黑又红；杀人犯在通奸女子的帮助下，掌握了摆布处女的权力，处女在最紧要的关头被童贞的骑士搭救出来，逃出了魔爪。接着，杀人犯法网难逃，被处以死刑，而神圣的正义同时降临到了通奸女子的头上。然后，处女与童贞骑士共结秦晋之好，得到神圣的祝福。

这就是道德剧，如果这道德是有力和正宗的，那倒好了。但是时不时地，我们发现这处女是由一位正派的、非常平凡的姑娘扮演的。

在《淡泊的人》里，从开头到结尾都有一股子对贵族所持有的艺术家的偏见，而且从开头到结尾都在对贵族进行道德谴责，都在取他的位置而代之以中下层人物的资产阶级品德。这就是哈代的宿命论的根源。直到他开始写《苔丝》和

《裘德》时他才同情起贵族来——除了在《卡斯特桥市长》中，他对贵族是满洒同情泪的。他总是把他们写成同一个样子，比如有某种致命的弱点，非常无能无德，总是如此。从头到尾都一个模样。

阿德克莱夫小姐与曼斯顿、埃尔弗莱德和她嫁的那位病恹恹的爵士、特洛伊和博尔德伍德农夫、尤黛莎·菲伊和怀尔狄夫、《淡泊的人》中的德斯坦西、《塔上二人》中的康斯坦丁夫人、卡斯特桥市长与露塞妲、《林地居民》中的查蒙德太太与菲茨皮尔斯医生、苔丝与阿雷克·德伯维尔，以及尽管有些不同的裘德。还有金发碧眼、性情暴躁的男子：特洛伊中士、怀尔狄夫，以及精神方面的裘德。

这些人有不同之处，但都是哈代笔下的贵族式人物。他们个个都必须死，必须死绝。

哈代为什么对贵族持有这种艺术家的偏见，为什么同时还对他持有道德上的敌意呢？

其原因在《淡泊的人》里说得清清楚楚，这部书的旨趣不高，目光也狭隘。女主人公玻拉是一位著名铁路工程师之女，住在古老的德斯坦西家族的堡垒中。她叹息，希望她是德斯坦西家族的嫡系后裔，这家族的坟墓与画像对她有一股魔力。"不过，"男主人公对她说，"你忘记了你父亲的家世谱系吗？忘记了阿基米德、纽康门、瓦特、迪尔富德、司迪芬森吗？"——"可是我对其他类型的祖先抱有一种艺术家的偏见。"玻拉叹息说。这样，男主人公对用他一长串做建筑师的祖先的名字来打动她的想法绝望了。他为她这般偏爱一种"动物谱系"而深感痛心。

但这个"动物谱系"又是何物呢？如果她那些做苦工和小市民的祖先有一部家谱保存下来，不管它有多么像动物，玻拉也是不会引以为荣的。她的偏爱是一种艺术家的偏爱。

这是因为他能够在其中生活、做自己的人、走自己的路的那片天地全被贵族占据掉了。那是永远叫他迷恋的东西。这就是为什么对他的偏爱是一种艺术家的偏爱的原因。对建筑师家族的偏爱是学者的偏爱，对工程师家世的偏爱是经济学家的偏爱。

这种艺术家的偏爱在哈代身上很强，它在每一个有想象力的人的心里都是根深蒂固的。人类引以为荣的是创造生命，创造活灵活现、独立自主、个性鲜明的人，而不是建筑物、工程工事或者艺术，甚至也不是公益事业。人类引以为荣的不是一大群安心安意、舒舒适适、遵纪守法的公民，而是少数不拘流俗的、更杰出的、个性鲜明的、遗世独立的生命、人和个体。

艺术家从来都是选择这些人物为对象。那么，在哈代的作品中为什么贵族永远都必须被判处死刑呢？他是不是心里想起了大众，就像法国大革命时期的革命者一样，立志要消灭一切不平均的东西？在威塞克斯小说中，除了那些普通人之外，其他人物都以死亡告终。但是为什么呢？是因为这些出类拔萃的人物身上有死亡的因子呢，抑或是因为艺术家自己身上有资产阶级的影响,有嫉妒报复心理,如今平常百姓取得了统治少数贵族的权力,于是就要来复仇了呢?

很显然,以上两种情况都是正确的。哈代从资产阶级道德出发,把每一个杰出人物都塑造成恶棍,把这个人物所具备的所有优异的或者个性强烈的特征都塑造成弱点,或者恶劣的缺点。在《计出无奈》《绿荫树下》《远离尘嚣》《伊莎伯妲的婚事》《还乡》(但在《号兵长》中有一次对这公民大众的道德的辛辣讽刺)《淡泊的人》《塔上二人》《卡斯特桥市长》和《苔丝》中,这种恶棍形象在逐渐减弱。最邪恶的恶棍是曼斯顿,下一个也许数特洛伊,接下来是尤黛莎和怀尔狄夫,在这些人物身上总是邪恶越来越少,人性越来越强。第一次真正的同情是在尤黛莎面前显示出来的,这种同情几乎压倒了资产阶级的或者说平民百姓的道德,而表示这种同情的阴险的恶棍却变成了菲茨皮尔斯医生这样一个弱小可怜的人物。在《卡斯特桥市长》中,阴险的恶棍几乎已经成了英雄。伤感、脆弱但不邪恶的菲茨皮尔斯医生有些行为失检,受到了应有的谴责。阿雷克·德伯维尔并非没有可爱之处,而裘德则完全是一位悲剧英雄,旧式的童贞骑士与阴险恶棍在他身上融为了一体。谴责逐渐从阴险恶棍身上转移到了白肤金发的资产阶级童贞英雄身上,从阿雷克·德伯维尔身上转移到了安玑·克莱身上,最后在裘德身上二者连成了一体,彼此喜爱,尽管优势在阴险恶棍一边,但他如今已是阴险、可爱、热情的英雄。最后,谴责从阴险恶棍身上转移到了洁白的处女——资产阶级的灵魂上——从艾拉贝拉身上到了淑身上。这谴责最后变得极为微妙和悲哀,但又的确存在。童贞骑士遭到了龃龉之恨,但又仍然受人之爱;可爱的纯洁处女最后成了生命的罪魁祸首,最后的那股恨就是针对她的。

这是一次彻底的、极有力的转移,这是对道德的一次彻底的改变。黑的没有变成白的,但是黑的不啻是取代了白的;白依然是白,但它已不再纯洁。老式的公共道德就好比麻风病,是一种不流血的疾病;只有老式的、反社会的、个人主义的道德才站在生命与健康一边。

诚然如此,贵族必须死亡,从头到尾都是如此,连裘德也不能幸免。是从一开始他身上就埋下了死亡的种子呢?还是仅仅因为他在逆时代潮流——平民百姓取胜的时代潮流而动呢?曼斯顿、特洛伊、农场主博尔德伍德、尤黛莎、德斯坦西、亨察德、阿雷克、裘德,这些人如果生在英雄时代,他们会成为英雄而不会产生悲剧吗?曼斯顿、博尔德伍德、尤黛莎、亨察德和阿雷克看来似乎有可能成为英雄,裘德也几乎如此。在英雄时代他们有可能活下去,并且多少取得一些胜利。但是特洛伊、怀尔狄夫、德斯坦西、菲茨皮尔斯和裘德身上有一种致命因素。在他们的心脏里有某种东西坏死了。他们身上的失败、不幸或者悲剧因素——随便你怎么叫它——是与生俱来的;在埃尔弗莱德、康斯坦丁夫人、《林地居民》中的马蒂·苏司和苔丝身上同样如此。他们这些人都本性喜欢冲动，因此他们都注定要失败。

所以，我们就看到有这么一些男子，比如《一双蓝蓝的眼睛》中的贵族爵爷、特洛伊中士、怀尔狄夫、德斯坦西、菲茨皮尔斯，还有裘德，他们都是些贵族式的热血男儿，正是由于他们的天性而注定要面临悲剧，或者是最终也要遭受不幸。

在妇女中属于同一阶级的有埃尔弗莱德、康斯坦丁夫人、马蒂·苏斯和苔丝，她们都是富有激情的贵族，然而也必定是些不幸女子。

我们还可以看到一些贵族似的热血男儿，有曼斯顿、农场主博尔德伍德、亨察德、阿雷克，也许还可以算上裘德，他们都在普通大众、守法百姓的重压之下败下阵来，但是在民风淳朴的时代，他们会成为浪漫的角色，而不会是悲剧人物。

与上述男性人物属于同一阶级的女子有阿德克莱夫小姐、尤黛莎、露塞妲、查蒙德夫人。

第三个阶级是资产阶级或说是平民英雄，这个阶级的目的是在集体中求得生存与心身的愉快，其中包括《计出无奈》中那位成功的男主人公，《一双蓝蓝的眼睛》中那两位不成功但没受到什么伤害的男主人公，成功的伽布利尔·奥克，鼓吹左派思想的、不成功的克林，《塔上二人》中不成功但没受到大的伤害的那位天文学家，卡斯特桥那位成功的苏格兰人，《林地居民》中那位不成功并且丧了命的基尔斯·温特博恩，反叛型的安玑·克莱，也许裘德也勉强算得上一个。

与这些男人相随的女子有：《计出无奈》中的女主人公，芭丝谢芭、托马辛、玻拉、亨察德的女儿，《林地居民》中的格雷斯和淑。

以下就是从这些小说中得出的道德上的总结：

1.有血有肉的个体最终只是一种低劣的东西，它必然败在社会面前，如亨察德、曼斯顿等。

2.肉体上和精神上的个人主义是一种华而不实的东西，由于它的孤立无援，由于它只是一种游戏而不是真正的生命，所以它必然失败，如裘德、苔丝、康斯坦丁夫人。

3.肉体上的个人主义者和精神上的资本主义者或者共产主义者最终是一种丑陋、落后、平庸或者违背常理的肉欲本能的追求者，他们必然在肉体上堕落。比如淑、安玑·克莱、克林、奈特。然而，这种人是适应社会的。

4.平庸者、小资产者或者平常百姓具有普通的或者小市民的德行，这种人常常最后是成功者。他即使失败了，实际上也并没有受到伤害。如果他在缓刑期间咽气了，他的坟墓上会有鲜花。

这里所说的个人主义者不是指渴望满足欲望的自私自利或者贪婪之徒，而是指具有鲜明个性、必须按其自己的特定方式来体现其自己独特性格的人。他是一个超越了平常百姓的人，他愿意用他自己的生命来实现他完美的自我，这种人是贵族。

艺术家对自己总是抱有一种偏爱。但是和托尔斯泰一样，哈代总是到最后还是被迫站在大众一边来谴责贵族。尽管他无法改变他自己，但是他必须和普通人站在一边，反对特殊的少数人，他必须做出最后的裁决，代表人类的（或者说全体公众的）利益，排除个人的利益。

然而要做到这点，他必须反对他自己。他私下里总是同情个人，反对公众——艺术家就是这样。因此，他会塑造出一个可以说是无可责难的人物，让他去寻求他自己的满足和他自己的最高目标；他会揭示出这个人物是怎样被公众或者是他身上代表公众的东西，又或者是某种体现公众的观念的东西所毁灭的。宿命论由此而来。要做到这一点，他就必须选择有明显的弱点的人作为他的人物，这一弱点可以是冷酷的性情、僵硬呆板的思想，也可以是某种对公众的不可避免而且不可克服的依附。

这种弱点在特洛伊、克林、苔丝和裘德身上表现得明显。他们的个性自然很独特，但是生命之流似乎很微弱，因此，他们摆脱不了对旧事物的依附，他们不能把他们自己与养育他们的大众分离开来，他们不能超脱普通人。因此，他们是悲哀的而不是悲剧性的人物。他们缺少必不可少的力量——这个有关他们不幸结局的问题在一开始就请教过了。

然而，俄狄浦斯、阿伽门农、克吕泰墨斯特拉或者俄瑞斯特，麦克白、哈姆雷特或者李尔，这些人都是被他们自己心里相互冲突的激情毁灭的。由于贪恋冒险——一种超脱的欲望，阿伽门农祭献了他的女儿伊菲琴尼亚，此外，他在特洛伊城外还有风流韵事，为此，伊菲琴尼亚的母亲与他信誓旦旦的妻子一同发难，导致了他的死亡。这是自然的法则在作难。哈姆雷特是又一位俄瑞斯特，他受他父亲的复仇神的指令，要杀死他的母亲和叔父，但是他的母子之情在撕扯着他的心。这和俄瑞斯特几乎是同一个悲剧，没有任何神或女神来赐予和平。

在这些剧作中，世俗的道德被超越了。斗争是在人本性中伟大的、个别的、一对一的力量之间，而不是在社会的规定与个人的情欲之间进行的。"十诫"说："你不可杀人。"但是麦克白无疑杀了许多挡他道的人。哈姆雷特刺死躲在帷幔后的老头时肯定没有疑心忡忡。他为什么要？但是当麦克白杀死邓肯时，他把自己分成了两半，两个敌对的部分。这一切都发生在他自己的灵魂和血液中，他身外则平安无事，这和发生在克林、特洛伊、苔丝、裘德身上的的确是一样的。假如她是位名门闺秀，假如他在他的灵魂深处没有觉得自己与社会已经隔离——而他又无时无刻不在依恋着它，那么，特洛伊很可能会忠于他那位不幸的人儿的。苔丝任凭自己受人谴责，而且还主动请求安玑·克莱施加惩罚。为什么？就算她的生命年轻和强盛，可她并没有做任何有悖常理的事，至少可以说没有做不可挽回的坏事。但是她却站在社会的一面来谴责自己。裘德的不幸中最心酸、最悲哀、最深沉的部分，则是他没能获得允许入剑桥读书，没能获得他在知识界、在世间事物中应该获得的一席之地。

由于缺少了一份坚定，由于在生命与公众舆论之间犹豫不决，威塞克斯小说失去了作为完美的悲剧的地位。导致几乎是不可避免的悲剧的——但又不一定是死亡，正如在埃斯库罗斯那些最辉煌的悲剧中看到的一样——不完全是对永恒的、永世不变的生命法则的违背，也不是不同的生命冲力的彼此冲突。在威塞克斯，导致悲剧的是个人对从最肤浅的角度看是公众舆论；从最深刻的角度看是我们因之而生活在一起，形成一个社会群体的人类契约的屈服。

乔万尼·维尔加[*]

现代意大利文学在欧洲人心里几乎没有留下什么印象，这似乎有些奇怪。一百年以前，当曼佐尼[1]的《约婚夫妇》出版时，在欧洲赢得了一片掌声。曼佐尼的名字和瓦尔特·司各特与拜伦一道，对整个欧洲来说，就是"罗曼司"的代名词。然而，堪与司各特和拜伦比肩的曼佐尼如今到哪里去了呢？我的真正意思是说，《约婚夫妇》不仅名义上是一部经典，而且的确常常被认为是意大利小说的唯一一部经典。它被列入了所有的"文学教材"。但是有谁读它？即使在意大利又有谁读它？然而在我看来，它是所有小说中最上乘、最有趣的一部，比《艾凡赫》《保罗与维吉妮》或者《维特》

---

[*] 本文作于1922年春，1936年首次发表于《凤凰》。乔万尼·维尔加（1840—1922年），意大利著名小说家，"真实主义文学"的代表人物。

[1] 曼佐尼（1785—1873年），19世纪意大利著名小说家、诗人、剧作家、理论家和意大利浪漫主义文学的领袖，代表作有历史小说《约婚夫妇》、政治抒情诗《五月五日》、悲剧《阿达尔齐》、理论著作《浪漫主义》等，曾受到下文提到的司各特的影响。

还要伟大。那么为什么没人读它？为什么觉得它令人厌烦？有一次我把一个好的英译本送给已故的凯瑟琳·曼斯菲尔德，她的评价令我惊愕：又长又烦，无法卒读。

乔万尼·维尔加的遭际也是如此。在曼佐尼之后，他被公认为意大利最伟大的小说家。然而没有谁看他一眼。如果还有人知道他的名字的话，那也是，他是歌剧《乡村骑士》的词作者。然而，正如葡萄酒要胜过糖水一样，维尔加的小说《乡村骑士》事实上远远胜过马斯卡尼的廉价音乐。维尔加是短篇小说大师。收在《乡村故事》和标题为《乡村骑士》的两个集子中的一些作品是短篇中的顶极之作。它们中有一些精练、辛辣不亚于契诃夫。与契诃夫相比我更喜欢这些短篇。然而没有人读它们。它们"太压抑"。可它们给我的压抑不及契诃夫所给的一半。大众的口味真令我不解。

维尔加写过好一些小说，其题材、风格各不相同，差别很大。他在1850年前后出生，我相信是死于1921年秋。[1] 所以他也是个现代人。同时他又是个古典派。而且同时还是个老式作家。

他的早期小说是些19世纪70年代法国式的作品。有那么一个西西里青年娶那不勒斯姑娘的郁闷故事，到小说的最后一页他才给妻子一个早就该给的耳光。还有那部令人憎恶的

---

[1] 劳伦斯记错了。参见前注。

《真虎》,讲的是一个俄国女伯爵——也许是女公爵,管她是什么——来到佛罗伦萨,被西西里青年诱入爱河,可怕的事情接踵而来:那个古怪女子患肺结核奄奄一息,男子稀奇古怪地冲昏了头脑,一派意大利南部的自杀一般的格调。这部作品尽管令人不快,给人的印象还是深刻的。

维尔加自己也是西西里人,来自该岛南部一个偏僻的农村。他是一位绅士,但不富有,可能有些家产。他年轻的时候到过那不勒斯,后来在米兰和佛罗伦萨从事新闻业。他退休之后住在卡塔尼亚,晚年过着孤傲不群的贵族式生活。他个头不高,但长得粗壮,一把红髭又浓又密。他终生未婚。

他的知名作品有两部大部头西西里长篇《马拉沃利亚一家》和《堂杰苏阿多工匠老爷》,以及短篇集《乡村骑士》《乡村故事》等。这些作品和中篇《黑帽雀的故事》一样,都以西西里为背景。谈到这本小书,前些天意大利文学圈里一位年轻的头面人物在罗马对我说:噢,是的,维尔加嘛,他的有些东西还像回事!但是《黑帽雀的故事》这样的东西现在看来有点儿荒谬。

但是为什么呢?可能是因为它太感伤。但它并不比《苔丝》更感伤。而且在我看来,这些感伤是属于书中那些西西里人物的,是合乎作品的要求的,正如狄更斯的《圣诞欢歌》或者乔治·艾略特的《织工马南》中的感伤合乎作品的需要一样,如果你乐意,不把它们一笔勾销的话,你也可以说这两部作品是"荒谬的"。

和所有意大利人一样,维尔加的困惑是他似乎从来都拿不定主意自己该何去何从。当人们读到曼佐尼的作品时,不免疑惑他是不是更"哥特式"或者德国式,而不是意大利式。同样,维尔加似乎也假借了某种生活形态,不过这一次是从法国人那里借来的。邓南遮也一样,人们难以相信他真的是他自己。他给人一种"演戏"的印象。现在皮兰德娄还在继续这种游戏。意大利人总是那样,总是搬弄别人对生活的看法。哈代、梅瑞狄斯、狄更斯之类的人,他们和意大利人一样感伤和造作,方法却是自己的。只不过他们的造作和感伤恰好打的是我们自己的牌子。

诚然如此,人们也许还是会觉得,哈代、梅瑞狄斯、狄更斯、莫泊桑,甚至龚古尔、布尔热[1]之类的人,尽管有其造作的一面,但仍然用自己的眼光去看待生活。而意大利人给人的印象是,他们总是借人家的眼睛去看,因而很多属于他人的感情趁着借来的眼光进入了他们的作品之中。

这就是维尔加的缺憾。但另一方面,他写的任何东西中都有一种属于维尔加的古怪个性,非常独特,非他人可比。然而,对人物的总的看法则不大像他自己的。他的所有行动都是他自己的。但是他的主导动机却是借来的。

---

[1] 布尔热(1852—1935年),法国小说家,文学评论家,标榜传统的写实主义,所作多为心理哲学小说,主要作品有《残酷的谜》《门徒》等。

就我所知，这就是意大利文学使人不满意的方面。

所有19世纪文学的主导动机和总的观念，我们可以称之为感情——民主观念或动机。我觉得自1860年以来，甚至自1830年以来，意大利人就一直在从北方国家借来他们理想的民主，并且还没有通过他们的移植就往民主中倾注了大量的感情。其中有一些最了不起的为民主而殉难的人物就是土生土长的那不勒斯人。但是，借他人的眼光来过自己的生活的企图似乎是错误的。

维尔加的第一部西西里小说《马拉沃利亚一家》就属于这一类型。它被认为是他最了不起的作品。它是一部上乘之作，但它有先入之见，而且是片面的，因而是过时的。在这部作品中，穷人的悲剧性命运讲得太多太多。它有点沉湎于下层人的悲剧之中。它属于"下层人"是最流行的事物的时代。马拉沃利亚一家是下层人中的最下层。海滨的西西里人，渔夫、小商小贩，关于他们的卑微生活的悲剧堆积得过多，简直泛滥成灾。此书的美国版的标题是《欧楂树边的屋子》，至今仍有出售。它是一部了不起的作品，是一幅描绘西西里贫穷生活的优美画卷，写的就是卡塔尼亚[1]。这画卷就像勒帕日的那些悲伤寒碜的绘画。不过它的确是一幅真实的画面，与文学中的任何其他东西都不相雷同。在那一时期的大多数作品中——甚至在《包法利夫人》中，更不用说在巴

---

[1] 意大利西西里岛东岸港市。

尔扎克的早期作品《幽谷百合》中——人们都得去掉百分之二十的悲剧。狄更斯的作品中如此，霍桑的作品中如此，任何时代的任何大作家的作品中都是如此。那么维尔加又怎能幸免呢？将《马拉沃利亚一家》中的悲剧成分砍掉百分之二十试试，看留下的将是一部多么伟大的作品。大多数有活力的作品尽管作者怎么拼命非难仍然是活的。想一想《呼啸山庄》。它对意大利人而言就像《马拉沃利亚一家》对我们而言，不可能不是如此。但它仍不失为一部伟大的作品。

现实主义的缺憾（维尔加就是一位现实主义者）就在于，如果作家是一位像福楼拜或维尔加一样真正技术超群的人物，他就试图将自己的悲剧观念差强人意地塞到比他自己小得多的人物身上。我认为《包法利夫人》的致命弱点就在于，爱玛·包法利及其丈夫夏尔这样的人物太卑微，不可能承受得了福楼拜的悲剧观念的重荷。爱玛和夏尔·包法利是一对小人物。福楼拜却不是小人物。但因为他是现实主义者，因为他不相信"英雄人物"，所以福楼拜就强行将他深沉而辛酸的悲剧意识倾注到这位乡村医生和他不安分的妻子的那层薄薄的皮中去。结果出现了脱节。《包法利夫人》是一部了不起的作品，一幅非常精彩的生活画面。但是有这样一个事实我们不能不抱怨，那就是，福楼拜伟大的悲剧灵魂却用爱玛和夏尔·包法利这样非常平凡的人物来体现。这不相称。要克服这种不相称感，你就得用各种各样的遗憾来缝合，而遗憾的缝口却是遮掩不住的。

莎士比亚的伟大悲剧灵魂借王公大臣来体现，这不是出于势利，而是出于天然的亲和力。你不可以把伟大的灵魂注入普通人体内。普通人有普通的灵魂。福楼拜和维尔加对包法利夫妇和马拉沃利亚一家的所有高贵的同情并不能使包法利夫妇和马拉沃利亚一家摆脱普通人的地位。因为他们是普通人而不是英雄人物，所以才有意选择了他们。作者强调下层人物的可贵之处。但他们又不得不将自己的可贵之处中最可贵的部分借给这些下层人物，下层人物根本就来不及表现他们自己的可贵。

所以，如果《马拉沃利亚一家》过时，《包法利夫人》同样过时。它们都属于19世纪的"感情—民主"和"下层人可贵"的时代。那个时代对现在而言太老式。我们的感情受"下层人物可贵"的思想的冲击至今仍然太大。只有当这种感情已远离了我们，我们才有可能像接受狄更斯或者理查森的作品一样用不受约束的心灵不偏不倚地接受《包法利夫人》和《马拉沃利亚一家》。

但是《堂杰苏阿多工匠老爷》却不像《马拉沃利亚一家》一样将下层人物视若珍宝。在这部作品中，维尔加要对付的不是极度的贫困，也没有称之为悲剧。相反，他对贫困还有点儿不耐烦。他得靠一个英雄人物来取胜，来为他赚一大堆钱，然后拜倒在钱堆之下。

堂杰苏阿多老爷踏入生活之时只是个光着脚丫的农家小

子，根本就不是老爷。他发了大财。但是他从钱财那里得到的却只有满肚子的苦水，这苦水置他于死地。

维尔加肯定知道现实生活中堂杰苏阿多的那位原型人物。我们在《乡村骑士》这一精彩的现实主义故事中见过他，一个胖乎乎的小农民，他压榨雇工，成了家财万贯的富翁，如今得了病，在劫难逃。这小家伙没有一点儿英雄气概。他有贪婪无止的欲望，但堂杰苏阿多的那种富有魅力的个性却一点儿没有。

堂杰苏阿多是有魅力的，还有点儿英雄气概。尽管如此，作者不允许他以老式的英雄面貌出现，不允许他妄自尊大、居高临下、鹤立鸡群，只允许他具备超人的品质，尤其是超人的力量。但是这些东西并不能使人成为英雄。英雄必须是天赐的英雄，而且必须自知天降大任。甚至查理大帝的二十一位武士也可以看作是旧式英雄的范例，他们自知责任重大。哈姆雷特也是如此："啊，真糟，天生我偏要把它重新整好！"[1]尽管哈姆雷特什么也没有重新整好，但他感觉到了那种责任。这也是所有英雄都必须感觉到的。

但是堂杰苏阿多、裘德和爱玛·包法利是不允许感受到这些的。他们感受到的不比任何人多，这是命中注定。这是由于他们属于现实主义世界。

堂杰苏阿多只是个平凡人，只有不平凡的精力。这当然

---

[1] 引文出自《哈姆雷特》第1幕第5场，卞之琳译文。

是作者有意为之。但是他是西西里人。难题就出在这里。因为民主现实主义时代已经避开了缺少英雄人物的窘境，人人都是自己心目中的英雄。这是通过我们所谓"主体强度"来实现的，在这一劳什子"主体强度自己是自己的英雄"方面，俄国人拉着我们走得最远。最卑贱的偷儿扒手也对自己的灵魂如醍醐灌顶，逼得我们在他面前躬腰曲背，他心中那想象出来的灵光在闪闪发亮呢。这几乎就是俄国文学的一切：匹夫匹妇心灵中的熠熠光华。

当然，如果你这么认为的话，你的灵魂是会闪光的。这就是俄国人的作品如此受宠的原因。无论你是一个多么蹩脚的动物，你都能从陀思妥耶夫斯基和契诃夫等人那里学到怎样获得地球上最柔情、最独特、最闪闪发光的灵魂。所以你也可能是自己心中最显赫的人物。这是所有人都心中藏之的目标。英雄则将它公之于众。匹夫匹妇心中也有这种想法，在公开场合却会说：当然，我不比任何人强！他的这一表白就说明他根本就不这么认为。陀思妥耶夫斯基或者契诃夫的每一个人物都在心底里认为，自己是无与伦比的，是绝对独一无二的。

而在此处这些西西里人身上，你看到的截然相反。这些西西里人根本就没有一点主体意识，没有一点灵魂。当然，灵魂中那可笑的小小的异己自我应排除在外，通过祈祷，它可以从地狱升入天堂，因而它同样是客体方面的。

西西里人，据我们对这一词语的理解而言，是没有任何灵魂的。他没有我们这种主体意识，对他自己不是那么一往情深。在他看来，灵魂是一些在热砖头上蹦蹦跳的不自在的裸体小人儿，最终获得允许，升入一个有音乐、有鲜花、有假装神圣的人群的花园，也就是天堂。耶稣是一个被一大帮外国佬与恶棍钉上十字架的人物，如今他能帮你与那些小丑恶棍对着干，与那些巫婆术士分庭抗礼。

自己折磨自己的耶稣，自己折磨自己的哈姆雷特纯属子虚乌有。人为什么折磨自己呢？堂杰苏阿多不禁问道。这世界上折磨他的流氓恶棍难道还不够多吗？

当然，我说的是五六十年前维尔加时代的西西里人，后来他们朝美洲大量移民，又大量回归，带回了美钞和有一点点自我意识的灵魂，至少在政治方面有点儿自我意识。

可见《堂杰苏阿多工匠老爷》中的情形与《卡拉马佐夫兄弟》中的适成对照。除荷马之外，难以想象还有谁比维尔加更不像俄国人。然而，维尔加和俄国人一样抱有相同的怜悯之情。而且和俄国人一样是现实主义者。他不能容忍英雄，也不会向天上或者地下的神祇乞怜。

现在的西西里人被认为是我们能见到的最接近古希腊人的人，那就是说，他们是地球上与古希腊人血统最近的后裔。在如今的希腊已经没有希腊人。血统最近的是西西里人，东部和东南部的西西里人。

如果你想到这一点，堂杰苏阿多·莫塔可能真是一位现代背景中的希腊人，只不过他的智力不那么发达。但是许多希腊人的智力也不发达。而且他还具备希腊人的精力、敏锐和活力，具备同样的对财富的强烈欲望，同样的抱负，同样的乐观，同样出奇的坦率，从来不曾真正不加掩饰地束缚自己。他一点儿也不像意大利人一样鬼鬼祟祟。相反，他很精明，他的精明和希腊人气质使他不可能让别人牵着自己的鼻子走。但他具备某种坦率气质，远比意大利人坦率。而且远不像意大利人畏首畏尾。他的英勇和果断都是西西里式的，而不是意大利式的，他那无拘无束的男子汉气概也是如此。

他的希腊气质首先体现为他不承认什么灵魂或者虚玄的理想。古代希腊人心向往之的是给人留下一个敢作敢为的深刻印象，而不是实现某个高贵的目标。他们喜爱事物辉煌的外观，喜爱色调华丽的词汇。在他们看来连悲剧也是豪华的一种体现，而不是使人郁闷不乐的东西。他们不会心忧愁人憔悴，而且，除非某位复仇女神前来兴师问罪，他们对罪过不屑一顾，自己的罪过也好，人家的罪过也一样。

至于让灵魂压得喘不过气来，他们才不是那样的傻瓜。

可是啊，我们的时代是灵魂的时代，在这一时代里灵魂付出了代价，而灵魂对青年人的重要性就正如药石之于为健康而惶惶不可终日的人。如果你对自己的灵魂都不闻不问，那么你还能成为什么样的人呢？

堂杰苏阿多就是对他的灵魂不闻不问。他就是那样无怨无悔、义无反顾地实在，就好像所有属于太阳的人。人在阳光之下是实在的，在雾中和雪中则容易想入非非。想入非非主要是一个外套的厚薄问题。

当你来到锡兰，你就会认识到这点，对那些晒得黝黑的僧伽罗人[1]来说，连佛教也纯粹是一桩客观的事情。而我们硬要千方百计地唱出超凡脱俗的高调，把它说成是主观的。

这样，你就清楚了主人公的背景。《堂杰苏阿多工匠老爷》的南西西里背景可能是现代文学中最接近真正的中世纪的，就连格拉齐娅·黛莱达的撒丁岛式中世纪风情也无法与之匹敌。[2]你能读到波旁时代[3]的西西里，也能读到那不勒斯王国[4]时代的西西里。这个岛屿出奇的贫穷，出奇的落后。除城镇之外，真的连供装有轮子的交通工具行驶的道路也没有，当然也就谈不上有轮子的交通工具——既没有双轮马车，也没有四轮马车。什么东西都驮在驴或者骡的背上，人外出就骑马或者步行；要是有人病了，就坐在骡轿上去就诊。土地归大地主所有，农民几乎是农奴。乡下就是如此荒凉与贫穷，而在巴勒莫的公爵府里却和在俄罗斯一样富丽奢华。

然而，跟俄罗斯，这里比又相去甚远。这里没有一望无际的荒野的北方，只有古老的地中海在锁闭着，在小心谨慎

---

1 "锡兰"为斯里兰卡的旧称；"僧伽罗人"为斯里兰卡居民。
2 黛莱达（1871—1936年），意大利女作家，1926年获诺贝尔文学奖。著有长篇《恶之路》《常春藤》《风中芦苇》等近50部作品。其背景多为撒丁岛的宗法制农村。
3 波旁家族于16—19世纪曾在法国、西班牙、那不勒斯建立王国。
4 中世纪意大利南部一封建国家。

地守护着。多少世纪以来，地中海边的人民都生活在警戒之中，生活在紧张的戒备之中，他们守护着，他们小心谨慎，总是小心谨慎，总是孤零零的。时至今日，在那些村庄里依旧是冷漠的、孤单的，人人都在心里对别人敬而远之；即使那些回乡的"美国人"，情形也是如此。

这跟俄罗斯人真是截然不同，书中的俄罗斯人民总是那么和蔼可亲，他们彼此端茶倒水，彻夜不睡地倾诉衷肠。在西西里，每当夜幕降临，几乎人人都缩进了自己的屋子里。只有在炎热的夏天，在那些黑夜多少变成了白昼的日子才有所例外。

在有些人看来，这一切都是那么阴暗、肮脏、冷酷和乏味。这里根本就没有什么灵魂和启蒙。连一个文明人也没有。即使有，他也肯定早就离开了这个地方。他不可能留得下来。

对那些寻找启蒙的人来说，真的太乏味。但是如果你对生活还有一点点感知体悟，而不是像俄罗斯人一样只有精神觉悟，一味的精神，精神——如果你对南方的生活方式还有一点点欣赏能力，那么你将发现《堂杰苏阿多工匠老爷》是多么奇特、深沉、引人入胜。也许我曾经感受到的最深沉的怀旧情绪就是在读维尔加的作品时对西西里而发的。而不是为英格兰或者别的地方而发——对美丽的西西里的这种情感渗入了血液的最深处。它是如此美丽，如此明快，真像古代希腊人的阳刚之美。

可是这些人的生活看上去又是那么肮脏、空虚和卑贱,就像虫子在蠕动。然而,当你走出村庄里那灰暗肮脏的墙壁,大地向外延伸出去,在阳光之下是多么美丽。这里的人们彼此孤立,也有某种古代希腊人似的质朴、无忧无虑和果敢强悍。只有当他们捆到一起成了城镇居民,他们才是肮脏的。在乡野之中,他们却如鱼得水,左右逢源,就像《奥德赛》中的那些流浪者。他们的各种交往都是奇妙的、直接的、实在的。他们很少意识到自己的存在,对自己的所作所为的影响却非常清楚。

这全取决于你在寻找的是什么。照我们看来,堂杰苏阿多与迪奥坦塔的未了情缘是根本不可能的。他对感情根本就不屑一顾,或者说几乎不屑一顾,像是希腊人再生。但这其中有一种不受感情影响的奇特的凄凉之美,像雷切尔或丽贝卡。[1] 那是一个非常古老的世界,当时人类能意识到自己的亲人,但对自己的感情还只有一种非常模糊的意识。你不可能意识到感情,因为你没有。

堂杰苏阿多看上去如此强健有力,如此充满潜力。可是什么也没有发生,而且他从来也不说什么。俄罗斯人则恰好相反,他们谈呀谈呀,谈个不停,这是没有力量的表现。

这部作品以一种悲惨的、现实主义的悲剧而告结束。你

---

[1] "雷切尔"所指不详;"丽贝卡"指司各特《艾凡赫》中为艾凡赫所喜爱的一女子。

可能觉得这本书什么也没有讲,维尔加不值得为堂杰苏阿多而如此煞费苦心。

但那是因为我们是精神势利者,并且认为,因为人能冒出"是生存还是毁灭"之类的话来,所以他才是一个值得重视的人。可怜的堂杰苏阿多从来没有听到过"是生存还是毁灭",而且即使听到过,他也不会把它当一回事。他盲目地生活着,全凭血与肌肉的躁动,全凭灵性与意愿而生活,从不曾意识到自己的存在。如果他意识到了自己的存在,他会不会强一些呢,谁知道!

《宗教法庭大法官》序[*]

回顾一个人数年以前对一本书的反应是一种奇妙的体验。我记得当我在1913年初读《卡拉马佐夫兄弟》时,它是多么让我神迷而又令我无法置信啊。我记得米德尔顿·莫里对我说:"理解陀思妥耶夫斯基的全部线索当然都是在《宗教法庭大法官》那个故事中。"我还记得我说过:"是吗?我觉得它全是些废话。"

而且当时的确如此。这故事在我看来不过是一篇卖弄之作,一种装腔作势的、犬儒而又像恶魔的炫耀,真令人不快。这种犬儒而又像魔鬼的装腔作势向来叫我感到不愉快,而那位脸色黝黑的宗教法庭大法官没完没了地向耶稣倾诉着,我看不出他还有什么别的意思。我只感觉到那全是装腔作势;他说的话言不由衷;他不过是在亵渎神明地卖弄。

自那以后我读过《卡拉马佐夫兄弟》两遍,每读一遍我

---

[*] 本文作于1930年,同年发表。

都感到它更压抑，因为，觉得它越沉闷而越忠实于生活。第一次读它时觉得它是一个令人发毛的传奇故事。如今当我重读《宗教法庭大法官》时，我觉得我的心都沉到了鞋底子下面。我依然认为那犬儒的、魔鬼似的卖弄毫无价值。但是在那当中我听到了基督提出的最后的而且是无法回答的责难。这责难是一种一针见血的、辛辣犀利的评价，是得到了长期的人类经验的证明的，因而无法回答。这是现实与幻想之间的抗辩，耶稣提出幻想，而时间则用现实来反驳。

如果还存在这样的疑问：宗教法庭大法官是谁？那么我们肯定只好回答说，大法官就是伊凡自己。伊凡代表反叛的人类的苦思苦想的头脑，通过苦思苦想到头来发现一切都是痛苦的。就他这个人的特征来说，当然是与那种思考型的俄国革命者一致的。当然他也是陀思妥耶夫斯基自己，除和他一样富有激情和会鼓动人心之外，还长于思考。陀思妥耶夫斯基对伊凡有几分恨。然而，伊凡毕竟是兄弟三人中最拔尖的，是顶梁柱。性情暴躁的德米特里和受人支使的阿辽沙终究不过是伊凡的陪衬。

我们无法怀疑大法官对耶稣表示的看法是陀思妥耶夫斯基自己的。这种看法是够大胆的：耶稣，你不够格。人们必须纠正你的过错。而耶稣最后给了大法官一个表示默许的吻，像阿辽沙吻伊凡一样。这两个受到鼓舞的人认识到给予他们鼓舞的人的不足之处——富有思想者必须担负起排忧解难之大任。

- 《宗教法庭大法官》序 -

无论我们是否同意陀思妥耶夫斯基的观点,我们都不得不承认他对耶稣的批评是不刊之论,是建立在两千年(他说是一千五百年)的人类经验和对人性的深刻洞察之上的。人只能忠于他自己的本性。任何神灵鼓舞都不会使他永久地超越自我的局限。

而局限是什么呢?这是陀思妥耶夫斯基的第一个深刻的问题。人,普普通通的人,而不是抽象的人的本性的局限是什么?

大法官说,局限有三个。芸芸之众是不可能"自由"的,因为总的说来,人对生活有三大欲求,而且除非这些欲求得到满足,他是不可能长盛不衰的。

1.他需要面包,面包不仅仅是养命的食物,还是上帝亲手赐给的稀世宝物。

2.他需要玄理,生活中的那么一种玄之又玄的感觉。

3.他需要有一个他为之俯首帖耳的人,一个人人都在他面前臣服的人。

需要奇迹、需要玄理、需要权威的这三种欲求阻碍着人成为"自由"的人。它们是人的"弱点"。

只有少数出类拔萃的人能摆脱对奇迹、玄理和权威的绝对需要。这些人是强者,并且他们还必须是像神一样能满足基督的所有要求的基督徒。其余古往今来的千千万万的黎民百姓,他们则犹如孩童或者鸡鸭,他们太懦弱。"无能、堕落、卑微和不服管束",就算有什么面包留给他们,他们也无法均享。

这就是大法官对人性的概括。耶稣的缺陷在于他的基督教太艰深，芸芸大众无法理解。能理解它的只有少数"圣徒"或者英雄。在其他人看来，人就像一匹被套在一辆他不可能拉动的车子上的马。"假如你尊敬他愈少，你求之于他的就愈少，而那样就愈接近爱，因为他的负担会减轻。"

这么说，基督教是最理想的了，但是它可不可能呢？它不可能是理想的，因为它要求人做到的比人性能承受的还多。因此，为了制定一套能接受的、起作用的体系，一些上帝的选民——比如这位宗教法庭大法官——就朝"他"——另一位伟大的神灵，撒旦——掉过头来，并且以"他"为根基建立起教会和国家。因为大法官发现，人类要得以生存下去，就必须得到比耶稣给予它的更宽容、更轻视的爱，得到更忠诚的爱，就为了那一切，它是因为它自身。因为实实在在的它而获得爱，而不是因为它应该做到的而获得爱。耶稣所爱的是应该如此的、自由而且没有局限的人类。大法官所爱的是本来如此的人类，包括它的一切缺陷。并且他认为他的爱是更仁慈的爱。然而他却说爱是撒旦。而他一开始就说过，撒旦就意味着毁灭与非存在。

正如在陀思妥耶夫斯基的作品中经常出现的情形一样，惊人的睿智和可怕的执拗是搅和在一起的。没有任何东西是纯粹的。他对耶稣的狂热的爱与他对耶稣的执拗的、刻毒的恨搅和在一起；他对恶的道义上的敌意与他对恶的内心中的

— 《宗教法庭大法官》序 —

崇拜搅和在一起。陀思妥耶夫斯基总是执拗的，总是不纯粹的，总是一位邪恶的思想家，又是一位出色的预言家。

人类真的需要而且永远会需要奇迹、玄理和权威吗？肯定是真的。如今，人从科学与机器、收音机、飞机、巨轮、飞艇、毒气、人造丝绸那里找到奇迹的感觉，这些东西就像往日的魔术一样滋润着人的奇迹感。但是现在，人是奥秘的主宰，不存在超自然的力量。玄理同样如此，药品、生物实验、通灵者、招魂者、基督教科学家的绝招——这一切都是玄理。至于权威，俄国废黜了沙皇，取而代之的是列宁和如今呆板的专政统治，意大利承认了墨索里尼独裁的合法地位，英国也正在期盼着一位独裁者。

陀思妥耶夫斯基对人性的诊断是坦率而无可辩驳的。我们不得不服从和承认，人类就是那个样子。就连分享面包的问题我们也不得不承认，人的确太懦弱、太邪恶，或者诸如此类的什么，所以无法做到。他不得不把那块公共面包交给某个绝对的权威——无论是沙皇还是列宁——来均而分之。大众是不能把面包仅仅看作一种维持生计的手段的，人们用面包来养活自己为的是真正的生活，真正的生命则是"神圣的面包"。人们——广大民众——不能理解生命是伟大的现实，真正的生活使我们充满勃勃生命——"神圣的面包"，不能理解世俗的面包仅仅是支撑物，这似乎是一桩怪事。不，人们不懂得，从来也不曾懂得那么一个简单的事实。他们看不出面包，或者财产、金钱与勃勃生命之间的差别。他们认为财产与金钱和勃勃生命是同一回事。只有少数人，只有那些可能的英雄或者"上帝的选民"才看得出这个简单的差别。大众则不可能看到，而且永远也看不到。

陀思妥耶夫斯基也许是认识到这条极具破坏性的、上帝不曾看到的真理的第一人。然而，它的确是一条真理，而且一经被人们认识到，它就将改变历史的进程。剩下来要做的就是让上帝的选民来掌管面包——财产与金钱，然后，如果面包真的是生命的赠品的话，就把它归还给大众。这样，正如大法官所提出的，人类就有可能快快乐乐地生活。否则，大众就会犯下疯狂可怕的错误，认为金钱就是生命，因而谁也不该统管着金钱，人能获得什么就应该"自由"地去获得，这样我们就会陷入一种丧心病狂的竞争之中，最后以自戕而告终。

就这一步而言，陀思妥耶夫斯基的诊断是言之成理的。但是假如上帝的选民认识到现在必须接受撒旦许下的三个诺言而不是拒绝它们，那么接下来英勇的基督徒是不是就该背叛基督、转向撒旦呢？耶稣拒绝这三个诺言是出于自尊与恐惧，他想成为比许诺者更伟大的人物，要"超脱"它们。但我们现在认识到，任何人也没有真正地"超脱"奇迹、玄理和权威，连耶稣也没有。耶稣真正超脱了一样东西是对金钱与生命的混淆。耶稣说，金钱不是生命，所以你们可以忽视它并把它留给魔鬼。

金钱不是生命，这是真的。但是忽视金钱并把它留给

― 《宗教法庭大法官》序 ―

魔鬼就意味着把洋洋大众交给魔鬼，因为大众不能把金钱与生命区别开来。然而，令人难以置信——耶稣肯定不相信——的是，正如陀思妥耶夫斯基和大法官所指的，事情就是如此。

那么，该怎么办呢？我们必须因此而投靠魔鬼吗？毕竟，整个基督教并不就涵括在对这三层诱惑的抵制之中。基督教的本质是一种对人类的爱。如果爱人类就需要痛苦地接受大众的缺陷，也就是他们在区分金钱与生命方面的无能，那就接受这个缺陷，把它了结掉吧。然后从魔鬼那儿收回金钱（或者面包）、奇迹和恺撒的权力之剑；为了爱人类，再把面包连同它的神奇交还给人们，把奇迹交给他们，给他们一个或者一些在等级制度中高高在上的人物，让他们顶礼膜拜吧。让他们膜拜，让他们群起膜拜吧，因为不懂得金钱与生命的差别的人总得朝上帝的选民膜拜。

那样就是在侍奉着魔鬼吗？当然不是在侍奉那位毁灭和消亡的神灵。这是在侍奉人类的伟大整体，从这一方面看，这就是基督教。不管怎么说，这是对把人类创造得既有限又无限的万能的上帝的侍奉。

陀思妥耶夫斯基的违背常理之处就在于他把一位宗教法庭大法官塑造成人的年高德劭的监护者。认识到人性的弱点历来就是贤德明君的一个共同特点，从埃及的法老与波斯的大流士到基督教初创时期那些坚韧不拔的伟大主教，再到当今的统治者，无不如此。他们懂得人们身上的弱点，具有一定的仁慈之心。这是所有伟大政权的灵魂。但这不是西班牙宗教法庭的灵魂。15世纪的西班牙宗教法庭是个新型玩意儿，为西班牙所独有，它嗜血成性、专横跋扈，严格地说它是西班牙的一件政治统治工具，根本不属于天主教会，而是属于极权的国家。西班牙宗教法庭实际上是恶暴成性的。它不可能产生出一个替陀思妥耶夫斯基向耶稣提出肃穆的质问的大法官，而向耶稣提出那些肃穆的质问的也不可能是一位西班牙宗教法官。他不可能用火刑处死一百个人。他会是一个非常明智和富有远见的人。

因此，陀思妥耶夫斯基的执拗在这方面显得像癫痫，还有点儿罪恶。所以，对人类的弱点或者缺陷抱有一定仁慈之心的人并不是暴徒；所以，认识到耶稣要芸芸大众区分神圣的面包与世俗的面包、辨别善与恶是对他们太苛刻的人并不就是恶魔。试想一想，分清善恶是多么困难啊！要知道，有时善就是恶。平常百姓怎么懂得呢？他不可能懂。他得由一些非凡人物来替他理解。而这就是投靠魔鬼吗？要不就想想活命的面包与神圣的面包这一两难选择吧。……

那么神圣的面包是什么呢？每一代人都必须给出自己的回答。但是神圣的面包是生命，是生活。任何给生命以活力和乐趣的东西都是神圣的面包。而活命的面包必须作为神圣的面包的一种副产品。芸芸大众绝不会理解这一点。然而这是基督教和生活本身的一条基本真理。有少数人会理解的，让他们负起责任来。

– 《宗教法庭大法官》序 –

另外，大法官还说，这是大众的弱点，他们不能没有奇迹、玄理和权威。但是果真如此？对奇迹、玄理和权威的这三层需要难道不是历来和永远地凝结在我们的情感中吗？如果耶稣丢弃了魔鬼的试探中的奇迹，那么在《四福音书》中仍然有奇迹。如果耶稣拒绝过活命的面包，他也说过："在我父的宅邸里有许多住处。"而提到权威他说："你们为什么称我为主呢？我不是说过你们不要这样称呼我吗？"

耶稣当时试图做到的是用道德的情感来排斥肉体的情感。所以活命的面包在某种程度上就成了不道德的东西，它对当今的许多文人雅士来说就是这样。大法官认为这是错误的。活命的面包肯定本身就是奇迹，它和奇迹是息息相关的。

在这一点上大法官肯定是正确的。自从人开始拥有丰富的思维和感受以来，播种和收获就一直是显示奇迹的两个重大的神圣时节，是再生与欢庆。复活节收获庆祝宴是活命的面包的喜庆日，它们也是在灵魂中扎下了深根的节日。因为这庆祝的是作为奇迹、作为一年一度的奇迹的活命的面包。所有古老的宗教都是这么看待它的，地中海边的天主教至今仍这么看待它。这不是弱点。这是真理。在古老的俄罗斯，复活节的纵情狂吻是与种子的发芽和在新年中获得活命的面包的第一声足音紧密相连的，使得这面包吃起来有滋有味的正是复活节的纵情狂吻。……

活命的面包受神圣的面包的影响而潜移默化。神圣的面包是生命，是接触，是意识。在播种的过程中人和大地、和雨露阳光发生接触，而且他不能中断这种接触。人在意识到谷物的生根发芽时，他就对奇迹、奇观和神秘有了全新的认识，也就是，经过神秘的死亡和冰冷的墓穴之后，随之而来的就是创造、繁衍和重新创造的奇迹。这奇迹就是圣诞节的悲伤和复活节的欣喜。人不能丧失这种至高无上的精神状态，不能丧失，不然的话，他就丧失了他身上最好的部分。而收割与收获是另一种接触，是与地球和太阳的接触，是与宇宙的一种珍贵的接触，是一股生命的活跃的涌流，然后是与其他收割者的接触和收获庆祝宴的欢快。这一切都是生命，是生命；是我们在获取活命的面包的过程中所吃到的神圣的面包。工作就是，或者应该是我们的活动、接触和意识的神圣的面包。所有不具备这一属性的工作都是受诅咒的对象。的确，工作是艰辛的；额头上会流汗。但是这汗是什么呢？在很大的程度上说，这就是生命。额头上的汗水是神圣的面包上的黄油。

我想，古代埃及人在他们漫长而了不起的历史进程中懂得了这一点。我想，千百年以来，生活在埃及这个等级森严的国家中的黎民百姓很可能是幸福的。

奇迹与玄义并肩而行，彼此融合。这样就形成了第三种东西——权威。权威这个字不那么恰当，比如警察就有权威，可是谁也不会拜倒在他的脚下。大法官指的是"众人膜拜之物"。不错，他们膜拜恺撒，他们膜拜耶稣。但是，正

—《宗教法庭大法官》序 —

如大法官认识到的一样,他们最膜拜的还是有权掌管面包的人。

面包——活命的面包,当它还在成熟和收割的时候,它是生命。但是一旦它被收割和储存起来,它就成了一种商品,成了财富。接下来它又变成了一种危险。因为人们认为,只要他们拥有了这一仓财宝,他们就用不着工作,这就意味着他们用不着生活了,的确如此。而这就是真正的亵渎神圣。因为只要我们还活着,我们就必须生活,而不能凋谢或者呆滞腐烂。

所以,说到底,人们膜拜的还是某一个人,或者某一群人,也就是能够并且敢于掌管那仓财宝——那一仓面包——也就是财富,再将它分发给大众的人。给人面包的就是爷。当陀思妥耶夫斯基说人们会忘记掉正在归还给他们的正是他们自己的面包的时候,他的话是多么深刻啊。而当他们守着自己的面包时候,这面包对他们来说却比无用的石头强不了多少——只是些呆死的财产。可是当伟大的馈赠者把它归还给他们的时候,它却又一次变得神圣,又一次具备了给人口腹之乐的神奇特性。

人们顶礼膜拜的是面包的主人。因为在认识到了活命的面包与神圣的面包之间的区别之后,他就能够心平气静地把活命的面包分给别人、送给别人,但是那种神圣的滋味平民百姓却永远也不可能品尝得出来。这就是为什么在一个民主国家里,活命的面包没有面包味,油盐没有油盐味,而且也没有哪个人好让人们膜拜。

人需要一个可以膜拜的对象,这并不是他的弱点。这是他的天性,也是他的力量,因为这使他接触到了比他一个人伟大得多的生命。一切生命都膜拜太阳。但是太阳与普通百姓相隔千里万里。太阳需要有人把它带到人的身边来。它需要一个恩主——也就是基督徒所谓上帝的选民——把太阳带到普通百姓的身边,把太阳光播撒进他的心田。阳光是通过一位有血有肉的恩主、一位贵人、一位天生的英雄的形象播撒进普通百姓的心中的,普通百姓不是英雄,因此就不可能直接去认识太阳。

这是一个真正的谜。正如大法官所说,上帝的选民之谜是基督教的不可能解释的谜之一,这正如恩主——普通百姓身边的天生恩主——是整个人类历史上一个不可解释的谜。我们必须接受这个谜,就这么简单。

但这样做并非蛮不讲理。

而伊凡没必要被写得这么悲惨和邪恶。在对人类有所发现时,这是入情入理的。这是对一个直到18世纪末还几乎是尽人皆知的事实的重新发现,在那时,开发民族的想象中有这么一个幻想,认为人——所有人——都是能够做到尽善尽美的。这是一个幻想。而伊凡不得不将这个古老的真理重申一遍,他说,大多数人都不能够在善与恶之间做出抉择,因为要搞清楚哪一个是哪一个是极其困难的,尤其是在一些重要关头;而且大多数人是不能够看出生命的价值与金钱的价值之间的关系的，他们只看得见金钱的价值；即使那些非常质朴、天性仁慈、注重生命价值的人，也只能用金钱为标准来对价值做出评估。所以，就让那些独具天赋的少数人来决定孰善孰恶，来确立生命价值与金钱价值吧。让多数人感恩戴德地接受这一裁决，一级接一级地朝少数人膜拜吧。这其中哪有什么残忍和邪恶可言呢？耶稣吻着大法官说：感谢你，你做得对，聪明的老人家！阿辽莎吻着伊凡说：感谢你，兄弟，你做得对，你给我解掉大包袱了！所以，陀思妥耶夫斯基为什么要强拉硬塞进一些大法官和宗教法庭，伊凡为什么要这么病态地自弃自戕呢？他们找回了真理，让他们高兴吧。

德国式作品:托马斯·曼

托马斯·曼也是现在仍在写作的最声名卓著的德国小说家。他与他的兄长亨利希·曼以及瓦塞尔曼[1]并称为当今德国三大小说艺术家。

但是德国现在正在经历一场追求小说的形式、热衷于叙事手段和认为作家的意志比他写作的东西更重要并且是它的无可争议的支配者的运动,这运动在福楼拜的世界里已经露出形迹。

托马斯·曼已过中年,写了三四部作品。《布登布洛克一家》是一部写吕贝克[2]的贵族生活的长篇小说;《特利斯坦》是一部包括六个短篇的小说集;《王爷殿下》是一部虚构的宫廷罗曼史;各种短篇,最后是《威尼斯之死》。作者自己是

---

[1] 瓦塞尔曼(1873—1934年),德国小说家,著有长篇小说《少女蕾娜特·富克斯的故事》《牧鹅人》《克里斯蒂安·万沙费》等。
[2] 吕贝克:又译卢卑克,德国东北部港市,托马斯·曼的故乡。

吕贝克一位巨商之子。

托马斯·曼在德国受到推崇是因为他是一个艺术家，而不是因为他会讲故事。然而在我看来，这种对艺术形式的追求是一种结果，不是出自艺术良心，而是出自某种生活态度。因为形式并不像风格一样是一种个人的东西。它像逻辑一样是非个人的。而且正如蒲柏派在表达方式上是逻辑推理型的一样，福楼拜派在美学形式上似乎也是逻辑推理型的。"不越书本的雷池一步"是一条准则。但人的思维是不能给活生生的人的行动划出任何绝对毫厘不差的界限的，那么它又怎能给一本书划出一条绝对毫厘不差的界限呢？

然而，托马斯·曼在他的作品中却近乎痛苦地这样显示他的个性。在《托尼·克略格尔》，也就是《特利斯坦》这个集子最后那个大篇幅的短篇中，他为青年时期的他作了一幅明细的自画像———一场详细的剖析。接着他又就做艺术家的苦衷大加倾诉。"文学不是一种呼唤，而是一种诅咒。"后来他又对那位绘画的俄国姑娘说，"爱人儿，没有哪个艺术不是回过头来向往普普通通的生活的。"但是任何一位年轻的艺术家都可能这么说。这是因为年轻人对生活的渴望是非常强烈的，尤其是年轻的艺术家，但又尚未找到表达的方式，所以"狂飙突进运动"中的他就怒火中烧。在这位五十三岁的托马斯·曼身上情况同样如此，不过更有悲剧性。除了他的艺术之外，他从来没有为自己找到别的表达方式。除了他的艺术，他从来没有对任何东西以身相许。如果

— 德国式作品：托马斯·曼 —

他的艺术像吸引和满足柯罗[1]之类的伟大人物一样吸引和满足他，那倒也万事大吉了。但是还有比他更通人情的艺术家啊，比如莎士比亚和歌德，他们必须把自己献给生活，也献给艺术。如果这些人惧怕或者鄙视生活，那么他们就会随他们的废话一起发酵腐烂。这正是折磨着托马斯·曼的东西。无疑，他的肉体在受着折磨。但是他的悔怨更深切——是发自灵魂。

而正由于这种灵魂的折磨，这种信仰的动摇，他形成了他独树一帜的艺术，他在《托尼·克略格尔》中将这种艺术说成"苛刻地挑选出宝贵而不平庸，得体并有鉴赏力的最敏感的问题"[2]。就方法而论，他是福楼拜的门徒，福楼拜曾经写道："我昨天写了十六个小时，今天写了一整天，终于写完了一页。"在提到《主导主题》及其影响时，他写道：

> 现在，仅仅这种方法就足以说明我为什么写得慢。这既不是焦虑也不是贫困的结果，而是一种不可抗拒的责任心的结果，一种挑选每一个词语、生造每一个短语的责任……一种渴望完美的新鲜感，以及在思考两个小时后决定不采用一个重要的句子的责任。因为哪一个句

---

[1] 柯罗（1796—1875年），法国风景画家，作品有轻柔、梦幻的《林中仙女》等。
[2] 原文为德文。

子重要，哪一个不重要呢？谁能预先知道一个句子或者一个句子的一部分是不是不会被要求作为主题、动机、象征、引用或者连接而再次出现呢？一个必须听到两次的句子第二次出现时必须根据上下文做一些改动。它必须具备某种高水平的、象征性的暗示作用——我且不说美，这将使得它在任何遥远的未来都值得再听一遍。这样每一点都成了立足点，每一个修饰语都成了一个决定因素，而且这样的作品很明显是不可能得来毫不费工夫的。

这就是方法。这位作者自己素来体格孱弱。"医生们说他身体太差，不能上学，必须在家里读书。"这是我引用的《威尼斯之死》中艾森巴赫的话。"在五十三岁时他有一次病倒了，他的一位最要好的看护人谈起他说：'艾森巴赫从来都是这样生活的。'——而他紧紧地捏起拳头说：'从来没有这样过。'然后他松开拳头，将手从容地搁在椅子扶手上。"

他强迫自己写作，一心扑在作品上。谈到他的一部作品时，他说：

> 这是可以原谅的，是的，这清楚地表明了他的品性的胜利。不熟悉他的读者以为这本书是一股强大的力量的结果，是一气呵成的；而事实上它是日复一日的劳动的点滴积累和千百次零星的灵感的结果。

— 德国式作品:托马斯·曼 —

他将他的体验概括为这样的信念:"几乎所有的大师都不得不面对这样的情形,不得不面对忧虑和痛苦、贫困、孤独、体弱、罪孽、狂热和千百次的克制。"[1]然后是最终的新发现,难以解释清楚。他谈的是写进了他的书里面的生活:

> 因为忍受命运,忍受给尊严带来的羞辱,并不仅仅意味着消极被动,这同时也是一种主动行为,一种积极的胜利,圣塞巴斯蒂安[2]如果说不是在所有艺术中,那也是在现在正在谈论的这门艺术中最美丽的象征。如有人研究过这个描绘出来的世界,看到了将内心的衰竭和肉体的衰败永远遮挡在世人的耳目之外的雅致的自我克制;看到了那在激发美感方面略微逊色,却能将其令人窒息的欲望之火吹旺成一团纯洁的火焰,甚至上升到美的王国的丑陋的黄色;看到了那无力的苍白从闪光的智慧的深处汲取的力量足够征服整个充满活力的民族,带领他们拜倒在十字架的脚下,拜倒在软弱者的脚下;看到了在对虚空和严密的形式的尊崇中结出的令人愉悦的果实;看到了这天生的骗子的迅疾衰弱的渴望与艺术——如果有人看到了这样一种命运及其暗示出来的一切,那么,他将不得不怀疑在现实中除了这种软弱之外

---

[1] 原文为德文。
[2] 圣塞巴斯蒂安:公元3世纪罗马军官,引导许多士兵信奉基督教,后被处死。

到底还有没有什么其他英雄品质。总之，有哪一种英雄品质比这一种更贴近我们的时代呢？

也许《威尼斯之死》是再好不过的例子，上面这段文字就是从中引用的，而且适应于它的主人公。

居斯塔夫·冯·艾森巴赫是一位知名的优秀作家，五十开外的年纪，一天下午在一场长长的散步快到尽头时，来到了慕尼黑附近的一处坟场边，这时他看到一个男子站立在公墓门口两个鬼影之间。这个站在门口的男子几乎就是这个故事的"动机"。艾森巴赫受他的感染而萌生了旅行念头。他将自己仔仔细细地审视了一遍，审视时坦率的程度几乎让人痛苦，人们由此看到了这位五十三岁的作者的灵魂。就好像他身上的艺术家品格吸引着他这个人，而这个人依旧存在，像一个被吸干了的生物体，而它身上的寄生虫却养得又肥又壮。接着就开始了一种霍尔拜因[1]的《死神舞》。这个故事从表面上看十分自然，但又从头到尾都有一种令人毛骨悚然的象征色彩。坟场附近的男子已经暗示出旅行——但是去哪里？艾森巴赫动身前往意大利的亚得里亚海边的一处海滨胜地，去寻找某种奇遇、某种狂热的冒险，他那没有生气的灵魂和病弱的身体由此健康活跃起来。但当他发现自己是在亚

---

[1] 霍尔拜因（1497—1543年），德国肖像画家、版画家，作品有《死神舞》《伊拉斯谟像》《托马斯·穆尔》等。

得里亚海边时，他认识到这并不是他的意念吸引他的地方，于是他就乘船前往威尼斯。这一切都是真实的，但又有一种奇怪的、不祥的非真实感，犹如腐烂——"生物的腐烂"。在船上有一个令人想起那个站在墓门前的人的男子，尽管这两人之间并没有什么联系。后来，在一群正在胸前画着十字的波兰青年中出现一个幽灵般的家伙，艾森巴赫看出这是一个装扮成年轻人的老头，他混在年轻人中开着玩笑，没引起他们的怀疑，和他们一道狂欢乱饮，最后丑态百出地醉倒在甲板上，朝作者伸过手来，语无伦次地念着"献给最亲爱，最美丽的人"[1]。突然，他的上半块假牙掉落在下嘴唇上。

艾森巴赫乘凤尾船前往威尼斯海滨浴场，那船夫又一次令人想起公墓门口的男子。而且他还是个一点儿也不让步的家伙，尽管艾森巴赫要求把他送到圣马可广场去，可船夫还是用他的黑色小船把他摇到了海滨浴场，一路上还轻言细语地跟他谈个不停。然后他没付钱就走了。

作者住在海滨浴场一家上等旅馆。冒险活动即将在那个无生气的海边开始。当艾森巴赫来到旅馆的大厅中，他看到一个十四岁左右的漂亮的波兰男孩，蜜色的鬈发密集在他苍白的脸的周围，他与他的姐妹和家庭女教师站在一起。

艾森巴赫爱上了这个男孩——但几乎是当作一个象征物。他爱他身上的生命、青春和美，就像希腊神话中的雅辛

---

[1] 原文为德文。

托斯[1]。我想这就是把令人窒息的欲火吹旺成纯洁的火焰，把它上升到美的王国吧。他追随着这个男孩，一天到晚都在海滩上注视着他，被他眼前这有形有色的美迷住了。这还是艺术家和他的抽象观念，但是还有这位上了年纪的男子的"不利于激发美感的丑陋的黄色"躲在后面。但是作家观看海滩上的人群的画面在人的记忆中挥之不去，这画面闪烁着一种奇特的金色粼光，有一丝希腊神话的亮色，然而又是一个沙滩上游人群集，头顶上罩着个吓人的、病恹恹的天空的现代海滨。

艾森巴赫望着站在旅馆升降机里的那个小男孩，觉得自己身体虚弱，几乎是生病了。他不可能长久地活在人世的想法使这位上了年纪的作家感到一阵平静。这男孩会死的这个想法抚慰着他。

接着，从地中海刮来了又潮又闷的热风，作家感到难受，决意马上离开威尼斯。可是来到车站时他高兴地发现他的行李搞错了。于是他径直回到旅馆。当他在那里再次见到塔钦时，他明白了他为什么不能离开威尼斯。

那儿有一个月的炎热天气，这段时间艾森巴赫到处尾随着塔钦，并开始得到小伙子表示爱的回头顾盼。威尼斯的酷热、龌龊和激情都是那么美好。一天傍晚来了一位一身石

---

[1] 雅辛托斯：希腊神话中为阿波罗所爱的美少年，被误伤致死后为怀念他而让他血染的地方长出风信子，为希腊植物神。

灰酸味的街头歌手，在旅馆的阳台下唱歌。用吓人的象征来说，这次这位歌手活脱脱的就是从那坟场来的。

有谣传说，威尼斯出现了可怕的霍乱。一种神秘的灾难即将来临的空气笼罩着这个运河与宫殿之城。艾森巴赫在英国办事处证实了这一报道，但是这不能使他离开塔钦，也不能使他提醒这一家子波兰人。瘟疫秘密袭来的日子在过去。艾森巴赫追随着那男孩穿行在城里臭气冲天的街道中，后来不见了。就在这家波兰人离开的那天，这位著名的作家染瘟疫而死。

这部小说绝对是令人不快的，简直是有意要写成这个样子。作者的身心都是不健全的。他描绘出了他的真实面目，描绘出了他的不健全，显示出高超的技巧和艺术。它表现了一个人物、一种氛围、一种不健全的想象力。既然任何真实的写照都是有价值的，那么这本书就有它的地位。它并没有更多的企图，而我们不得不承认它。但是我们知道它是令人不愉快的——我并不因此而觉得它是病态的，它写得太好了——这就是我们给它的地位。

在我看来，托马斯·曼是福楼拜病的最后一位忧心忡忡受害者。福楼拜像躲避麻风病一样躲避生活。而托马斯·曼也像福楼拜一样，模模糊糊地觉得自己身上有某种比现实生活显示出来更细微难察的东西。现实生活是混乱无序的堕落，他能用来同它开战的武器只有一件，那就是他敏锐的美学感受力——对美、对完美、对一种无论生活是多么堕落也能抚慰他并且给予他一种内心的愉悦的适中的感情。这么多年之后，他仍然像福楼拜一样充满着对自己的厌恶和憎恨，他是——或者部分地是——德国的代言人。于是，他怀着一种福楼拜似的、真正像自杀的想法，耐心地、自取灭亡地坐下来，将他这最后一位极不健全的门徒一点一滴地撕碎成对自己不满的表白，以便他的表白至少在一个堕落的世界上有可能是完美的。但是他来得太迟了。

托马斯·曼说他在他的作品中跟陈腐展开了你死我活的战斗，可我发现他仍有几分陈腐。他的表现形式可能是非常优美的，但是到现在为止，他所表现的内容却是陈旧的。我想我们已经吸取了教训，充分认识到了生活的可恶。而且，即使在当他的文体富有节奏时，活生生的事物所具有的节奏他的作品中却一点儿也没有。罂粟长高，花蕾随即高高隆起，花萼散开，花瓣展宽，花朵脱落，籽实自豪地挺起。这当中有一种不可预料性，并不按照精心设计和布局的节奏发展。就整部作品的活生生的节奏而论，我觉得连《包法利夫人》也是僵死的。在《麦克白》中的，才真的像生活的本来面貌。

但是托马斯·曼老了——可我们还年轻。我觉得德国不那么年轻了。

美国经典文学研究（选译）

地方特色

我们喜欢把老式样的美国经典作品看成是儿童读物。这不过是我们自己的孩子气。旧的美国艺术语言中包含着一种异国特色，这种特色属于美洲大陆而不属于任何其他地方。不过，如果我们坚持把这些作品当作儿童故事来读，那我们当然就会与这种特色失之交臂。

有人不禁会想，在公元3、4世纪或者此后的年代，那些罗马文人雅士在阅读卢克莱修、阿普列乌斯、特尔图利安、奥古斯丁或者阿塔那西奥斯[1]的那些古奥文章时，他们到底从中领略到了什么。西班牙境内伊比利亚人怪腔怪调的

---

[1] 卢克莱修，公元前1世纪罗马诗人和哲学家；阿普列乌斯，公元2世纪罗马作家和哲学家，著有长篇小说《金驴记》及《论柏拉图及其学说》等哲学著作；特尔图利安，公元3世纪迦太基基督教神学家；奥古斯丁（354—430年），罗马基督教哲学家；阿塔那西奥斯（296?—373年），基督教希腊神父，亚历山大城主教。

声音、迦太基古城的怪诞、利比亚人与北非人的偏激易怒，可以肯定，这些东西那些古罗马的正人君子根本就不曾听到过。他们的眼睛在读这些东西，心里却在下着老一套的拉丁式结论，我们正是如此，我们读的是坡或者霍桑，得出的却是老一套的欧洲式结论。

听一个新的声音是令人难受的，其难受的程度不亚于听一种不知所云的外语。我们才懒得去听呢。往日的美国经典文学中有一个新的声音，整个世界都拒绝听它，却在唠叨着儿童故事。

为什么？——因为害怕。这个世界害怕一种新的体验胜过害怕任何东西。因为一种新的体验要排挤掉许许多多旧的体验。这就好比从来不曾动用过的或者长年以来一直在变僵硬的肌肉，一下子要把它派上用场，疼得够呛的。

世界并不害怕一种新思想。它可以把任何新思想束之高阁。但是它不可能把一种真实的新体验束之高阁，它只能躲避。整个世界都是一个大躲避者，美国人则是最大的躲避者，因为他们连自己的本性自我都躲避。

以往的美国作品中有一种新情感，比现代美国作品中的要丰富得多，现代美国作品中那方面的情感也相当缺乏，而且还引以为自豪。以往的美国经典作品中有一种"不同的"情感。这是从旧精神向新事物的转移，是一种改变。而改变是令人痛苦的。这种改变就令人痛苦。于是我们就像包扎割破了的手指一般把它裹起来，用一块破布将它缠了一圈又一圈。

这也是一种刀伤，割掉了旧感情与旧意识。别问留下的是什么。

艺术语言是唯一的真实。艺术家常常是个该死的撒谎的家伙，但是他的艺术——如果还算得上艺术的话——会把他那个时代的真相告诉你。这才是要紧的东西。什么永恒的真理，去他的。真理常变常新，柏拉图的话昨天还是顶呱呱的，今天则多半变成了胡言。

老一辈的美国艺术家是些无可救药的撒谎的家伙。但是不管怎样，他们毕竟还是艺术家。而如今大多数的职业作家则未必算得上。

读《红字》的时候，随便你喜欢怎样做都行，你可以接受霍桑的那个嘴巴甜甜、眼睛蓝蓝的小宝贝替他自己说的话——他和所有小宝贝一样说假话，你也可以通过他的艺术语言领悟那无懈可击的真实。

奇怪的是艺术语言一个劲儿地支吾搪塞，我的意思是，它净说些鬼话。其原因我想是因为我们时时刻刻都在对自己撒谎。艺术就是通过某种模式的谎言编织出真实的。就像陀思妥耶夫斯基，他摆出几分耶稣的姿态，却又最真实不过地流露出他自己无时无刻不有的小小的恐惧。

艺术的确是要耍些花招的。不过，谢天谢地，如果愿意的话我们是能够看穿这些花招的。艺术有两大功能。首先，它提供某种情感体验。其次，如果我们有勇气面对我们自己的感情的话，它就成了一座实实在在的矿藏。我们体验到的情感多得令人腻烦，但是我们从来也不敢把它们背后的真实挖掘出来。这种真实不管同我们的孙子辈有没有关系，但同我们肯定是有关系的。

艺术家通常是——或者说习惯于——强调道德上的教训，并且用它来装点故事。而一般说来，故事强调的却是另一个方面。艺术家的教训与故事的教训完全是对着干。绝不要相信艺术家，要相信故事。批评家的本分是把故事从创作它的艺术家那里解救出来。

这样我们就明白了我们在这几项研究中的职责：把美国人的故事从美国艺术家那里解救出来。

先让我们来看看这位美国艺术家吧。首先，如果他到了美国的话，他又是怎样到的？他为什么不和他父亲在他之前做过的一样继续做个欧洲人？

现在听我说，别听他的。他会给你讲一些正中你下怀的谎话。这也有你的错，因为你在期待着谎言。

他并不是为追求信仰自由而来。在1700年，英国的信仰自由比美国还要多，是那些想要自由于是就留在家里为之而奋斗的英国人赢得的。的确得到了。信仰自由吗？去读读新英格兰初创的那一百年的历史吧。

到底是什么自由？自由人民的国土！[1] 好一块自由人民的

---

[1] "自由人民的国土"系美国国歌的一句。

国土！嗨，如果我说了什么惹他们不高兴，这伙自由的暴徒会把我私刑处死，那就是我的自由。自由吗？我可从来不曾见过在哪一个国家人人被他的同胞吓得如此惶惶不可终日的。那是因为，正如我所说过的，只要他露出异己行为，他们就随时可以自由地用私刑将他处死。

不自由，不自由，假如你喜欢打听维多利亚女王的幕后真相，你就打听你们自己的试试。

那些前辈移民[1]和后继者绝不是为了信仰自由而来到这里的。他来到这儿时建立起来的是什么呢？自由制度，你能这么叫它吗？

他们不是为自由而来。或者说，他们是为自由而来，但又痛苦地背叛了自己。

那好吧，他们为什么而来呢？原因有许许多多。可能性最小的原因也许是为了追求任何一种自由——那就是说积极的自由。

他们来多半是为了逃避——就那么个最简单的动机。逃避。逃避什么？说到底是为了逃避他们自己。逃避一切。那就是大多数人之所以来到美国，而且仍在源源而来的原因。要逃避他们现在和过去的一切。

"从此以后不再受主人管制。"

说得倒是挺好的，但这不是自由。恰好相反，是一种毫

---

[1] "前辈移民"指1620年到达北美洲创立普里茅斯殖民地的一批英国清教徒。

无希望的束缚。在你真正明白你想积极地成为的是一个怎样的人以前，你是不会自由的。在美国，人们一直都在叫嚣他们是怎样的人，其实他们并不是。当然，除非他们已经成为或即将成为百万富翁。

但是，移民运动毕竟还是有积极的一面。多如洪流的移民乘船横跨大西洋，从欧洲涌向美国，他们并不简单地是为了追赶厌恶欧洲和欧洲的生活方式的种种束缚的潮流。我相信，这种厌恶以往是、现在仍然是移居国外的首要动机。但是总是事出有因，就连厌恶也有它的缘由。

有的时候，人似乎有一种摆脱任何形式的控制的狂热。在欧洲，真正的主人是古老的基督教。教会和真正的贵族负责确立基督教理念，他们做得可能不是很正规，但毕竟是由他们负责的。

教权、王权、父权在文艺复兴时期被摧毁了。

然而正是在这一时候，横越大西洋的大流动开始了。人们当时摆脱的是什么？欧洲的古老权威吗？他是在挣脱权威的镣铐，逃往一种新的、更完全无拘无束的生活中去吗？也许是。但不仅仅如此。

自由好是很好，但是没有主人，人们就无法生活。主人总是有一个。只不过人们要么是信服他，生活在快乐和驯服之中；要么是希望暗暗地推翻他，生活在摩擦和对抗之中。在美国，这种摩擦和对抗素来就是极其重要的因素。它给了美国北方佬一股活力。正是源源不断地涌来的奴性的欧洲人为美国提供了驯服的劳动阶级。真正的驯服并不比第一代移民持续得更久。

但在对岸的欧洲,老主人稳坐交椅,俨然一位父亲。在每一个美国人的内心深处都有一种反叛欧洲古老父权的意识。然而,没有一个美国人觉得他已经完全摆脱了它的统治。因此,美国人的反抗就表现为迟钝、压抑的忍耐。于是便有了这种在迟钝、压抑的服从中对欧洲老主人的逐渐瓦解,这种不情愿的臣民,这种始终如一的反抗。

不管你是别的什么人,都要摆脱主人的管束。

> 卡、卡、卡力班,
> 找个新主人,当个新好汉。[1]

逃亡的奴隶,利比里亚或者海地共和国的人民,我们可以这么说。利比里亚讲够了!我们得用同样的眼光来看待美国吗?一个逃亡奴隶的庞大共和国。当你把大帮大帮从东欧来的也算上时,你蛮有理由说它是一个逃亡奴隶的庞大共和国。但是没人敢这么说那些前辈移民,说那群追求理想的伟大美国前辈,说那些受思想折磨的当代美国人。一个逃亡奴隶的庞大共和国。当心啊,美利坚!还有少数认真的、折磨

---

[1] 此处套用莎士比亚《暴风雨》第2幕第2场结尾处卡力班的台词。台词原为:"班,班,卡——卡力班,我有了新主子——你另雇新佣人!"(梁实秋译文)

自己的人。

这些摆脱了主人的人。

　　卡、卡、卡力班，
　　找个新主人，当个新好汉。

那么，当那些前辈移民横越那如此阴森可怖的大海而来时，他们是为了什么呢？嗬，他们是怒气冲冲而来的。对欧洲，对欧洲的古老权威，对国王、主教和教皇都厌恶到了极点。还有别的。当你深入地看看，还有别的原因。他们是些性情忧郁、喜欢支配别人的人。他们要的是别的东西。也许不要国王，不要主教，甚至全能的上帝也不要。而且，也不再要随文艺复兴而来的新"人道"。他们一点儿也不在乎在欧洲是那么招人喜爱的新自由。他们要的是严酷无情而绝不是轻松自如的东西。

美国从来没有轻松舒适过，现在也不轻松舒适。美国人从来就生活在紧张之中。他们的自由完全是一种属于意志的、紧张的东西——一种规定"你不可"的自由。[1]而且从一开始就是如此。这是一个规定"你不可"的国度。只不过第一诫是："你不可以主人自居。"民主就是由此而来。

"我们不受主人管制。"那就是美国鹰的尖叫声。它是只

---

[1]《圣经》中的"十诫"大部分以"你不可"开头。

母鹰。

西班牙人拒不接受文艺复兴以后欧洲的自己,所以美国的大部分地方都挤满了西班牙人。

美国北方佬同样断然拒绝文艺复兴以后欧洲的人道主义。最最重要的是,他们憎恨主人。其次,他们憎恨在欧洲四处洋溢着的那种悠然自得的性情。在美国人的灵魂深处总是笼罩着一种忧郁不安的情绪,在美籍西班牙人的灵魂深处同样如此。这种忧郁不安以往憎恨、现在仍然憎恨古老欧洲的天真率直,幸灾乐祸地眼看它泯灭。

每一个大陆都有属于它自己的伟大的地方特色。每一个民族都集中在一个特定的地域,这地域是家,是故园。地球上不同的地方都有不同的生命激流、不同的振动、不同的化学蒸发物、不同星球的不同磁极——随便你怎么叫它都行。但是地方特色是一个毋庸置疑的事实。尼罗河谷不仅生产出五谷,也产生了那些奇妙的埃及宗教。中国出中国人,而且还会继续繁衍。旧金山的中国人总有一天会不再是中国人,因为美国是一个大熔炉。

意大利一度拥有一个巨大的磁极,就在罗马城里。但是这磁极似乎已经消亡。因为即使地域也会消亡的。大不列颠岛上有过奇特的地磁力或者磁极,造就了不列颠人。眼下,这一磁极似乎正在破灭。英国会消亡吗?假如英国消亡了又会怎样?

人们远不如他们想象的那样自由;啊,远不那么自由。

最自由的人也许是最不自由的人。

人们在生机盎然的家园的时候是自由的,在漂泊和摆脱家园时则不自由。当人们听从深刻的、内在的宗教信仰时,他们是自由的。他们打心底里听从。当人们生活在一个有生气的、有机的、有坚定信仰的群体中,积极去实现还没有实现、也许还没有意识到的目标时,他们是自由的。当他们逃往西方时则不自由。最不自由的才一边往西逃一边高呼自由。人最不想自由时最自由。呼喊声就是链条声,向来如此。

人在随心所欲时是不自由的。一旦你能够想做什么就做什么,那就没有什么你真正想做的事情了。人们只有在做着内心最深处的自我喜欢的事情时才是自由的。

而这就得认真探索最深处的自我!就得潜入深处。

因为最深处的自我在无底的深处,而有意识的自我是个顽固不化的家伙。但有一点我们是可以肯定的:如果想要自由,就得抛弃喜欢做什么就做什么的幻想,就得去寻找"它"想要做到的事情。

但是你想要做"它"喜欢做的事,就必须首先破除老主宰的魔法,破除"它"这个老东西。

也许在王权与父权衰落的文艺复兴时代,欧洲逐渐陷入了一种非常危险的半真半假的真理:自由与平等。那些去美国的人也许感觉到了这一点,于是就把旧世界全盘抛弃,去了一个比欧洲强的地方。自由在美国历来都意味着摆脱一切管束。真正的自由只有当美国人找到"它",也许进一步完善了"它"的时候,才会开始。"它"就是人的内心最深处的完整的自我,是完整无缺的自我,而不是理想的一半。

那就是前辈移民当时来到美国的原因,也是我们现在来的原因。受"它"的驱使而来。那无形的风就像驱赶成群结队的蝗虫一样驱赶着我们,就像无形的磁力吸引候鸟朝一个预先并不知道的目的地迁移一样吸引着我们,我们无法看见。但是它的确存在。我们并不像我们认为的那样可以随心选择,任意决定。"它"为我们选择,替我们决定。当然,除非我们是刚刚逃出来的奴隶,而且对我们既定的目的盲信到了庸俗的地步。但是如果我们是活生生的人,与生命之源联系在一起,"它"就会驱赶我们,使我们做出决定。只有在我们听从"它"时我们才是自由的。当我们抗拒"它",认为我们可以喜欢怎么做就怎么做时,我们就像被复仇女神追赶的俄瑞斯特[1]一样,只能四处逃窜。

尽管如此,当伟大的时代开始之时,当美国人终于发现了美国和他们的完整的自我之时,仍将有不计其数的逃亡奴隶要考虑——那些没有可以确信的既定命运的人。

在美国哪一方会赢呢,是逃亡的奴隶,还是完整的新人?

---

[1] 俄瑞斯特:希腊神话中迈锡尼王阿伽孟农之子,其母与人通奸并杀害丈夫,俄瑞斯特替父报仇杀死母亲及奸夫。

真正的美国时代还没有开始。或至少可以说，太阳还没有升起，它至今还是一种虚假的黎明。也就是说，在美国人的进步意识里有一种占主导地位的欲望：废除旧东西。废除主人，发扬民意。而民意不过是一种虚幻之物，所以发扬它也没多少意义。所以，不过是借民意之名来摆脱主人的管束而已。当你摆脱了主人，留给你的就只有民意这样一个空洞的词语。然后你停下来想想自己，努力找回你的完整性。

关于美国人的清醒的动机和他们的民主就谈这么些吧。民主在美国不过是用来摧毁欧洲的老主人与欧洲精神的工具。欧洲的潜势一经摧毁，美国的民主就会烟消云散。美国就会真正起步。

美国人的意识迄今还是一种虚假的黎明，是民主的理想的反面。但是在它的下面，与这种公开的理想相反的"它"已经初露端倪，略显形迹。"它"就是美国人完整的灵魂。

你得扯下罩在美国人言论上民主、理想的外衣，看看下面的"它"那黑不溜秋的身子到底是什么货色。

"从此以后不再受主人管制。"

从此以后受主人管制吧。

《莫比·迪克》

《莫比·迪克》，又叫《白鲸》。

一次追猎。最后一次大追猎。

追猎什么？

追猎莫比·迪克，那头庞大的白色巨头鲸，它年高，苍老，可怕，独自漂浮；它经常受到攻击，一怒而雷霆万钧；又洁白如雪。

当然，它是个象征。

象征什么？

我怀疑连麦尔维尔也不太清楚。那最好不过。

它热情好动，招人喜爱。南太平洋的岛民、波利尼西亚人和马来人都崇拜鲨鱼，或者鳄鱼，或者没完没了地编造着有关军舰鸟的无稽之谈，他们为什么从来不崇拜鲸呢？鲸这么庞大！

因为鲸不作恶。它不咬人。而他们的上帝必须是咬人的。

它不是龙。它是海中怪兽。它从来不像中国的神龙一样盘成圈儿。它不是水中的巨蛇。它充满热情，是头哺乳动物。可是遭到追猎，被追得没有藏身之地。

这是一部杰作。

一开始你就因为它的文体而不满。它读起来像新闻报道。它似乎有点儿造作。你觉得麦尔维尔在试图强迫你接受什么东西。这不行。

麦尔维尔的确有点儿故作正经：有点儿过敏，有点儿不自然，有点儿强求自己。但是这样一来，当你仅仅想读一个故事时，要投入到神秘感很浓的氛围中去不那么容易。

《莫比·迪克》尽管是部杰作，但没有谁比赫尔曼·麦尔维尔更滑稽、更笨拙，更扭捏作态。他之所以滔滔不绝地说教是因为对自己信心不足。而他经常滔滔不绝地说教，太门外汉。

他这位艺术家比他这个人伟大得多。他是个很令人讨厌的新英格兰人，属于循规蹈矩的神秘先验论派：爱默生、朗费罗、霍桑，等等。太顽固不化，连庄严的驴也还有几分谐趣呢。一本正经得无可救药，你真想说：老天爷，那有什么大不了的？如果生活是一场悲剧，或者一场滑稽戏，或者一场灾难，或者什么别的，我管它呢！随它像什么就像什么。来杯饮料，这会儿我就要饮料。

至于我，我不管它生活意味着多少种东西，给它做总结不是我的事。这会儿它是一杯茶。今天早晨的茶苦得像青蒿。把糖递给我。

人厌倦一本正经。它有点儿假。可那就是麦尔维尔。噢，天啊，庄严驴子有时也叫嘟嘟！嘟嘟！嘟嘟！

但是，尽管他是个扭捏之人，但他仍不失为一个深沉的、伟大的艺术家。他总是觉得他的读者就在自己眼前，在这一点上他是个真正的美国人。但是当他不再是美国人，当他忘记所有的读者，只把他对世界的感悟呈现给我们时，他就了不起，他的作品就在灵魂中唤起一种宁静、一种敬畏。

就他的"人"本性而论，麦尔维尔几乎死了。也就是说，他对与人有关的东西几乎不再有反应；或者说只在理念中有反应；或者说只有短暂的一瞬。他的人性的、情感的自我几乎已经完了。他只有抽象概念和自我分析。他对物的悄然变化与神奇冲突心醉神迷，而对人做的事却视而不见。在这一点上他像达纳[1]。他真正要写的是物质方面的东西。他的戏是物质的戏。早在未来派发现绘画以前他已经是未来派。全是物质元素的无遮无掩的滑动，而人类灵魂只在一边感受。如此频繁地差不多跨越过心理分析的界限可谓造作，但又如此了不起。

这是所有美国人身上都有的同一件旧东西。他们一直穿着老式的理想的长礼服，戴着一顶老式的大礼帽，可是他们做的是些最不可能的事。瞧，麦尔维尔被南太平洋岛上的一个文身巨人抱在床上，庄严肃穆地向这个野人的小偶像献上焦乎乎的祭品，他那理想的长礼服刚好遮盖住他的衬衣下摆，免得他敬礼时我们看见他光溜溜的后腰，而他那道德的大礼帽一直端端正正地罩在他的前额上。那是非常典型的美国式：做最不可能的事也不脱下他们的精神衣帽。他们的理想就像里面已经生了锈的盔甲，而且绝不会有别的结果。与此同时，在麦尔维尔的作品中，他感知体悟到的知识是一丝不挂地运动，一个活生生的肉体夹在一堆僵硬硬的物质中。因为只需具备对物理振动的敏感，就像一座高性能的无线电

---

[1] 达纳（1815—1882年），美国小说家。《美国经典文学研究》有一章是评论他的。

广播站，他就能把外界产生的影响记录下来。而且他还几乎完全感受不到苦与乐地把灵魂的极端的变化录下来，这灵魂被隔绝开，被远远地赶走，它现在孤零零的，跟真正的人没有任何接触。

新拜德福德的那段开场白中所介绍的唯一人物是真的进入了小说的以实玛利，也就是作品中的"我"。接下来是短暂的知心朋友魁魁格，那位力大无比的南太平洋文身标枪手，麦尔维尔爱他就像达纳爱"希望"。以实玛利的这位共榻伴侣的出场是逗人而且令人难忘的，但后来二人又用生番的语言盟誓"结婚"，因为魁魁格再次开启了以实玛利身上爱与人性亲和的闸门。

> 现在当我坐在这间孤寂的房间的时候，炉火正在悠悠地烧着，烧得那样柔和，正是柴火最初烧旺的火力已把房间烧暖后只见一片火光的时分；晚霞和幢幢鬼影正朝窗格周围靠拢，窥视着窗内我们这两个一声不响的、孤寂的人。我不由得撩起阵阵古怪的感觉。我觉得我的心在融化。我破裂的心和疯狂的手不再奋起反抗这个虎狼世界。这个镇定人心的野人把我超度了。他坐在那里，他那种超然的态度，证明他天生毫无文明人的虚伪和甜言蜜语的奸诈。他虽然粗野，是个绝无仅有的人物，我却已经开始感觉到自己在神秘地向他靠拢。

于是他们一起吸烟，彼此紧紧拥抱在一起。当以实玛利向魁魁格的小偶像戈戈献上祭品时，他们终于指天盟誓了。

  我是个在正派的长老教派中生长起来的正经的基督徒。我怎能跟这个野蛮的偶像崇拜者去一起膜拜他那块木头呢？但是崇拜是什么？……执行上帝的旨意——那就是崇拜。那么上帝的旨意又是什么？——以其人之道还治其人之身——那就是上帝的旨意。

这话听起来有股富兰克林的味道，而且是一种糟糕透顶的神道。但它是道地的美国式逻辑。

  这么说来，魁魁格是我的同胞了。那么我希望这个魁魁格怎样来受制于我呢？对了，叫他也来跟我一起做我那特殊的长老教派的崇拜仪式。这样一来，我就得跟他在一起；因而，我得变成偶像崇拜者。于是我点燃刨花，帮他撑起那个无邪的小偶像；跟魁魁格一起把烧过的硬面包献给它；向它膜拜两三次；吻它的鼻子；拜过之后，我们就心平气静、与世无争地脱衣上床。但是不聊上一会儿我们是睡不着觉的。我说不清楚这其中的道理；但是朋友之间要推心置腹地交谈，没有比在床上更好的地方。据说夫妻之间就是在那儿向对方敞开自己的胸怀的；一些老夫妻常躺在床上聊着往事，一直聊到天亮。这么说来,我和魁魁格躺在一起——也是情投意合的一对——

你也许以为同魁魁格的这种关系在以实玛利的心里有什么地位,但什么地位也没有。魁魁格就像往日的报纸一样被遗忘。对美国人以实玛利来说,人情事理不过是转瞬即逝的阵阵兴奋或者消遣。以实玛利是猎物。但以实玛利更重要的是猎手。一个魁魁格算什么?一个妻子算什么?那头白鲸则必须穷追猛打。魁魁格只要"认识了"就行,然后可以抛到脑后。

可是,命运之神在上,这白鲸到底是什么?

在另一个地方以实玛利说过,他喜爱魁魁格那双"又大又深、黑油油、光炯炯"的眼睛。无疑,他像爱伦·坡一样想从它们那里得到"线索"。如此而已。

他们二人从新拜德福德到了南塔克特,在那儿画过押后上了贵格会徒的捕鲸船"佩阔德号"。这一切都是那么神秘古怪、变幻莫测。这是灵魂的航程。然而奇怪的是它又真是一次捕鲸的航程。我们随着这条怪船和船上的难以置信的船员们驶向大海的深处。相比之下阿尔戈英雄们是些柔弱的羔羊。而尤里西斯则是去打败喀耳刻的女巫,征服岛上那些邪恶的轻佻女子。但是"佩阔德号"上的船员却是一帮疯子,在中了邪似的追捕一头孤零零的、并无恶意的白鲸。

作为一部灵魂史,它让人愤怒。作为一部海上奇谈,它是精彩的；在海上奇谈中总会有些过甚之词。应该的。话又说回来，把高调的神秘主义罩在海员的真实经历之上的做法有时又惹人不快。再说，作为一种命运展示，这本书就算是写悲伤的也太深沉了。深奥得没有了感情。

你等了好长的时间才获准见一见这位船长，神秘的贵格会教徒艾哈。噢，它是一艘敬神的贵格会教徒的船。

艾哈，是船长。灵魂的船长。

我是我命运的主人，
我是我灵魂的船长。

艾哈哟！

"啊！船长，我的船长哟！我们可怕的航程已经告终。"

这位瘦削的艾哈，贵格会教徒，神秘人物，直到出海好些天后他才露面。他身上一定有个秘密！是什么呢？

噢，他是个怪人。他撑着象牙假腿移来挪去，海象牙做的假腿。那头白色巨鲸莫比·迪克，在艾哈攻击他时，将艾哈的腿齐膝咬断。

太对了。应该把他的两条腿全都咬掉，还咬掉点儿别的。

但是艾哈可不这么认为。艾哈现在是个偏执狂。莫比·迪克是他偏执的对象。莫比·迪克必须死，否则艾哈再也活不下去。除此以外艾哈不信别的神。

好吧。

"佩阔德号"这艘美国人的灵魂之船，有三名副手。

1.斯塔布克：贵格会教徒，南塔克特人，一个有理智、有责任心的好人，深谋远虑、坚韧不拔，就是人们所说的那种可靠的人。在内心深处，恐惧。

2.斯达布："勇猛如烈火，强悍似机器。"坚持认为任何场合下都要不拘小节、无忧无虑。肯定也恐惧，真的。

3.弗拉斯克：执着、顽固、缺乏想象。在他看来，"这头奇妙的鲸鱼不过是一种夸大了的老鼠或水耗子"。

你把他们弄清楚了：一位偏执狂船长和他的三位副手，三位杰出的水手，令人钦佩的捕鲸手，一流的工作能手。

美国啊！

真像凡尔赛和会上的威尔逊先生和他那帮令人钦佩的、"精干"的阁员。不同之处是"佩阔德号"的船员谁也没有偕夫人同行。

一位躁狂的灵魂的船长和三位卓越的、务实的副手。

接下来是这么一伙船员。叛徒、弃儿、生番：以实玛利、贵格会教徒。

美国啊！

三个巨人标枪手，去戮杀那头巨大的白鲸。

1.魁魁格，南太平洋岛民，浑身刺青，人高力大。

2.塔希太戈，印第安人出海口处的红种印第安人。

3.大古，牛高马大的黑奴。

他们来自三个蛮族，聚在美国人的旗帜下，由那位狂热的船长统帅，锋利的巨标在手，随时准备投向白鲸。

在海上航行许多时日之后，艾哈自己渔船上的船员才在甲板上露面。他们冷淡、缄默、神秘、一身黑衣。他们是马来人，拜火的印度祆教徒。当艾哈的小船去猛追那头鲸时就由这些人驾驶。

你对"佩阔德号"——这艘美国人的灵魂之船——做何感想？

许多种族、许多民族、许多国家，在星条旗的统帅之下，遭受条子的抽打。

有时看得见星星。

而且又在一艘疯狂的船上，由一位疯狂的船长率领，进行一次疯狂的、狂热的捕猎。

捕猎什么？

捕猎莫比·迪克，那头白色巨鲸。

但是写得精彩。三位精彩的副手。整个捕猎都写得实在，非同一般地实在。真像美国式工业！

而且这种实在性都服务于一切疯疯癫癫的追猎。

尽管有那么些离奇古怪的东西，麦尔维尔还是把它写成了一艘真实的捕鲸船，一次真实的远航。一次了不起的航行。而且正因为作者在这神秘之海中的拼命挣扎才会产生一种无与伦比的美。他想说出玄奥的哲理，结果他说得比哲理还玄奥。它是一部美妙绝伦的书，有真知灼见，也不乏奇谈怪论。

将麦尔维尔和达纳做一番比较是有意思的，关于那只信天翁——麦尔维尔有点儿故作庄重。"我记得我见过的第一只信天翁。那是在接近南极海域的一次漫长的狂风巨浪中。我结束午前的舱下值班，登上拥挤的甲板，在那儿，我看见一个浑身洁白、羽毛华贵的东西朝主舱口猛冲而来，鹰钩尖嘴上露出一种庄严。每过一段时间它就弓起它宽阔的、天使长的双翼，神奇地颤动着、拍打着。虽然身体并没有受到伤害，它还是发出叫声，就像某位君王的幽灵在忍受着神秘的忧伤。透过它那双无法言表的奇特的眼睛，我想我窥视到了不属于凡尘世界的秘密——那白东西如此的洁白，其翅膀如此宽阔，在这些永远遭到流放的水域，我忘却了传统和城镇留下的那些忧伤、偏私的回忆。于是我断言，在这鸟奇异的、冰清玉洁的身体之中主要潜藏着符咒的奥秘。"

麦尔维尔的信天翁是个囚徒，是被钩子上的诱饵捕住的。

噢，我也见过一只信天翁，也是在靠近南极的大风大浪中随我们飞，在澳大利亚以南。当时在南半球是冬天。船是半岛与东方轮船公司的，几乎是条空船。印度水手们在瑟瑟发抖。

那鸟张开长长的翅膀跟随着，然后又离开我们。在没有来过之前，它们不知道南太平洋海域是多么空虚与孤寂，还在一眼一眼地瞥着澳大利亚海岸。

它让人觉得我们的日子是何等短暂。当我们已经消失得无影无踪的时候，在今夜的黑暗感觉到以后的日子还会充满希望。

谁知道我们会消失得无影无踪？

但是麦尔维尔还在乐此不疲地探究着"洁白"。这一伟大的抽象观念叫他着迷。我们会在这抽象观念中了结、死亡。白还是黑。我们的苍白的、抽象的目的啊！

然而，乘着"佩阔德号"航行在大海中又是那么令人愉快，在我们看来，半点儿凡尘俗事也没有。

"那是一个阴沉、闷热的下午；海员们有的在甲板上懒洋洋地闲荡，有的在木然地瞪着铅灰色的海水发呆。魁魁格和我正在慢吞吞地编织着一种叫剑缏的东西，以便给我们的小艇另外加上一条系索。表面上是如此的平静和柔缓，然而整个场面都预兆着什么，空气中隐约潜伏着一种梦幻的魔力，每一个水手都似乎悄悄地溶化成了自己的幽灵。"

在这一预兆性的沉默中传来了第一声叫喊："瞧！它在喷水！瞧！瞧！它在喷水！"接下来是第一次追逐，那是一段非常精彩的对海上生活的真实描写：海，以及完全属于海的追猎者，和被追猎的海中动物。几乎没有沾染一点儿尘俗味——完全是海的律动。

"使劲儿划，伙计们，"斯达布轻声说道，一边把他的帆布更往后拉，"在起大风之前我们还来得及抓一条小鱼。白水又喷起来了。划拢去！让小艇嘌起来！"紧接着，我们两边接连传来两声叫喊，说明其他的小艇已经在准备缆索了；但是我们刚一听到这叫声，斯达布就闪电般地悄声说道："站起来！"于是魁魁格手持标枪，蓦地跳将起来。虽然当时桨手们谁都没有意识到已经逼近生死关头，但他们看到站在艇首的大副一脸紧张的表情，就知道关键的时刻已经来了；他们还听到一阵巨大的打滚的声音，就好像五十匹大象在厩草中滚动一样。与此同时，小艇仍在隆隆声中穿过迷雾，浪涛在我们四周翻滚，发出嘶嘶的啸声，犹如狂怒的巨蟒在昂起头来。

"那就是它的背峰。瞧！瞧，给它一下！"斯达布轻声说。小艇里进出一阵急遽的冲击声，那里魁魁格在投标枪。接着，几乎就在同时，艇尾受到一股推力，小艇往前一冲，像是触到了暗礁；帆胀破了，一阵灸热的雾气从旁边射出，艇底下像是遭了地震似的有什么东西在翻滚颠簸。所有船员在这种含有白黏的油液的巨风里，都被颠簸得狼狈不堪，快要被窒息死了。巨风、鲸鱼和标枪交织到了一起；鲸只被擦伤了一点皮就逃之夭夭。

麦尔维尔是写剧烈的、混乱的外界活动的大师；他能将整个疯狂的追猎过程从头到尾写出来，不露一丝破绽。他同样擅长于营造一种平静的氛围。捕鲸船在圣赫拿岛以南的卡洛尔渔场游弋。"当滑过那一片海水的时候，有一天夜晚，月光如烛，一片宁静，银轴似的波浪滚滚而过；由于波浪在徐徐沸腾，显得弥漫着一种不是凄寂而是银白色的静穆；在这样一个静穆的夜晚，在白色泡沫四溅的船头的远前方，一柱银白色的水流喷薄而起。"

后来有这么一段关于海生小动物的描写：

  从克罗泽罗向东北方驶去，我们遇到了一大片海生小动物的牧场，露脊鲸主要就是以这些细小的、黄色的东西为生的。这种东西在我们周围绵延起伏好多海里，因此，我们仿佛驶入了一片片成熟金黄的麦田。第二天，我们看见了无数的露脊鲸，它们并不害怕会受到"佩阔德号"这种捕巨头鲸的船的攻击。它们张开大嘴，在这些小生物中迟钝地游着，一旦粘上鲸嘴里那像是奇怪的细长窗帘的缝饰，就那样同从唇边流出来的海水分别了。就像早晨的刈草人一样，鲸鱼们肩并肩地穿过那片有如生长着长长的湿草的沼泽地，慢慢地向前挥动着它们的镰刀，这些庞然大物游动的时候，甚至还同样发出一种奇特的、刈草似的声音；在这片黄色的海面上，留下一片无边无际的刈完草以后的蓝色。但是只有当它们吃小动物发出声音的时候，才使人想起刈草人。如果从桅顶上望去，尤其是当它们停下来歇息片刻的时候，它们巨大的黑身躯越看越像一块硕大的礁石。

这段优美的文字又将我们带到了乌贼鱼的鬼影中：

"佩阔德号"慢慢地荡过那片小生物牧场后，仍然继续向东北方，朝爪哇岛驶去，和风推动着它的船身，因此，在四周一片宁静中，它那三支又细又高的桅杆，合着那股徐徐的微风轻轻地摆动，恰似平原上三棵柔软的棕榈树。但是，在银色的夜空里，每隔好久，还可以看到那柱孤寂诱人的喷水。

　　但是在一个碧空如洗、一片湛蓝的早晨，当时，海上弥漫着一片几乎是异乎寻常的宁静，却又一点也不是死气沉沉的静寂；海面上那一大片辉煌绚烂的阳光，像是有一只在吩咐什么机密事情的金手搁在上面；滑板似的浪潮一面轻轻向前推去，一面喁喁私语；就在这种幽静得明显可见的氛围里，大古在主桅顶上看到了一个奇怪的白东西。

　　在远处，一大团白色的东西慢吞吞地升起，升得越来越高，挣脱开蔚蓝的海面，终于在我们的船头前闪闪放光，好像刚从山岗上滑下来的雪崩。它这样闪烁了一会儿，然后慢慢地下降，沉了下去。接着又一次升起，悄悄地闪光。这似乎不是鲸，可是，难道是莫比·迪克？大古这样想。

　　小艇被放下去，摇到了那个地方。

　　就在它刚才沉下去的同一个地方，它又慢慢地升起来。这会儿我们简直把有关莫比·迪克的种种想法都忘记得干干净净,目不转睛地望着那神秘的海洋迄今展示给人类的最神奇的景象。一团巨大的软乎乎的东西,纵横有数百米,泛着奶油色,漂浮在海面上,无数只长长的手臂从身体的中央伸出来,像满窝的蟒蛇一般卷曲着、缠绕着,好像盲冲瞎撞地要把什么够得着的倒霉的东西攫住似的。既看不出它到底有没有脸相和正反,又辨不清它有没有感觉和喜好;但见一个神秘的、无定形的、偶尔出现的、像活鬼魂的东西在波浪间起伏。随着一阵轻轻的吮吸声,它又慢慢地消失了。

接下来的几章是有关捕鲸、杀鲸、剥皮、割油的描述,都是对真人实事的气魄恢宏的记录。然后就是与一艘叫"耶罗波安号"的捕鲸船在海上相遇的奇怪的故事,这艘船的全体船员都在一个宗教狂水手的控制之下。还有对从鲸头里取鲸油的真实对话的详细铺叙。在详述巨头鲸的脑子是何等的细小时,麦尔维尔意味深长地写道:"因为我相信一个人的性格大都可以从他的脊骨中找到暗示。所以不管你是谁,我都宁可摸一下你的脊骨,而不会摸你的脑袋。"关于鲸脑,他又写道:

> 因为,从这一角度看来,它的严格意义上的头脑相比之下小得出奇,这是远非那相比之下大得出奇的脊柱纤维质所能弥补的。

在这令人心惊肉跳的慌乱的追捕当中，也有优美的笔触：

> 当这三只小艇搁在微波细浪的海面上，直瞪着下面那个在晌午时分始终不变的一片蔚蓝之时；且不说听不到一声呻吟，听不到任何叫喊，不，就连从海深处激发出来的涟漪也不见了踪影；生活在陆地上的人怎么也想不到，在这寂静和穆的水面之下，就连最凶猛的海中巨兽也在痛苦中扭动摔打！

书中写得最令人拍案之处也许当数第三卷开卷之处的"无敌大舰队"一章。"佩阔德号"当时正在穿过巽他海峡驶向爪哇岛，这时它遇上了一大群巨头鲸。"在船头两侧相距两三英里的海面上，有一个大半圆形，环抱着半个水平面，络绎不绝的一大群鲸正在喷水，直喷得晌午的空中水花四溅。"捕鲸者们循着大鲸群的踪迹追过巽他海峡，自己却遭到了爪哇海盗的追击，捕鲸者们继续全速追赶。接着，小艇被放到了海上。最后，捕鲸者们却莫可名状地呆滞犹豫起来，当时，用水手们的话来说是他们愣住了。一海的鲸鱼不再摆开巨阵向前疾驶，而是到处狂窜，激起千层巨浪。斯塔布克驾着小艇迅速向一头鲸划去，结果却在这狂啸怒嚎的巨兽群中被冲得团团转。小艇胡冲乱撞，闯过巨兽们掀起的巨浪，驶进了被惊慌怒跳的鲸群包围着的一个平静的环礁湖中。湖中一派风平浪静。母鲸轻游，幼鲸犹如驯服的小犬，嗅着小艇。惊恐不已的水手们在那里看见这些叫人纳罕的哺乳巨兽在海底深处春情激荡，嬉戏求欢。……

这一次又一次捕鲸行动的确有某种磅礴气势，近乎超凡脱俗或者不近常理，高于生活，比人类行为更为惊心动魄。写龙涎香的一章同样如此，又离奇，又真实，又超脱。而题为"黑袍教士"的一章又是整个世界文学中最早体现阳刚崇拜的篇章。

接下来是对鲸油提炼厂的一段惊人描述，这时捕鲸船变成了一座烟炱刺鼻、油渍满地的海上工厂，鲸油从鲸脂中提炼出来。架在海中的舱甲板上的炉子中烈焰熊熊之夜，麦尔维尔回味到了他的不凡体验。……这种梦一般的体验是真正的灵魂的体验。他在结尾处警戒世人，当熊熊火焰已把丑陋的万物照在光亮之中，不要把目光盯在火焰之上。在他看来，盯着火焰似乎唤醒了这可怕的回忆，这是毁灭。

也许的确如此。他是属水的。……

但是正如我们在下一章中看到的，这火焰是亚哈真正膜拜的雷霆之火，他身上从头到脚都烙着这种烈焰腾腾的雷火留下的印痕，当神奇的上苍在桅顶高处激起天电光球，闪出幽幽火焰之时，当罗盘逆转之时，这火焰就是风暴，就是"佩阔德号"上的电暴。此后的一切都是命中注定。生命本身似乎被神秘地颠倒过来了。在莫比·迪克的这些追捕者身上除了疯狂和占有欲之外一无所有。船长艾哈与那个可怜的愚笨黑小子皮普牵手而行，皮普却因非人的待遇而疯癫了，落入茫茫大海独自漂浮。与这位偏执狂的北方船长和主人牵手而行的正是这个智力低下的荣耀的孩子。

航程在惊涛骇浪中继续。他们遇上一条船，然后又遇上另一条。这全是平常琐事，然而这一切又是一种极度疯狂与恐怖的紧张，暗示着大决战的恐怖正日益临近。"高空中，处处有羽翼洁白得纤尘不染的小鸟在滑翔，它们是女性的天空的温柔思绪；但在蔚蓝的海水的无底深渊中，却有硕大的海中巨兽、剑鱼和鲨鱼在奔突，它们是男性的海洋的剧烈、骚乱和杀气腾腾的念头。"在这一天，艾哈表白了他的厌倦，对他的职责的厌倦。"不过我是不是真的看上去很老，非常苍老，斯塔布克？我觉得浑身没一点儿力气，腰弯了，背驼了，我就好像是被逐出乐园以来头顶上压着无数个世纪的亚当一般，步履蹒跚。"这是大决战前艾哈的蒙难时刻，是追求最后一次自我征服的人类灵魂的蒙难时刻，是意识——无止境的意识向外做最后一次延伸。

他们终于见到了那头鲸。艾哈从升到桅顶的栖止地看到了他。"从这个高处，可以看到现在那条正在前方一英里左右的鲸，海浪每翻腾一次，就露出它那高大、闪光的背峰，和它那按时喷向空中的悄然无声的喷水。"

小艇被放下水去，划近白鲸。"终于，这位屏声静气的猎人已非常接近他那似乎是无可置疑的猎物了，连它那光闪闪的整个背峰也清晰可见，好像是件孤寂的东西，一边在海上漂荡，一边不断地喷出一圈圈非常精致的、羊毛似的、碧绿色的泡沫来。猎人看到了远处那只微微突出的头，硕大无比，皱纹百结。在那只头前面，远在那片柔滑如土耳其地毯的海上，映照出它那阔大、乳白色额头的闪光发亮的白影，一阵乐声悠扬的涟漪与白影相伴相戏；在后面，蔚蓝的海水交替地流过来，流进了它那滚动的溪谷般的稳定的裂尾里；晶莹的水泡在它的两侧升腾起舞。……"

与鲸搏斗的整个过程都精彩纷呈，回肠荡气，无法从中摘章取句。搏斗持续了三天。在第三天，前一天失踪的那个帕西标枪手支离破碎的尸体露了出来，被海水冲到了缠着一身的标枪系绳的白鲸的胁腹边，这一骇人景象给人一种神秘的、梦幻般的恐怖。暴怒的巨鲸向象征我们这个文明世界的捕鲸船发起猛攻。它用剧烈的摇撼袭击船。几分钟之后，从最后一条还在同鲸搏斗的小艇上结束呼叫声："'大船呢！上帝啊，大船到哪去了？'不一会儿，他们透过那迷蒙的、令人眼花缭乱的灵气，看到了那只倾斜的逐渐消失的船影，好像在虚幻的海市蜃楼中一般，只有几根桅顶露出海面；而那几个异教徒标枪手，不知是怀着依依不舍之情、出自一片忠心，还是听天由命，仍然一动不动地坚守着原来的高高的岗位，仍然坚持在那正在下沉的瞭望塔上。这时，一个同心圆把这只孤零零的小艇，连同所有的水手、每一块漂浮的桨片、每一根捕鲸枪棒，死的活的都围起来，全都在一个旋涡里旋来绕去，连'佩阔德号'最细小的木都给带走了。"

这只天鸟，这只雄鹰，圣约翰之鸟，红种印第安人之鸟，这个美国人，连同用塔希太戈的锤子——美国印第安人的锤子钉起来的船，一块沉没了。这只精神的雄鹰。沉没了！

"这时，一群小鸟尖叫着飞翔在那个仍然张着大口的旋涡上空；一阵悲惨的白浪拍打着它那陡峭的四周；然后，一切都消失了；只有那巨大的寿衣似的海洋，又像它在五千年前一样，继续浪涛滚滚。"

这部极为精彩的旷世奇书就这样结束了，其神秘的氛围和曲折的象征终止了。这是一部空前绝后的海洋史诗，书中人所共知的象征色彩充满微言大义，也相当令人不堪卒读。

但它是一部了不起的书，一部非常了不起的书，是迄今为止写海洋的最伟大的作品。它在人的灵魂中唤起敬畏。

可怕的命运。

命运。

厄运。

厄运！厄运！厄运！暗不见天的美国树林里好像有什么东西在窃窃耳语。厄运！

什么的厄运？

我们白种人时代的厄运。我们已经厄运临头，在劫难逃。这厄运降临在美国，但它是我们白种人时代的厄运。

噢，如果我的寿命已命中注定，而我又由我的寿命决定必遭厄运，那么这注定我的命运的东西就比我伟大，所以我接受我的命运，把它当作比我更为伟大之物的一个征兆。

麦尔维尔是个明白人。他明白他的种族在劫难逃。他的白种人灵魂在劫难逃。他的伟大的白种人时代在劫难逃。他自己在劫难逃。理想主义者在劫难逃。精神在劫难逃。

"开往前面的任何港口都限制不多,从后面的哪一个港口冲出来都是困难重重。"恰恰相反。

我们的巨大的恐怖啊!我们的文明就是从后面所有的港口向前冲。

最后一次可怕的追猎。白鲸。

那么莫比·迪克到底是什么?它是我们白种民族最深刻的生命存在;它是我们最深刻的生命本质。

可是它却遭到追杀,遭到我们苍白的精神思想的狂热情绪的追杀。我们要将它穷追痛打,要它服从我们的意志。而且在这一狂热的、自觉的追捕我们自己的过程中,我们还纠集起蒙昧的、软弱的种族来协助我们,红种人、黄种人与黑种人,东方人与西方人,贵格会教徒与拜火教教徒,我们将他们统统纠集起来,帮助我们进行这场可怕的、狂热的捕猎,这场捕猎就是我们的厄运和我们的自杀。

白种人身上剩下的最后的阳刚本性,被追赶进表层意识与理念意志的死角。我们的血性自我服从于我们的意志。我们的血性意识被寄生的精神或理念意识用乱棍打倒。

热情奔放的、生在大海的莫比·迪克,遭到理念的偏执狂的追猎。

噢,上帝啊上帝,"佩阔德号"沉没之后下一步怎么办?

船已在战争中沉没,我们是漂浮的残骸。

下一步怎么办?

谁知道呢？ Quién Sabe? Quién Sabe, señer?[1]

无论西班牙人的美国还是英格兰人的美国都没有谱。

"佩阔德号"沉没了。而"佩阔德号"就是白种人的美国的灵魂之舟。它沉没了，载着它的黑人、印第安人和波利尼西亚人，载着亚洲人、贵格会教徒、心地善良而讲求实际的北方佬还有以实玛利一块沉没了：它把他们统统沉入了海底。

"轰隆！"维切尔·林赛会这样大吼一声。

用耶稣的话来说是，"结束了"。

Consummatum est[2]！

但是《莫比·迪克》在1851年首次出版。如果说这头巨大的白鲸在1851年就将伟大的白种人灵魂之舟击沉了，那么，自那以来又发生过这些什么事呢？

大概是劫后余生吧。

因为在最新几个世纪里，耶稣是鲸鱼星座，是大鲸鱼。而基督徒们是小鱼。救世主耶稣是鲸鱼星座，是海中巨兽。而所有的基督徒都是他的小鱼。[3]

爱伦·坡

坡跟印第安人和大自然毫无关系。他一点儿也不在乎那

---

[1] 西班牙文：谁知道？谁知道呢，先生？
[2] 拉丁文：结束了。
[3] 参见《圣经·以赛亚书》第51章。

些红皮肤兄弟和简陋的棚屋。

他唯一关心的是他自己的灵魂的解体过程。正如我们已经说过的，美国的艺术的律动模式是双重的：

其一，旧的思想意识的解体与蜕变，

其二，一种新的思想意识在旧的思想意识中形成。

库柏身上有两种震动同时进行。但坡身上只有一种，只有解体的运动。这使得他几乎更像一个科学家而不大像一个艺术家。

道学先生们素来就深感怀疑，坡为什么要写出那么一些"病态"故事来。它们之所以必须被写出来是因为旧东西必须死亡和解体，因为在新的东西得以产生之前，白种人的老式的灵魂不得不逐渐地毁灭。

就连人自己也得被剥个精光。这是一个痛苦的过程，有时甚至是一个可怕的过程。

坡注定是个苦命的人。他的灵魂注定要在一场旷日持久的走向解体的大突变中得不到安宁，他注定要把这一过程记录下来。而当他执行过这么一些最叫人痛苦的任务、把能诉之于人的最痛苦的人类经验记录下来之时，他又注定要受人诟骂。这也是不可推卸的责任。因为如果人类灵魂还要幸存下去的话，就必须自觉地忍受自我解体的痛苦。

但是坡是一个科学家而不是一个艺术家。他就像科学家在坩埚中分解盐一样分解他自己。他简直是在对灵魂和心理意识进行化学分析。而在真正的艺术之中，创造与毁灭总是同时进行的。

这就是坡之所以把他的东西称作"故事"（tales）的原因。它们是一副因果链。

然而他的佳作名篇却不是故事。它们强过故事。它们是刻画正在剧痛之中苦苦挣扎的人类灵魂的、令人毛骨悚然的小说。

此外，它们还是"爱情"小说。

《莉盖娅》和《厄舍古屋的倒塌》都是真正的爱情小说。

爱情是一种神秘的、必不可少的引力，它将不同的事物拉拢，紧紧地拉拢。因此性事实上是爱情的关键。因为在性活动中，男女双方的两个血液系统高度集中，彼此接触，中间只隔着薄薄的一层膜。然而，如果隔膜破裂，就会导致死亡。

你明白了吧。任何事情都有一个限度。爱情也有一个限度。

制约所有有机生命的根本法则是，每一个有机体在本质上都是独立的，而且是独一无二的。

这种独立地位一旦丧失，混淆与混乱必会马上出现，死亡随之降临。

这条法则适应于从人类到变形虫的每一个有机个体。

但是还有一条适应于所有有机生命的次要法则，那就是：每个有机体只有通过与其他事物的接触、通过与其他生命的同化与接触，才能生活下去，这意味着对新的颤动、对非物质性的东西的吸收。在一定的意义上说,每一个有机个体都通过与同类机体的紧密接触而获得生机。

人同样如此。他吸入空气,吞下食物和水。但这还不够。他从跟他发生接触的同胞身上吸纳生命,而又回报他们以生命。随着亲密关系的增强,这种接触越来越密切。当它成为一种全面的接触时,我们称之为爱情。人们靠食物为生,但如果吃得过量他们就会丧命。人们靠爱情为生,但如果爱得过度,那么他们要么是自己死亡,要么就会置他人于死地。

爱有两种:神圣的爱与猥亵的爱,精神的爱与肉体的爱。

在肉体的爱中,男女双方的两股血流席卷而来,开始全面的接触,几乎是融为一体,几乎是混合在一起但绝不会真正混合在一起。在两股血潮之间总有一垛最细薄难察的墙,种种神秘的颤动与力量通过这垛墙传过来,但是血绝不能穿过这垛墙,否则就意味着流血。

在精神之爱中,接触完全是神经方面的。爱人们身上的神经像两件乐器一样节奏一致地颤动着。音调可以升得越来越高,但是音调调得太高了,神经就开始崩溃,开始流血,死亡就会由此开始。

人的麻烦就在于他坚持要做自己命运的主宰,坚持认为自己是一个统一整体。举个例说,一旦他发现了精神恋爱令人心醉神迷的魅力,他就坚持要永远陶醉其中,除此之外什么都不要，因为这就是生活。这就是他所谓的"高昂的"生活。他想把他的神经与另一个人的神经调整得步调一致，在紧张和激昂之中相与振动，通过这种办法他就得到了一种陶醉其中的幻象，他觉得他自己在与整个宇宙的和谐中熠熠放光。

但是事实上，这种闪光的和谐只是一种转瞬即逝之物，因为生活的首要法则是每一个有机体都是自成一体的，它必须复归到它的独立中去。

然而，人一直在朝这种闪光的和谐努力，管它叫爱情，而且他喜欢它。它给他以最大的满足。他需要它，永远需要它。他需要它而且将会拥有它。他不想回到自己的孤立中去。即使万不得已，那也不过是像四处觅食回到自己的兽窝稍作休息的野兽，随后又会再次溜出来。

这让我们想起了埃德加·爱伦·坡。我们不妨从《莉盖娅》的题词谈起，这是从神秘主义者格兰维尔那里引用的一段话："意志的要义即在于此：它是不会熄灭的。意志的活力极盛，其玄义谁能言说得清楚？上帝就其本质言之，亦是弥漫于万物的一种大意志。人不会臣服于天使，亦不会完全将自己交付给死亡，除非其意志过分孱弱。"

这是一种意义深刻的言论，也是一种要命的说法。

因为如果上帝是一种大意志，那么宇宙也不过是实现这一意志的一件工具。

我不知道上帝是什么东西，但是他不会简单地是一种意志。那太简单，把他说得太像人了。因为只有人才需要有自己的意志，而且除了他的意志之外别无所求，他犯不着说上帝就是被无限扩大了的同一种意志。

在我看来，上帝也许有一个，但他是既无名姓也不可认知的。

在我看来，还有许多位神祇，他们进入我心中又离我而去。而且我得说上一句，他们的意志有千种万种。

但是这里要说的是坡。

坡体验过那种令人沉醉的顶级的精神恋爱。他需要那种沉醉，而且除此之外别无所求。他要得到那种崇高的满足，那种流畅的感觉，那种和谐的感觉，那种高贵生活的感觉。他体验过这种满足感。方方面面都告诉他，精神的、神经的恋爱所带来的陶醉是生活中最伟大的东西，就是生活本身。他有切身体会，他知道对他来说，这种陶醉就是生活本身。所以他要得到它。而且他会拥有它。他坚定意志，同一切本能的局限相抗争。

根据自己的信仰与自己的经验行事的人是勇士。但同时也是倨傲的人，是笨伯。

坡不惜一切代价也要得到那份陶醉、那份高贵。他和典型的当代美国女子疯狂追求的是同样的东西：激昂、酣畅、沉迷。坡尝试过酒精，也尝试过他所能得到的任何药物。他还尝试过他够得着的任何一个人。

他的一本正经的尝试是在他妻子身上进行的，而且成绩斐然。他妻子原是他的表妹，一个说话如唱歌的姑娘。他和她一道去追求那种酣畅淋漓、激越昂扬与五光十色的沉醉。这是合奏中的神经的最剧烈的颤动，承受的压力越来越大，音调越来越高，直到姑娘的血管破裂，鲜血喷涌而出。这就是爱情。如果你管它叫爱情的话。

爱情可能是淫秽透顶的。

爱情是引发今日的神经过敏症的原因。爱情是导致肺结核的魁首。[1]

在精神合奏中振动得最剧烈的神经是胸部和喉管中的交感神经节与后脑。如果你强逼它们过于强烈地振动，胸部（肺），喉管，或者小脑中的交感组织就会衰竭，而结核就有了滋生的温床。

但是坡就是要强逼它们剧烈地振动，振动产生的音调高得任何人都无法忍受。

她是他的表妹，所以给她定起调式来就更为轻而易举。

《莉盖娅》是一篇主导小说。莉盖娅！这可是一个从心底里萌发出来的名字。对他而言，这女子是他的妻子，而不是露茜。[2] 她就是莉盖娅。毋庸置疑，她太喜欢"莉盖娅"这个名字了。

《莉盖娅》是坡自己的爱情故事，而它的幻想色彩使得它更真实地成了他自己的故事。

---

[1] 爱伦·坡的妻子死于肺结核。
[2] 华兹华斯有一组诗是为个叫露茜的女子而作的。

这是一个把爱情推到了边缘的故事,而爱情被推到极端就是情人之间的一场意志的战斗。

爱情成了意志之战。

这对情人中哪一个先将对方摧毁?哪一个同对方对峙得最久?

莉盖娅仍然是旧式女子。她的意志仍然要屈服于他人。她心甘情愿地屈服于她丈夫的吸血鬼意识,甚至屈服于死亡。

> 她身材高挑,有几分苗条,在她的晚年甚至变清瘦了。要我描绘出她那端庄肃穆、娴静从容的举止,或者她那轻盈灵巧、引人遐想的步态,那是徒劳的。我一点儿也没有意识到她已经进入了我那关上了门的书房,我只听到了她那低沉、甜美、悦耳的声音,这时她大理石般的手已经搁到了我的肩上。

坡的文体素来备受称赞,但是我觉得它有点儿华而不实。"她大理石般的手"和"她那灵巧的步态"与其说像人,还不如说像椅子上的弹簧和壁炉台。在他看来她从来就不怎么像一个人。她是一件让他获得极端快感的工具。正如有人所说的,是他的 machine à plaisir [1]。

此外,正如他的诗有一种呆板机械的节奏一样,坡的整

---

[1] 法文:享乐机器。

个文体都有这种呆板机械的特征。他从来不曾在任何事物身上看到生命,他看到的几乎总是物质、珠宝、大理石等——或者是力量、科学。而且他的节拍都处理得很机械。这就是所谓的"有风格"。

对莉盖娅他想做的事就是分析她,直到他清楚了她的所有组成部件,直到他把她整个儿地装进了他的意识中。她是一种奇妙的化学中用的盐,他必须在他头脑的试管中把她分析得一清二楚,接着——在他完成了这一分析之时——E finita la commedia[1]!

但是她是不会被分析得一清二楚的。有些东西他无法弄明白。在写她的眼睛时他说:"我必须相信,与我们这一种族的普通人的眼睛相比,她的眼睛要大得多。"——就好像谁都想要一双比其他人"大得多的"眼睛。"它们比诺佳哈部落人最浑圆的瞪羚眼还要浑圆。"——拍马屁。"一双眼珠儿的颜色是最黑油放亮的,眼珠儿的远上方垂着长长的、乌黑发亮的睫毛。"——让人想起鞭子上的短绳。"稍微有点儿参差不齐的刘海也是同样的色泽。我在这双眼中发现的神奇之处,是一种与其特性鲜明的搭配、色彩或光泽有质的不同的东西,我必须称它为情感的吐露。"——听起来就像解剖学家在解剖一只猫。——"啊,毫无意义的词语啊!尽管它的声调是那么抑扬顿挫,它后面却掩盖着我们对精神世界的愚

---

[1] 意大利文:戏剧到了尾声。

昧无知。莉盖娅的眼睛真是富有表情！我曾经怎样长时间地琢磨着那种表情啊！整整一个仲夏之夜我都在苦想着它，辗转无眠！我的爱人儿的瞳孔深处的——那比德谟克利特之井还要深奥的东西是什么呢？到底是什么呢？我被一种探寻的欲望迷住了心窍。……"

不难明白为什么人人都会扼杀他的心爱之物。弄懂一样有生命之物就是扼杀它。要把一样东西弄清楚你就不得不扼杀它。所以说，饥渴的意识，也就是心灵，是一个吸血鬼。

对任何与自己有紧密接触的人，都应当有充分的理解和兴趣，以便好好地弄懂他。无论是她，还是他。

但是要弄懂一个有生命的人就是要把生命从那个人的身上吸出来。

一切事物如此，与人相爱的女人尤甚。每一种神圣的天性都教诲他，必须让她保持几分陌生。你是在隐秘中、在血液中了解你的女人的。试图通过理智去了解她就等于试图扼杀她。女人啊，你可要当心那种想摸索出你的本性的男人。男人啊，你们更加要千万当心那种想了解或抓住你的本性的女人。

这种了解就是吸血魔鬼的诱惑。

人类想要凭心智去掌握生命的和个性的秘密，简直到了令人发指的程度。这就好比是分析细胞质。只有死的细胞质你才能对它进行分析，然后了解它的组成成分。这是一个死亡的过程。

把知识用到由物质、力和功能组成的世界中去吧。它和人够不上任何关系。

但是坡就是想了解——想了解莉盖娅的眼睛里的那种神奇到底是什么。她也许早该告诉了他，那眼神就是害怕他的探究，害怕他用他的意识来勾引她。

但是她需要受人勾引。她需要有人用意识来探究她，了解她。她也为她的这种欲求付出了代价。

如今需要被人勾引、被人了解的常常是男人。

埃德加·爱伦探究着，探究着。有好多次他似乎已经到了边界上。但是他还没有来得及跨过这道了解她的边界，她就已经跨越过了死亡的边界。而且，事情向来如此。

因此，他断定，要了解这种神奇的眼神就得从神秘的意志那里找线索。"意志即在于此，它是不死的……"

莉盖娅有一种"巨人般的意志力"……"她的强烈的思想、行为或者言辞可能是一种结果，或者说至少是一种指标"（他的真正意思是"指明"），"在我们长期的交往中，那种巨人般的意志力没有给出其他更直接的证据来证明它的存在"。

我倒认为她对他的长期服从就是主要的、足够的"其他证据"。

"莉盖娅表面上从容文静，但事实上在我所认识的女子中，她是被掠夺成性的秃鹫般的骚动的激情折磨得最苦的一个。这种激情骚动到了何种程度，我只能通过那双令我一见倾心但又惊惧的眼睛的神秘的张合，通过她那简直是魔曲一般的、抑扬顿挫的、个性鲜明的、平静柔缓的、非常低沉的声音，通过她习惯地吐出的任性的话语中的那股猛劲儿（在她说话的口气的衬托下效果倍增），来做出判断。"

可怜的坡啊，他逮到的是一只羽毛和自己一模一样的鸟。真是个可怕的渴求者，他渴求更深一层的快感，渴求得发狂或者要命。"激情骚动的秃鹫"，千真万确！一帮秃鹰。

但是既然已经摸清了她的巨人般的意志力中的这条线索，他就应该认识到这种恋爱、这种渴求、这种了解的过程就是一场意志的搏斗。但是莉盖娅恪守妇道人家恋爱的伟大传统和模式，凭着她的意志迫使自己服从他人、接受他人。她是一具供他人探索和分析直至死亡的被动的肉体。然而，她那伟大的女性意志肯定时不时地造过反。"激情骚动的秃鹫！"她在一阵欲望的骚动中，渴望他的更深一层的探究和摸索，管它到哪种地步，可接下来却成了"掠夺成性的激情骚动的秃鹫"。她不得不向自己开战了。

但是莉盖娅想要继续这种渴求、这种爱情、这种快感、这种探究、这种了解，继续再继续，直到结尾。

没有结尾。有的只是死亡带来的决裂。那才是男人女人的"归宿"。在寻求彻底的了解的过程中，男人总是被人出卖。

"我不该怀疑她对我的爱情；我本该轻易地认识到，在她这样的人心里，爱情是不会去支使平常的情欲的。但是只有通过她的死我才充分地感受到她的爱的力量。她会长时间握着我的手，向我倾吐满腔的热情，其情感的热烈虔诚的程度不亚于偶像崇拜。"（噢，所有这些没完没了的亲昵的谈话够下流的！）"我哪里配有这么好的福气来倾听如此坦诚的倾诉呢？"（换了别人会觉得自己在遭诅咒。）"在她坦诚相诉的那一时辰，即使诅咒我杀了我心上的人儿，我又哪里配得上呢？但是这桩事情我不忍心一一道来。就让我这么说吧，莉盖娅不从妇道，沉于爱情，结果不得善报，反遭骂名，从这当中我终于认识到，她对如此飞流疾逝的生命这样不顾一切地孜孜追求到底是为了什么。而我无力描述、无法言表的正是这种义无反顾的追求——这种对生命的亟切渴望——除了生命别无所求。"

喔，说句良心话，他说的已经多得吓人了。

"他们本来就不拥有什么东西，仅有的一点点也要遭到剥夺。"

"在他看来，有生命的人就应该给予他以生命，而没有生命的人就连仅有的一点点生命也应该遭到剥夺。"

换了她也一样。

像坡和他的莉盖娅这样的清醒得吓人的名士，就是要否认就在他们身上的生命；他们想将它一股脑儿变成谈话，变成"了解"。这么一来，无法为他们所了解的生命就离他们而去。

但是可怜的莉盖娅呢，她实在是无能为力。她命该如此。这是世世代代流传下来的精神，美国人长年累月对圣灵的背叛所留下来的恶果。

在她千不愿万不愿死时，她死了。而当她死时，他为之而生的那条线索也随她死去。

一场空啊!

一场空!

难怪她咽着最后一口气时还会厉声尖叫。

在最后一天莉盖娅向她丈夫口述了一首诗。作为诗它可是够造作够虚夸的。但是设身处地地替莉盖娅想想，它又是相当真实的，令人恐惧难禁。

    熄灭，熄灭，一切灯火已——
      熄灭! 战栗的身躯上
    落下黑幕，罩上柩衣，
      狂风猛吹，惊雷炸响，
    天使们面苍白嘴唇乌，
      直立起身躯，掀去面纱，
    断言这是"人类"的悲剧，
      征服者令其英雄作虫爬。

这首美国诗和威廉·布莱克的诗旗鼓相当。因为布莱克也是这样一位叫人可怕可憎的"了悟者"。

"'啊，上帝!'莉盖娅微微颤抖着，就在我记完这几行诗的时候,她一跃而起,在一阵痉挛中将双臂高高举起。'上帝啊!圣父啊!难道这些东西真的如此不可更改吗?难道这位征服者一次也不能被别人征服吗?我们难道不是你身上的一分子吗?谁——谁也不清楚那些神秘的天使,但也不会彻底屈服于死亡,除非他的意志太薄弱。'"

就这样,莉盖娅死了,而且至少有一部分屈服于死亡。

至于她对上帝的哭喊——上帝不是说过违犯圣灵的人不可饶恕吗?

而圣灵就在我们身上。它就是敦促我们真实的东西,它提醒我们不要过分放纵自己的欲望,不要哗众取宠和妄自尊大,尤其不要太自私和固执。相反,在我们的内在精神指示我们改变时就要改变,在它指示我们停止时就要停止,我们必须笑时就笑,特别是笑我们自己时,铁板一块的认真总会有些可笑。圣灵指示我们绝不要认真得太过分,该嘲笑时就要嘲笑,嘲笑我们自己和周围的一切。尤其要嘲笑我们的庄严高尚。一切事物都有其可笑的时候———一切事物都如此。

可是坡和莉盖娅如今怎么也笑不起来。他们严肃得发疯。并且把这种精神的振动和精神的和谐疯狂地向前推进。他们冒犯了指示我们都要嘲笑与遗忘、指示我们要知道自己的局限的圣灵。他们没有得到宽恕。

莉盖娅犯不着责怪上帝。她倒是应该感谢她自己的意志和她那"巨人般的意志力",是它们促使她更加贪恋精神和凶残的知识。

莉盖娅死了。她的丈夫去了英国，俗气地不知是买下还是租借了一座阴暗、雄伟的老教堂，将它做一番修缮，装饰成一派异国情调，神秘兮兮的像一座剧院。从没有任何东西打开，从没有任何东西真实。这就是他那戏一般的"意志力"。一种追求感官刺激的可恶的癖好。

后来，他娶了一位金发碧眼的淑女，特莱明的萝威娜。那就是说，她应该是一位撒克逊-康沃尔族的名门闺秀。可怜的坡啊！

"就在这么一些厅堂中——就在这么一间洞房里，我和这位特莱明贵妇一起度过了我们婚后第一个月的罪孽的时光——几乎是在无忧无虑中度过的。我难免觉察到，我妻子是惧怕我那喜怒无常的火爆脾气的——她既不躲避我又不怎么爱我，不过这样反倒使我高兴。我憎恨她，恨得像凶神恶煞而不像是人。我又回忆起了莉盖娅，那位庄重的、已经没入坟茔的爱人。（我是多么追悔莫及啊！）我沉浸在对她的纯洁的追忆中……"等等。

至此，那吸血鬼欲望就一清二楚了。

在婚后第二个月，贵妇人萝威娜病倒了。那是莉盖娅的阴影在纠缠着她。那是莉盖娅的鬼魂将毒药倒进了萝威娜的杯中。那是莉盖娅的灵魂与丈夫的灵魂勾结在一起，正在热切地、慢慢地摧毁着萝威娜。这两个吸血鬼，已死的妻子和活着的丈夫。

因为莉盖娅并没有完全屈服于死亡。她那尽管受了挫折但仍然坚定不移的意志又回来复仇了。她在世之时未能如愿，所以死了也要找个活的替死鬼。而这位丈夫呢，一直都只是在用萝威娜作为一具活尸来报他在莉盖娅那儿受挫的一箭之仇。他最终没能了解她。

莉盖娅终于从萝威娜的尸体中升起来。通过她的死，通过他们一起摧毁的尸体在他们之间打开的那扇门，莉盖娅重新露面，她仍然试图实现自己的愿望，与她的丈夫相爱相知，得到永远没有终极的终极的满足。

因为按亨利·詹姆斯和柯南·道尔等人的说法，人死之后，灵魂的确是可以不散的。由于它自己的意志力而不散。但是，受挫的意志的不散之魂常常会回过来为非作歹，报复活人，是夜游魂、吸血鬼。

这是一个肯定人的意志的鬼怪故事，是爱情意志和精神意志对死亡的否定。人类以对知识的幻想而自豪。

美国的空中有的是可怕的亡魂和鬼魅。

接下来的一篇小说《伊琳诺拉》是一个幻想故事，讲的是一个男子在早年的婚姻中与年轻温柔的新娘在一起的声色之乐。他与他表妹和表妹的母亲居住在与世隔绝的"多色草峡谷"，这峡谷给人各色各样的感觉，那里的一切都有一抹幻象色彩。他们注视着映在"沉默河"中的自己的倒影，招来了水波中的爱神：那就是说，爱神是从他们的自我意识中来的。这是对内省的生活和自我中的自我孕育出来的爱情，也就是对自我虚构出来的爱情生活的描写。树木就像崇拜太阳的巨蛇。也就是说，它们代表恶意的或者精神的活动中的男性激情。一切事物都奔向意识：条条巨蛇向太阳。爱的拥抱带来的本该是黑暗与忘却，而在这里却和情人们一样出现在光天化日之下，带来的是更加清醒的意识和幻想，色彩斑斓的幻想。白日做爱是邪恶之事，而且都是空谈性爱。

在《贝莱妮丝》中，这男子必须钻到他的爱人的坟墓中，拔出她的三十二颗小白牙，装进他带在身上的盒子里。这令人厌恶又令人得意。牙齿是咬人、对抗和抵制的工具。它常常是反抗的象征，是镇压和摧毁的小工具或者实体。神话中的龙齿就是由此而来的。所以《贝莱妮丝》中的男子必须占有他情妇身上永不缩小的部分。他说："Toutes ses dents étaient des idées.[1]" 看来它们都是些小小的固定不变的切齿之恨的理念，他自己所占有的就是这么些东西。

与这一组小说相关的另一名篇是《厄舍古屋的倒塌》。在这篇小说中，爱情在兄妹之间产生。随着自我的瓦解和寻找差别之谜的失败，与爱人合为一体的愿望也就成了情欲。而这种对认同与完全融合的向往正是乱伦问题的基础。在心理分析学中几乎每一种心理障碍都可以追溯到乱伦欲望，但是心理分析是行不通的。人们力争获得神经的最强烈而毫无阻力的颤动所带来的满足的方式是多种多样的，乱伦意识不过是其中的一种。在家庭中，自然的颤动是最接近和谐的。

---

[1] 法文：她所有的牙齿都是理念。

而与陌生人在一起阻力就要大得多。乱伦就是获得满足和避开阻力。

一切邪恶的根源就在于我们想要得到这种精神上的满足、这种淋漓尽致、这种表面上高昂的生活、这种了解、这种多色草峡谷,就连草与光也遭到棱镜的分解,释放出强烈的感情。我们要不受任何阻力地得到这一切。我们不断地需要。而这就是我们身上一切邪恶的根源。我们应该祈求受到抵抗,而且是受抵抗直到苦果临头。我们应该下定决心彻底抛弃渴望。

《厄舍古屋的倒塌》的题词是贝朗瑞的两句诗:

Son cœur est un luth suspendu;
Sitôt qu'on le touche il résonne.
(她的心是把悬挂着的诗琴,
只要一触摸就会发出共鸣。)

坡用尽了一切过火的、俗气的幻想做装饰。"我策马来到住所附近一个幽暗阴森的冰斗湖,湖水波澜不兴,幽光闪闪,我在湖边峭壁上勒住缰绳,凝视着下方——但感到更加毛骨悚然——灰暗的蓑衣草、幽灵般的树干以及空荡荡的眼睛般的窗户都在湖水中映出倒影,换了一番模样。"厄舍古屋这所房子和住在房子里的家族都很古老。屋子的外面布满纤细的菌子,屋檐以下的垂花饰物上也挂着。哥特式的拱廊。脚步轻悄的贴身男仆、昏暗的挂毯、黑色的乌木地板、各种破烂的古式家具，从格窗里露出来的微弱的深红色灯光，而且所有这些事物之上都笼罩着"一种严酷的、沉重的、不可改变的阴郁之气"——古屋的内部就是这么构成的。

居住在这一屋子中的罗德里克和麦德琳·厄舍是他们这个无比古老的、衰落了的家族的最后遗民。罗德里克和莉盖娅有相同的相貌特征，同样长着亮炯炯的大眼睛和希伯来人似的雅致的稍微隆起的鼻子。他讨厌他家族的神经性疾病。而将神经绷得紧紧的，以至于随着以太中的颤动而颤动的正是他。他还丧失了他的自我，他活生生的灵魂，并且成了一件受外界影响的敏感的乐器；他的神经太像一架非颤动不可的风鸣琴。他生活在"某种与可怕的幽灵和恐惧进行的搏斗中"，因为他的活生生的灵魂已经死亡，他完全成了行尸走肉。

一旦真正居于中心地位的自我已经崩溃，那么所剩的就只有一个人的工具性意识到底能意识到多少东西的问题了。当人没有了自我，成了一架像摆在敞开的窗边的竖琴一样随风而响的乐器，单凭他的意识又能表达多少东西呢？流动着的血液自有它自己对物质世界的感应和反应，跟眼睛所见毫无关系。而我们知道的神经一直在随着看不见的精灵、看不见的力量而颤动。这就是罗德里克会站在那物质存在的边缘瑟瑟发抖的原因。

"给他的即兴创作带来敏捷才思"的是这种机械的意识。给坡带来异乎寻常的诗才的也是同一样东西。由于他身上没有真正占支配地位的个性,或者说冲动性的个性,所以他对声音和印象极为敏感,近乎机械,比如说对声音产生的联想,对韵脚的联想——机械而敏捷,根本不是因为激情冲动而发。它完全是一个次要的、欺骗性的过程。所以我们读到的罗德里克·厄舍那首《鬼魂出没的宫殿》尽管流畅,但它的韵脚和节奏却暗含机械性,其表示性质的形容词也显得俗气。这有点像梦的过程,从感情意义的角度看,各个部分之间的联系是机械性、偶然性的。

厄舍认为所有植物性的东西都有感觉能力。当然,所有物质性的东西都有某种感觉,甚至无机物也有:他们肯定都存在于微妙而复杂的紧张的颤动之中,颤动使它们对外来影响变得敏感,并且使它们对其他外部物体产生影响,不管与它们有无接触。坡正是描写这种颤动——也就是无生命的意识或者梦一般的意识的大师。因此罗德里克相信,他的整个环境、屋子上的石头和菌子、冰斗湖里的水、倒映在湖中的影子,都和这个家庭交织成了一个有形的整体,就好像浓缩成了一种氛围——厄舍一家能够孤独地生活在其中的一种特殊氛围。而决定他的家庭命运的正是这种氛围。

只要灵魂还活着,它就是模子,而不是用模子铸造出来的东西,是生机活跃的人用自己的灵魂微妙地浸润着石头、房子、山岳和大陆,并且赋予它们以最精妙的形式。人们在丧失了自己完整的灵魂之后，就完全沦落为石头的附丽之物。

在人的国度里，罗德里克只与一个人有联系：他的妹妹麦德琳。她也被一种神秘的、神经质的倔强症折磨得气息奄奄。这对兄妹强烈地、专注地彼此相爱着。他们是孪生兄妹，相貌几乎完全相同。他们同样专心一意地爱着，这种爱是一个神经颤动产生共鸣的过程，其结果是变得越发极度兴奋，形成一种意识，然后逐渐破灭，直至死亡。细腻敏感的罗杰和他妹妹麦德琳不受阻碍地共振着，在极度痛苦的爱情中，变得越来越细腻，并且像吸血鬼似的渐渐吞噬着她，吮吸着她的生命。同时她也要人来吮吸。

麦德琳死了，被她哥哥扛进了古屋里深深的地下室中，但是她没有死。她哥哥在第一次疯狂时四处漫游——一种由无法言说的恐惧的负罪感导致的疯狂。八天之后他们被金属的撞击声惊醒，接着是一阵清晰的、空荡荡的金属声的回响，那响声铿锵有力，但又明显被捂住了。然后罗德里克开始语无伦次地表白心声："我们竟把她活活埋进了坟墓！我不是说过我的感觉很敏锐吗？现在我来告诉你，我听到了她在空荡荡的棺材里第一次微微动弹的响声。我听到了——许多许多天以前——可我不敢——我不敢说。"

这是"人人都毁掉他爱的东西"的老调在重弹。他知道是他的爱毁了她。他知道她和莉盖娅一样终于死了，但死得不情愿，她死不瞑目。所以她死而复生，与他抗争。

但是在那时候，尽管没有门，厄舍家的麦德琳小姐那裹着寿衣的高傲的身影的确耸立在那儿。她的白袍上印着血迹，这是她的消瘦的身体的每一部分都经受过艰辛的搏斗的证据。她在门槛上颤巍巍地左右摇晃了一阵，然后，随着一声低微的呻吟，她朝门里侧重重地扑倒在她哥哥的身上，在一阵剧烈的、现在也是最后的临死的痛苦中，她将他压倒在地，成了一具尸体，成了他预想到的恐惧的牺牲品。

这可怕而又像闹剧，但它是真实的。它是一种可怕的心理真实，发生在这位受人钟爱的情人的生命的最后时刻，这位情人不忍分离，与世隔绝，不能独自一人倾听圣灵之言。因为我们必须靠圣灵而生活。下一个时代是圣灵的时代。而圣灵在每个人的心里独自倾诉，它一直是、永远是一个幽灵。它不会在芸芸大众面前显身。每一个独立的人都独自倾听他心中的圣灵。

厄舍兄妹背叛了他们心中的圣灵。他们毫不抵抗地相爱、相爱、相爱。他们相爱，他们结合，他们合为一体。这样他们就彼此把对方拖进死亡。因为圣灵说你们不可以与另一个人合为一体。人人必须守住自己的本质特性，而与人一致是有限度的。

所有优秀的故事身上都压着同样的担子。恨与爱同样不受节制，同样在慢慢消耗，同样神秘，同样隐蔽，同样微妙。坡的作品中所有隐蔽的地下室之类的玩意儿不过是象征发生在下意识之中的东西罢了。在意识的表层，一切都说得温文尔雅。在底层，则有一种生埋活葬般的极度可怕的残忍。正如厄舍家的麦德琳小姐由于爱而遭埋一样，《阿芒提拉多的木桶》中的"幸运儿"也由于刻骨之恨而被活埋。正如爱的欲望是一种完全地占有所爱的人或者被所爱的人占有的情欲，恨的欲望同样是一种消耗和可怕地占有所恨的人的灵魂的无法遏制的情欲。但不论是恨是爱，其结果都是毁灭双方的灵魂，双方都在逾越自己的界限时失去自己。

蒙特列索的欲望是要将"幸运儿"的灵魂整个儿地吞噬。把他当场杀死是没有用的。如果人被当场杀死，他的灵魂仍然是完整的，可以自由自在地回到某个爱人的心中去，在那里扮演自己的角色。通过将他的仇敌禁闭在地窖之中，蒙特列索试图使仇敌的灵魂糊里糊涂地向他投降，以便他这位胜利者能占有战败者的身心。也许这真的能够做到。也许这种企图反而使胜利者毁了自己的个性，从而化为乌有或者无限，也就是变成恶魔。

适应于不可遏制的恨的东西同样适应于不可遏制的爱。"Nemo me impune Cacessit.[1]"这句箴言不妨改为："Nemo me im-pune amat.[2]"

《威廉·威尔逊》给我们讲得明明白白是一个企图毁灭

---

[1] 拉丁文：谁也不能自由自在地毁灭我。
[2] 拉丁文：谁也不能自由自在地迷恋我。

自己的灵魂的故事。威廉·威尔逊机械、贪婪的自我毁掉了威廉·威尔逊的活生生的个性。这个贪婪的自我在继续活着，逐渐地蜕变为无限之物的一堆死灰。

在《停尸场里的谋杀案》和《金甲虫》中，我们读到的是两个机械呆板的故事，故事的引人入胜之处在于它诱使你将一条精心编织的因果链摸个水落石出。诱人之处在于科学方面，在于对心理反应的研究，而不在于艺术方面。

谋杀本身就具有出奇的魅力。谋杀不仅仅是凶杀。谋杀是获得生命的本质内核然后毁灭它的一种欲望——所以会有人盗窃并且常常病态地肢解尸体，试图掌握被谋杀者生命本质，找到它并且占有它。令人不解的是，尽管方式不同，两个迷恋谋杀的艺术的人竟会是德·昆西和坡，他们两人的生活方式尽管差别甚大，但在本质上也许差别并不大。在他们两人身上都可以找到一种向往极端的爱与极端的恨，希望被对方灵魂中的神秘暴力所占有，或者是用致命的暴力强迫自我的灵魂屈膝投降的古怪的欲望：他们都缺乏独立不挠、能屈能伸的男子汉美德。

恣意压制和残酷折磨近似于谋杀，属于同一种欲望。它是压制者和被压制者之间就压制者是否应该抓住生命的本质并且刺破它而展开的一场格斗。是刺破灵魂的本质。人身上的邪恶意志试图这么做。人身上勇敢的灵魂断不肯让他的生命本质被人刺破。这有点儿奇怪，但是正如受挫折的意志在人死之后仍能邪恶地存在下去，勇敢的精神，生命与真理的本质，即使经过折磨和死亡也仍然保持不灭。现在社会就是邪恶。它想出种种巧妙的办法来折磨、摧毁生命的本质，来攫住人的生命本质，用尽每一种可能的形式。但是只要人能够笑，能够倾听圣灵之言，他仍然能够挺得住。——但是社会是邪恶的，非常邪恶的，爱情也是邪恶的。而且邪恶滋生邪恶，邪恶越来越多。

所以神秘的事物层出不穷。拉布吕耶尔说，我们人类的一切不幸都"Viennent de ne pouvoir être seuls[1]"。只要人还活着，他就会屈服于爱的渴望或者恨的焦灼，恨不过是变了形的爱。

但是使他屈服的东西还不止于此。如果我们不是为吃饭而活，那么我们也不是为了恋爱而活。

我们活着是为了独立不挠，为了倾听圣灵之言。圣灵就在我们心中，圣灵是许多位神祇。许多位神祇来了又去，有的指这，有的说那，而我们必须遵循的是内心最深处的神的旨意。我们身上的衮衮诸神就构成了圣灵。

但是坡只知道爱情，爱情，爱情，剧烈的颤动以及高昂的精神。毒品、女人、自我毁灭，无论哪一种方法，只要能给高昂的精神带来五彩的陶醉，带来爱情的感觉，淋漓尽致的感觉就行。他身上的人类灵魂兴奋欲狂。但它并没有陷入迷惘。他明白无误地告诉我们灵魂到底怎样了，我们应该

---

[1] 法文：祸不单行。

清楚。

坡是一位冒险家，他钻进了人类灵魂的坟墓、地窖和阴森可怕的地下通道之中。他的作品回响着他自己的不幸命运的惶恐与警诫之声。

他命该如此。他死时还在企盼着爱情，爱情毁了他。爱情，一种可怕的病症。坡在向我们诉说着他的病症，试图把他的病症也写得美丽动人，甚至不乏成功。

这是不可避免的假象，艺术有双重面孔，美国的艺术尤其如此。

惠特曼

是人死之后的影子吗？

但是惠特曼的情形又是如何？

这位"阴郁的好诗人"。

他身影俱在，也成了鬼影？

这位阴郁的好诗人。

是人死之后的影子。是鬼影。

是食尸鬼不散的鬼魂。是人肉炖出来的可怕的浓汤。有几分刺耳和不祥。他的美令人毛骨悚然。

> 民主啊！祖国啊！理想啊！是情人，是永远的情人啊！

只有一种身份!

只有一种身份!

我就是为爱情而心痛的人啊!

当我说人死之后的影子时,你信不信?

"佩阔德号"沉入了海底,可它的身后却跟着无数浓烟滚滚、肮脏兮兮的汽轮在海上狂奔乱撞。"佩阔德号"载着它的船员们的灵魂沉没了,可是他们的躯体却再度浮出海面,来驾驶无数货船客轮,漂洋过海,四处浪游。死尸。

我们的意思是说,人们可以继续下去,坚持下去,闯荡下去,却无需灵魂。他们拥有自我,拥有意志;这就足够让他们继续了。

这下你该明白了,"佩阔德号"的沉没只不过是一场理论上的悲剧。地球照样在转。灵魂之舟业已沉没。但是由机器操纵的躯体却在照常运转:能吃能喝,能嚼口香糖,能欣赏波提切利的绘画,还会为儿女情长而伤心呢。

我是为缠绵的爱情而伤心的人。

"我是伤心人。"这是什么话?首先是概而括之,首先是令人不快地推而广之。还"缠绵的爱情"呢!老天爷哟!还不如说肚子痛吧。肚子痛至少还是实实在在的。可是"为缠绵的爱情而伤心"呢?!

你且想一想皮肤下有爱情在隐隐作痛是什么东西。得啦!

我是为缠绵的爱情而伤心的人。

瓦尔特,算了吧。你不是那样的人。你就是你瓦尔特。你的伤心并不包括一切缠绵的爱情。就算你伤心,你也只为一点点柔情而伤心,而你的伤心之外还有广阔天空呢,想到这一点你就会得到些宽慰的。

我是为缠绵的爱情而伤心的人。
哧呼!哧呼!哧呼!
哧——哧——哧——哧呼!

令人想起了蒸汽机,像火车头。我觉得只有这两样东西才会为缠绵的爱情而伤心。它们的肚子里才胀满了气。四千万英尺磅[1]的压力。"为缠绵的爱情而伤心。"蒸汽压力。哧呼!

普通人如果觉得有什么伤心很时髦的话,他会为比琳达姑娘、为他的故土、为海洋、为星星,或者为超灵的上帝而伤心。

蒸汽机才应该为缠绵的爱情而伤心。它真是满腹缠情。

---

[1] 约5400万牛·米。

瓦尔特真是太超凡脱俗了。超凡脱俗的危险就在于他有些机械。

人们都在谈论他的"了不起的动物本能"。嗬,要是人的理智里还有动物本能,那他倒是真还有些。

> 我是为缠绵的爱情而伤心的人——
> 地球有没有引力,伤心的一切会不会吸引一切?
> 我的身躯就受我知遇的一切吸引。

还有什么比这更机械?生命和物质的区别就在于生命(包括活生生的事物和活生生的动物)会本能地对某些东西避而远之,会为对绝大多数的东西视而不见而欣喜,会对少数精心选择的东西趋之若鹜。而活生生的动物呢,它们一个劲儿地胡飞乱撞,滚成一个大雪球,对了,大多数生命力极为旺盛的动物大部时间都在躲闪,让其他活物看不到它们的身影、嗅不到它们的气味、听不到它们的声音。就连蜜蜂也只围在它们的蜂王身边。这够叫人恶心的。假如所有白种人都一窝蜂地一个挨一个挤在一堆,那该是怎样一番光景!

不,瓦尔特,你把自己也卖了。物质的确不可自已地彼此吸引。但是人却是要惯了花招的,他会想方设法地闪避。

物质彼此吸引是因为它无法自已、机械呆板。

如果你也同样地彼此吸引,如果你的身体见到谁就吸引谁,那好,你肯定出大毛病了。你身上的主发条肯定坏了。

你肯定也堕落为机器了。

你的"莫比·迪克"肯定真的死了。为你所独有的那个孤寂的雄性魔鬼死了。已经化作僵死的精神。

我就知道我的肉体是绝不会吸引我所遇见或者认识的所有人的。我知道有少数人我可以跟他们握握手,但是大多数人我哪怕跟他们多接触一会儿也不行。

你的主发条断了,瓦尔特·惠特曼。驱动你自己的个性的主发条用完了,所以就猛地呼呼一声停下来,和万事万物融为了一体。

你杀害了你那孤单的莫比·迪克。你把你那七情六欲的肉体化为精神,这就是你的肉体的死亡。

我就是一切,一切都是我,所以我们大家都拥有"同一种身份",就像那只混沌鸡蛋,早已腐臭。

> 不论你是谁,我都永远向你宣告——
> 我所编织的这一切都是一首自我之歌。

你真是这样编的吗?那好,这恰恰表明你根本就没有自我。这是一堆乱麻,而不是编好的东西。是一堆乱七八糟的东西,而不是一个有机的组织。这就是你的自我。

噢,瓦尔特呀,瓦尔特,你把它当成什么了?你把你的自我当成什么了?把你的自我牺牲当成什么了?你的诗听起来让人觉得你的自我漏光了,全漏进了茫茫宇宙。

人死之后的影子。个性已经漏出他的身子。

别,别,别把这玩意儿种到诗的土地里。这是些人死之后的影子。瓦尔特的皇皇诗作的确是些种在坟边的植物,又大又肥,在墓园里一大排又一大排,枝繁叶茂。

这一片枝繁叶茂全是假象。五花八门的东西一锅煮。不,不!

我可不想把这些杂货一股脑儿装进我肚子里,谢天谢地。

"我不弃绝任何东西。"瓦尔特如是说。

如果真是如此,那么人必须是一根上下通气的管子,以便万事万物它都能吞纳自如。

人死之后的影子。

"我拥抱一切,"惠特曼说,"我把一切编织成我自己。"

你真的会!当你织进来了,当你把"同一身份"的那块布丁蒸好,那你自己也所剩无几了。

谁毫无同情心地迈步向前,谁就是在穿着自己的柩衣走向他自己的葬礼。

那么脱下你的礼帽吧,为我送葬的行列正打你面前经过。

这个可怕的惠特曼。这个行尸走肉的诗人。这位诗人的隐秘灵魂无时无刻不在往外面漏。他的全部隐私都在往茫茫宇宙滴漏。

瓦尔特就这样根据他对历史的一知半解的认识，把他自己变成了整个世界、整个宇宙、整个永恒的时间。因为要成为某一事物他就必须了解它，要取得某一事物的身份他也必须了解它。因此，举个例说，他就无法假定自己与查理·卓别林共有一种身份，因为瓦尔特与查理素不相识。真遗憾啊！他本该写一些诗、颂歌、电影歌曲之类的东西。

噢，查理，我的查理，又演了一部电影——

只要瓦尔特知道了一样东西，他就立即假定与它共有"同一种身份"。假如瓦尔特知道一个爱斯基摩人坐在一个皮划子里，马上就会有一个小个子、黄皮肤、一身油腻的瓦尔特坐在一个皮划子里。

那好，你跟我讲讲，皮划子到底是个什么模样。

强求说得细致入微的是谁？就让他来瞧瞧我坐在皮划子里的模样。

我可没有看见如此之类的东西。我只看到一位胖胖的老者，一副老态龙钟、忸怩多情的模样。

"民主""一起来""同一种身份"。

简而言之，整个宇宙合而为"同一"。

"同一"。

就是我。

就是瓦尔特。

他的诗作《民主》《一起来》《同一种身份》是一长串的加减乘除的算式，其答案则是一成不变的"我自己"。

他达到了一种"大同"的境界。

达到了又如何呢？那是一片空虚。不过是一种空虚的"大同"，是一只臭鸡蛋。

瓦尔特不是爱斯基摩人。不是那种个儿小、皮肤黄、机灵狡诈的爱斯基摩人。当瓦尔特以"大同"自许、把包括爱斯基摩人在内的一切特征都纠集在他身上时，他不过是在吮吸蛋壳里出来的臭气，如此而已。爱斯基摩人可不是些不起眼的小瓦尔特。他们是些与我不同的人，这我清楚。这些油腻腻的小个儿爱斯基摩人在我的"大同"鸡蛋之外咯咯直笑，也在惠特曼的"大同"鸡蛋外笑。

可瓦尔特才不管这一套呢。他就是一切，一切都集于他一身。他开着一辆车灯雪亮的汽车，沿着一条固定的理念之路，在这个漆黑的世界里急驶而过。这样他就把沿路的一切尽收眼底，就好比一位黑夜里开车的车手。

我呢，恰好就睡在黑沉沉的灌木丛中，正希望蛇不要爬进我的领口；一见瓦尔特驾着他那巨大的诗歌机器风驰电掣而过，我就暗自思忖：这家伙见到的可是一个古怪世界啊！

"笔直向前！"瓦尔特厉声尖叫，汽车嗖嗖而过。

可是黑暗中的道路纵横交错，且不说那无路无径的荒野，这是任何愿意开离道路——甚至是"康庄大道"的人都清楚的。

"笔直向前！"美利坚高呼着，开着汽车启程。

"大同！"十字路口的瓦尔特猛地尖叫，嗖嗖地碾过一个毫无防备的红皮肤印第安人。

上帝救救我，我真想钻进一个兔子洞，躲过这些顺着这条"同一种身份"的车道朝"大同"的目的地疾驶而过的汽车。

> 一个女子等着我——

他倒不如说："女人味等着我的男人味。"啊，美丽的概括与抽象！啊，生理功能。

"身强体壮的美国母亲——"肌肉与子宫够了。她犯不着还要面孔。

> 当我看见我在自然中的影子，
> 当我望穿迷雾，无法言表的完满、明智、美丽的人，
> 我看见的是头额低垂、手护胸前的女性。

在他看来，一切都是女性，连他自己也一样。自然不过是一种功能。

> 这是精髓——女人生出孩童，生出男人后，
> 这是生之洗礼，小与大的交融，再一次的发泄——
> 我见到的女性——

如果我是他的一个女人，我会变成跳蚤钻进他的耳朵，把"女性"给他。

一门心思地想着把自己融入什么东西的腹中。

> 我见到的女性——

管它什么东西，只要他能把自己融进去。

够吓人的。是一股白色逆流。

是人死之后的影子。

他像所有男人一样发现，你无法真正融入一个女人，尽管你可以融进去一大截。最后一点点却怎么也融不进去。于是你只得打起退堂鼓，如果你一定要融进去的话，就另寻门径。

在《菖蒲集》中他换了调门。他不再高呼、鼓噪、得意。他开始变得犹豫、勉强、愁闷。

这株奇特的菖蒲把它粉红色的根须伸到了池塘边，长出一片片充满同志深情的叶子，这些同志同根而生，没有女人——女性——涉足其间。

于是，他就歌唱起神秘的男人之爱、同志之爱。他歌唱

了一遍又一遍，说的却是同一样东西：新世界将建立在男性之爱的上面，伟大的生命新动力将属于男性之爱。这种男性之爱将鼓舞人们奔向未来。

可是它会吗？会吗？

同志情谊啊！同志们啊！这种同志关系将建立起新民主。将这个世界凝聚在一起的新原则就是——同志情谊。

真是这样？你敢肯定？

这是真正的战士情谊的凝聚原则，《桴鼓集》是这样告诉我们的。这是和衷共济地同创未来的凝聚原则。而且这原则是极端的和孤立的，它触到了死亡的边缘。它令人不堪忍受、不堪重负。连瓦尔特·惠特曼也感受到了。这种同志情谊与男性之爱的责任是灵魂的最终极和最重大的责任。

  然而在我眼里你是美丽的，你色彩暗淡的根，你令我想起了死亡。

  你的死亡是美丽的（除了死亡与爱情外，还有什么到最后美丽依旧？）

  我想我此刻的情人赞歌不是为生命而歌，我想那肯定是为死亡而歌。

  因为它升华到爱的境界时多么平静，多么肃穆，

  死或者生，我已坦然，我的灵魂拒绝抉择

  （我不肯定情人的高贵灵魂最爱死亡）

  的确，死亡啊！我想此刻这些叶片所蕴含的与你所

蕴含的完全相同。

这倒怪了，热情勃发的瓦尔特会写出这般诗句。

死亡！

死亡如今竟成了他的赞歌！赞美死亡！

融合！而死亡就是最后的融合！

轰轰烈烈地融入母腹。融入女人。

随后，是同志之间的融合——融入男人与男人的爱中。

几乎接踵而来的是死亡，与死亡的最终融合。

这样你就看出了交融与汇的整个过程。对那些要彻底融合的人来说，只有女人最终还是不够的。对那些爱走极端的人来说，女人还不足以实现彻底的融合，所以下一步就是在男人与男人的爱中融合。这已到死亡的边缘。只需一滑就堕入死亡。

大卫与约拿旦相好，而约拿旦就死了。

总是会滑向死亡的。

同志之爱。

走向融合。

所以，如果新民主是建立在同志之爱的基础上，那么它也将建立在死亡之上。它一转眼就会滑入死亡。

最后的融合。最后的民主。最后的爱。就是这种同志之爱。

命中注定。一切都是命中注定。

惠特曼要是没有迈出最后一步，没有审视死亡，那么他就不会成其为伟大诗人。死亡这一最后的融合，就是他要用他的男子汉气概为之奋斗的目标。

在融合者看来，一阵短暂的同志之爱仍然还是有的，之后才是死亡。

> 大海的回声向我传来，
> 它既不延搁，也不匆忙，
> 向我彻底呢喃，直到晨光熹微时刻，
> 在我身边一遍又一遍低吟着低沉优美的
> 文字——死亡，死亡，死亡，死亡。
> 嘶嘶作响的风琴既不像鸟儿又不像我激昂的童心，
> 而是徐徐移到我脚下朝我瑟瑟私语，
> 之后逐渐蠕上我耳际，温存地沐浴我周身，
> 死亡，死亡，死亡，死亡，死亡——

惠特曼是一位写生命的终点的伟大诗人。是一位伟大的死亡诗人，他写的是正在丧失完整、发生转变的灵魂。是诗魂站在死亡的边缘上发出的最后一声尖叫。Après moi le déluse.[1]

但是我们谁都免不了一死，都会纷纷烟灭。

---

1 法文：身后之事与我何干。

而且我们也得在生命中死去,在活着时开始崩解。

但是即使在这时,死亡仍然不是目标。

还有死亡之外的东西降临。

> 从无休无止地摇晃的摇篮中出来。

尽管如此,我们仍然得首先死。在气息犹存时就崩解。

我们了然于心的只有一点:死亡不是目标。爱与融合不过是死亡旅程中的驿站。同志情谊是死亡旅程中的驿站。民主也是死亡旅程中的驿站。新民主是死亡的边缘。"同一身份"就是死亡本身。

我们已经死亡,可我们仍在崩解。

但是,"旅程已经完成"。

Consummatum est.

惠特曼这位伟大诗人对我们来说太重要了,惠特曼是披荆斩棘的开路人,是先锋。而且只有惠特曼是先锋。英国没有先锋,法国也没有。欧洲没有先锋诗人。在欧洲,那些自诩为先锋的人不过是些小敲小打的革新者。在美国也一样。在惠特曼以前一无所有。在向隐秘的生命的荒原开掘方面,惠特曼独领风骚。他空前也绝后。他那宽敞古怪的野营搭在通衢大道的尽头。如今成群结队的新起的小诗人又在惠特曼野营过的地方安营扎寨,但真正朝前走的一个没有。因为惠特曼的营帐在路的尽头,在万丈深渊的边缘。在深渊之外是悠悠碧空和未来的蓝色空谷，但是没有走下悬崖的路。此地是死角。

毗斯迦山。登高望远的毗斯迦山。远处是一片死亡之景。惠特曼则像一位古怪的现代美国摩西。大错特错。可他仍然是伟大的首领。

艺术的首要作用是载道。不是审美，不是修饰，不是消遣和娱乐，而是载道。艺术的首要作用是载道。

但是这道是富有激情的、含而不露的道，而不是说教。这道要改造的是你的血性，而不是你的理性。先改造血性，然后理性就会随之而来。

惠特曼是一位伟大的道德家。他是一位伟大的领袖。他是人的血管里的血液的伟大改造者。

艺术的本质就是载道，这对美国人的艺术来说肯定尤为正确。霍桑、坡、朗费罗、爱默生、麦尔维尔等，他们都纠缠于道德问题。他们都不满旧道德，他们都从感官和激情出发攻击旧道德。但在理性方面他们并不高人一筹。因此，他们的理性所坚信的道德正是他们的激情所要摧毁的。所以这种双重性是他们身上的致命缺点，在最完美的美国艺术作品《红字》中这一缺点最为致命。理性高度忠诚于一种道德，而感性的本能却要将它斩草除根。

惠特曼是第一个破坏了这种理性上的忠诚的人。他率先砸碎了那种认为人的灵魂"优于"而且"高于"肉体的旧的道德观念，甚至爱默生也仍然坚持这种讨厌的灵魂"优越"

论,甚至麦尔维尔也不能摆脱出来。惠特曼是第一个勇敢的洞察者,他抓住灵魂的颈背,把它种在一片瓦砾之中。

"听着!"他对灵魂说,"好好待在那儿!"

待在那儿。待在肉体中。待在四肢、嘴唇和肚子中。待在乳房与子宫中。待在那儿,灵魂啊,那就是你的归属。

待在黑奴的黝黑的四肢中。待在娼妓的躯体中。待在梅毒患者的病体中。待在菖蒲生长的沼泽中。待在那儿吧,灵魂,那就是你的归属。

"康庄大道。"灵魂的大家园就是康庄大道。不是天堂,不是乐园,也不是"高处",甚至也不是"里面"。灵魂既不在"高处"也不在"里面"。它是康庄大道上的旅行者。

灵魂要找到它自己的归宿,其方法不是通过冥思,不是通过斋戒,不是像那些伟大的神秘主义者一样通过在精神上探索一层又一层天,不是通过驰骋想象,不是通过自我陶醉。这些路子哪一条也走不通。

唯一的通途就是那条康庄大道。

灵魂要完善自我,不是通过宽容,不是通过牺牲,甚至不是通过爱,不是通过行善积德。通过这些方式将一无所成。

唯一的方法是走上那条康庄大道。

灵魂的成功就是这条康庄大道之旅。旅行者拖着迟缓的双脚,接触着这条康庄大道上遇到的一切。他与那些在同一条路上迈着同样的脚步的漂泊者为伴。他没有任何确定的目标，永远行走在这条康庄大道上。

连既定的方向也没有。灵魂只管忠实于行进中的自我。

一路上遭遇所有的旅行者。怎样遭遇呢？以怎样的心情见识他们、问候他们呢？惠特曼说，用同情心。是同情心，他不是说爱。感受他们，就像他们自己感受自己一样感受他们，就在我们擦肩而过时捕获住他们的灵魂与肉体的颤动。

这是一种伟大的新教义，是生命的散文，是一种伟大的新道德，是一种实实在在的生活的道德，而不是救世的道德。欧洲从来没有越过救世道德的樊篱。美国则时至今日已由于救世论而病入膏肓。但是惠特曼这位最早的、唯一的美国人的伟大导师绝不是救世主。他的道德不是救世的道德。他的道德是让灵魂自谋生路，而不是自我拯救的道德。接受在宽敞的大道上与其他灵魂订立的契约，让它们走自己的路。从来没有试图拯救它们，这样就不至于千方百计去逮住它们，把它们打入大牢。灵魂就在这条实在而又神秘的大道上生活和前进。

这就是惠特曼。这就是他替美洲大陆写出来的真正诗篇。他是这个大陆上第一个白种土著。

"在我父亲家里有许多住处。"

"不，"惠特曼说，"别进那些豪华的住处。豪华的住处也许是地上天堂，但是你可能会因此丧命。绝对要避开那些住处。当灵魂迈开脚步踏上那条康庄大道时，它才是它自己。"

这才是英雄的美国人的启示。灵魂不会在自己的四周垒起防御工事。它不会龟缩在这工事里，在内心的神秘狂喜中寻找它的天堂。它不会哭求身外的神灵来将它拯救。一见到有路向它敞开，它就会踏上康庄大道，走向未知世界。它与那些灵魂向它靠近的人结伴而行，它的目的只是为了完成一次旅程，在这走向未来世界的漫长的生命之旅中，与这旅程相伴而来的成果，就是灵魂以其敏锐的同情偶然换得的自我完善。

这是惠特曼的诗的要义，是指引美国人走向未来的英勇的启示。这是对今日千千万万美国人、对今日优秀男女的灵魂的鞭策。而且这一启示只有在美国才能获得充分理解，最终被人们接受。

下面谈谈惠特曼的失误。他的失误就在于他对他的口头禅"同情"的错误解释，即"同情"的神秘特性。他依旧把它与耶稣的"爱"和保罗的"宽容"混为一谈。惠特曼像我们所有人一样，已走到了"爱"这条感情大马路的尽头。因为他也无计可施，只得在这条"爱"的感情大马路抵达耶稣的受难地后，再把他的"康庄大道"往前开拓。"爱"的马路就到十字架的脚下为止，想把这条"爱"的马路延伸下去也只是徒劳。

他并没有走他的"同情"之路。尽管他朝这方面努力过，但他又不自觉地把它解释成了"爱"与"宽容"。"融合"嘛！

这种把万事万物都融合为"同一种身份",融合为"我自己"的偏癖是老式的爱的理念的遗物。是将爱的理念进行逻辑推理,从而得出实体上的结论。就好比福楼拜和麻风病人。把这种假冒宽容的教条当作拯救灵魂的手段的,至今还大有人在。

如今,惠特曼要他的灵魂来拯救它自己;他可不想去拯救它。因此,他不需要伟大的基督教开的处方来拯救灵魂。他需要的是尽其所能地超越基督教的善与基督教的爱,以使他的灵魂得到彻底的自由。这条爱的公路绝不是康庄大道,而是一条又狭窄又拥挤的小路,灵魂只能挤在夹缝中行走。

惠特曼想把他的灵魂带上"康庄大道",但是他失败了,由于他没有能摆脱拯救灵魂的窠臼。他把他的灵魂逼到了悬崖边上,然后盯着悬崖下的死亡。他只得无可奈何地在那儿安营扎寨。他把他的同情当成了爱与善的延伸,而这几乎使他疯狂和丧魂失魄。这给他的诗带来了造作、病态和僵死的特征。

他给人的启示与亨莱[1]的豪言壮语的确恰恰相反:

> 我是我命运的主人,
> 我是我灵魂的船长。

惠特曼给人最大的启迪是他的"康庄大道"。还灵魂以

---

[1] 亨莱(1849—1903年),英国诗人、评论家、剧作家。

自由，把他的命运还给灵魂，还给康庄大道的桨柄。这是古往今来人类所听到过的最勇敢的教义。

可惜的是，他并没有把这种教义贯彻始终。他没有能完全摆脱那老式的、令人疯狂的爱的观念的束缚；他没有能完全从那善的成规中挣脱出来——因为爱与善如今已堕落为一种套路，一种可恶的套路。

惠特曼提出过"同情"。要是他能坚持到底那该多好！因为同情意味着感受而不是怜悯。可是他却一股劲儿地热心地怜悯着黑奴、妓女或者梅毒患者——这就是融合，是瓦尔特·惠特曼的灵魂在向这些人的灵魂中渗透。

他不是在坚持不懈地在他的康庄大道上挺进。他是在逼迫他的灵魂往俗套中落。他不是在给他的灵魂以自由，而是在强迫他的灵魂往他人的境遇中陷。

假如他真的对黑人奴隶抱有同情呢？那么他肯定会与他感同身受了。同情（同病相怜）也就是分担黑人奴隶灵魂中的苦楚。

黑奴灵魂中的情感是什么呢？

"啊，我是奴隶！啊，做奴隶的滋味可不好受哟！我必须解放我自己。我的灵魂如不解放它自己，它就会死去。我的灵魂告诉我，我必须解放我自己。"

惠特曼走了过来；他看见了奴隶；他在自言自语："那个黑人奴隶和我一样是人。我们共有同一种身份。可他的伤口在流血。噢，噢，那个伤口正在流血的不也是我吗？"

这不是同情。这是融合与自我牺牲。"你们要彼此分担苦难";"爱你的邻居如爱你自己";"你怎样对待他人的,你就怎样对待我"。[1]

如果惠特曼真正有过同情,那么他就会说:"那个黑奴忍受着奴隶制的折磨。他要解放他自己。他的灵魂要解放他。他伤痕累累,但是这伤痕是为自由付出的代价。灵魂要摆脱奴隶制抵达自由的彼岸,还有漫漫长路要走。我会尽我的所能来帮助他,但我不会把他身上的伤痕和奴隶制的枷锁搬到我自己身上。但是,当他想自由,当他的脸上露出想要自由,需要我的帮助的神色时,我是会帮助他与强迫他做奴隶的力量做斗争的。但是即使当他获得了自由,他的灵魂要成为自由的灵魂,还得在康庄大道上走过漫漫长路。"

而关于妓女,惠特曼会这样说:

"瞧那个妓女吧!她由于满脑子的卖淫的邪念,本性都变坏了。她丧失了灵魂,这她自己明白。她要让男人也丧失灵魂。如果她想让我也丧失灵魂,我会宰了她。但愿她不得好死。"

但是对于不同的妓女他会说出另一番话来:

"看啊!她是为阳光之美的魔力而迷了心窍。看,她很快就会被男人的虐待折磨死的。这是她的灵魂之路。她巴不得这样。"

---

[1] 以上几句均出自《圣经》。

对于梅毒患者他会说：

"瞧！她想让所有的男人都染上梅毒。我们应当除掉她。"

而对于另一个梅毒患者：

"瞧！她为她身上的梅毒而恐惧不已。要是她往我身上望一眼，我会帮她治好的。"

这就是同情。灵魂自有主见，保持着它自己的完整。

可是在福楼拜的笔下，当男主角把麻风病人拥入他赤裸的怀中时；当德蒙帕纳斯占有那个姑娘是因为她患有梅毒时；当惠特曼拥抱一个邪恶的妓女时，这不是同情。那位邪恶的妓女并不想得到爱的拥抱；所以如果你同情她，你就不会去饱含深情地去拥抱她。那位麻风病人诅咒他身上的麻风病，所以如果你同情他，你也会诅咒麻风病。那个想把她身上的梅毒传染给所有的男人的坏女人是会恨你的，要是你没有染上梅毒的话。如果你有同情心，你就会感受到她的恨，而且你也会恨，你会恨她。她的感情是仇恨，所以你也会恨她所恨。不过你的灵魂会选择道路，恨其所恨的。

如果你的头脑不对灵魂指手画脚的话，灵魂是能对它自己的行为举止做出非常正确的判断的。因为头脑在不停地叫嚷："行善！行善！"你犯不着强逼你的灵魂去亲吻麻风病人或者拥抱梅毒患者。你的嘴唇是你的灵魂的嘴唇，你的身体是你的灵魂的身体；它们都属于你那唯一的、独特的灵魂。这就是惠特曼给我们的启迪。而你的灵魂是憎恨梅毒与麻风病的。因为它的确是灵魂，所以它就憎恨这些与之为敌的东西。因此，强迫属于你的灵魂的肉体去接触那些不洁之物是对你的灵魂的极大的冒犯。灵魂希望保持洁净和完整。灵魂的最诚挚的愿望是维护其自身的完整，反对头脑和企图分裂它的七零八碎的各种力量。

灵魂与灵魂相怜。我的灵魂憎恨一切图谋毁灭它的东西。我的灵魂与我的肉体浑然一体。灵魂和肉体都希望保持纯洁和完整。只有头脑才会走火入魔。只有头脑才会企图驱使我的灵魂和肉体走向堕落和邪恶。

我爱我的灵魂所爱。

我恨我的灵魂所恨。

当我的灵魂为怜悯所感，我也为怜悯而心动。

我恶我的灵魂所恶。

这就是对惠特曼的信条的可靠解释，他的"同情"的真正显示。

而我的灵魂选择了那条康庄大道。它与其他过往的灵魂相遇，它与其他同路的灵魂结伴而行。对一切的一切它都饱含同情。这同情包括爱的同情、恨的同情、唇齿相依的同情；包括变幻的灵魂所感受到的，从刻骨之恨到疯魔之爱的一切微妙的心灵的感应。

引导我的灵魂上天堂的并不是我。相反，是我的灵魂引导我走上康庄大道——走上众生之道。所以，我必须接受它表示爱或者恨或者怜悯或者厌恶或者冷漠的深沉的意愿。而且，灵魂把我引向何方我就必须走向何方，因为我的双脚、我的嘴唇、我的躯体就是我的灵魂。必须臣服的是我。

这就是惠特曼给美国民主的启迪。

在民主制度里，灵魂与灵魂在康庄大道上相遇。在民主制度里，在美国式的民主制度里，一切的历程都是康庄大道，灵魂全靠它的行动才为他人所了解，而不是靠衣着和外表。惠特曼抛弃了这些东西，不是靠显贵的家世，甚至不是靠赫赫功名。惠特曼和麦尔维尔都对这两样东西表示怀疑。不是日胜一日的虔诚，也不靠行善积德。根本就不靠任何所得的成果。什么也不靠，就靠它自己。灵魂一如既往地向前，靠迈动双腿向前，保持它自己的本色。是受人认可、遭人忽视，还是受人赞许，这取决于灵魂自己。如果它是伟大的灵魂，在前进的路上它就会受人崇拜。

男女之爱是一种对灵魂的认可，是一种彼此的渴慕与投合。同志之爱是一种对灵魂的认可，是一种彼此的渴慕和投合。民主也是一种对灵魂的认可。所有的灵魂在康庄大道上一直向前，而伟大的灵魂就是这条众生之路上与其他的灵魂徒步向前之时脱颖而出的。灵魂是为其他灵魂的认可而感到愉快的，但是它会为崇拜伟大的灵魂而更感到欢欣，因为这些伟大的灵魂是唯一的财富。

爱，还有融合，将惠特曼推到了死亡的边缘！死亡啊！死亡！

尽管惠特曼已死，但是他带来的启迪仍然令人欣喜。他给美国的民主、给康庄大道上的灵魂带来的令人欣喜的启迪就是：在清除了"融合"、清除了"我自己"之后，当一个普通的灵魂遇到一个伟大的灵魂之时，它会何等愉快地去认识它、热情地去接受它、欣然地去崇拜它。

唯一的财富，是伟大的灵魂。

《新诗集》自序

当我们听到云雀在歌唱,那歌声就好像在飞向未来,飞得真快啊,完全来不及思索,笔直飞向未来。当我们听到夜莺的歌声,我们听到的抑扬顿挫和圆润、沁人心脾的韵律是回忆,是美化了的过去。云雀的歌声听起来可能悲伤,但是伴随着那美妙地流逝的悲伤而来的,却是一片殷殷希望。夜莺的胜利是一首赞歌,但是一首死亡赞歌。

诗歌也是如此。一般说来,诗歌要么是遥远的未来的声音,优雅、缥缈,要么是过去的回响,圆润、华丽。当希腊人听到《伊利亚特》和《奥德赛》时,他们听到的是自己的往事在他们心头的呼唤,就好比深居内陆的人们听到大海,在强烈、美妙的惆怅与怀旧之中怅然若失;当他们追随着伊塔卡人痛苦而又魅人的行踪时,他们自己的未来就踩着时间的鼓点在他们的血液中潺潺流来。这就是希腊人眼里的荷马:他们的过去是何等辉煌,有凯歌高奏,有英雄战死,他们的未来是何等惊险,就像尤利西斯在神秘莫测的大海中流浪。

我们也是这样。我们的鸟儿在地平线上歌唱。它们有的在远方的蓝天白云中歌唱,有的在沉沉夜色里歌唱。它们在黎明中歌唱,在落日中歌唱。只有那些可怜的、哀婉的、驯服的金丝雀在我们谈话时啭鸣。野鸟们要么是在清晨我们未醒之时开始,要么是在夜晚我们昏昏欲睡之时醒来。我们的诗人坐在门口,有的坐东边,有的坐西边。在我们到来和离去之时,我们的心怦然应答。但是当我们的生活如日中天的时候,我们却听不到他们的声响。

起始之时的诗歌与结束之时的诗歌必须具有属于一切遥远之物的那种雅致的终极性和完美性。它属于一切完美之物的领域。它具备一切圆满和尽善尽美之物所具备的属性。这种圆满性,这种尽善尽美性,这种终极性和完美性,是通过雅致的形式表达出来的:对称完美,韵律首尾相接,就好像在舞蹈中开始双手相连,然后松开,在结尾终极的瞬间再次相连。把过去的瞬间写得尽善尽美的,把未来闪光的瞬间写得尽善尽美的,是雪莱和济慈的那些字字珠玑的抒情诗。

但是还有另一种涛,那就是写即将到来的、近在眼前的事物的诗。近在眼前的事物中是没有完美、没有圆满、没有完结的。丝绺线缕都在飘摇,抖动,绞入网中,水在摇月亮。流动的水面上没有又圆又满的月亮,翻腾的潮水中也没有。未经提炼的深绿玉髓中没有宝玉。未经提炼的深绿玉髓难以描述地颤动着,它吸入未来,吐出过去,它是二者的精髓，但又既不是过去又不是未来。没有精磨细琢过的宝石，没有任何晶莹透亮、万古不变的东西。如果我们试图把活生生的肌体固定下来，就像生物学家用构造图把它固定下来，那么我们通过观察获得的就只有一点点僵化的往事与过去的生活。

生活永远属于现在，它不知道什么终结和精美的结晶。完美的玫瑰只是一团飘浮不定的火焰，它时隐时现，绝不会停留、静止、定形。它那异乎寻常的活力就是由此而来的。所有生活与时代的洪波骤然涌起，显现在我们面前，如幽灵，似天启。我们望一眼那新生的白嫩之体。一朵水百合在洪流之中一跃而起，环顾一周，微光一闪，随之消失。我们看到了翻腾不息的洪流的化身和真义。我们看到了幽冥世界。我们目睹、触摸并且共享了创作转型与创作嬗变的要义。如果大家跟我讲莲花，绝不要跟我讲不变的或者永恒的东西，跟我讲永不枯竭、永远绽放的创作火花之谜吧。跟我讲怒放的肉红色的花蕾，花朵里发生的变化，花开花落中的笑声与衰败毫无遮掩，它们在这一变化中袒露在我们面前。

让我在我的莲花中感受污泥与天堂。让我感受滑腻、淤塞、令人神往的污泥，感受天国的旋风。让我在最纯粹的接触中感受它们，感受那坦率性的魅人力量、袒露的短暂光辉。不要给我固定、持久、不变的东西。不要给我无限或者永恒，不要给我任何无限之物、永恒之物。给我玫瑰色的瞬间里那种宁静的、白色的沸腾，炽烈和冷淡；这一瞬间里蕴含着一切变化、紧迫与对抗的本质；这一瞬间就在眼皮底下，就是现在。这一眼皮底下的瞬间不是顺着溪水而下的一滴水。它就是冒着水泡的溪水的源与流。就在这一短暂的瞬间里，时间的溪水潺潺而流，涌出未来的井口，流向过去的汪洋。这源，这流，是创造的精髓。

有写这一眼皮底下的现在的诗、瞬息万变的诗，也有写无限的过去与无限的未来的诗。写玫瑰色的现在的沸腾的诗是至上的，甚至超越了那些写过去与将来的永不褪色的美玉。正是由于它的飘忽的瞬间性，它才超越了那些晶莹透彻、坚如珍珠的宝玉，那些书写永恒的诗。不要去寻求恒久的、不褪色的宝玉所具备的品格。去寻找沸腾的污泥浊水中的那团洁白吧，去寻找那天崩地塌般的伊始的腐败吧，去寻找那永不停留、永无止息的生命吧。生命的本质必有变异，它变得比彩虹还要迅急，是匆匆而过而不是停留在原地；是变化多端而不是纹丝不动；是非结论性的、即时性的，而没有结局或者终止。事物在永远也不可捉摸的创作过程中彼此相遇，匆匆而过，它们之间必定有着微妙的、转瞬即逝的联系：万事万物都各有其自己与其他事物的短暂易变的关系。

这就是那种只写眼前事物的、令人不安而又无法领会的诗，这种诗的永久性恰恰在于它的风吹而过一般的变化之中。惠特曼写的诗是这类诗中的上乘之作。这种诗没有开头也没有结尾，没有基础也没有装饰性的三角墙，它就像永远在吹拂而且永远无法束缚的风，永远在席卷而过。惠特曼的确回首过过去也放眼过未来,但是他不为往是今非而叹息。他所有的诗篇都起于他对短暂的瞬间的心领神会,是生活从它的活水源头喷涌而出汇成了诗。永恒不过是实际的现在的一种抽象概念。无限不过是一个巨大的记忆蓄积库,或者说志气蓄积库,是人造的。在轻灵地扑闪着的属于现在的时刻,这才是时间的根本。这才是内在本质。宇宙的根本就在于抖动着的血肉自我,神秘但又摸得着。永远如此。

由于惠特曼将这一点写进了他的诗中,所以我们对他重足侧目又推崇备至。如果他歌唱的只是那些"古老愁苦遥远的东西",或者那些"清晨的翅膀",我们就不应该害怕他。我们畏惧他,是因为他的心和催人的、汹涌而来的现在一起跳动,这心跳甚至在敲击着我们所有人。他离这一本质只有咫尺之遥。

从以上所述可以明显看出,写转瞬即逝的现在的诗和写过去与将来的诗是不可能有相同的体式和相同的意向的。写现在的诗绝不可能归入一成不变的形式。它永远也没有完成。它没有任何首尾循环的韵律,没有任何尾巴咬在自己的嘴里的永恒的巨蟒,没有任何固定不变的完美,没有任何令我们惊恐不已因而也令我们称心不已的终极。

关于自由诗人们写过的东西已经汗牛充栋。但是,一言以蔽之,自由诗是,或者应该是人的全部心声在某一瞬间的直接的吐露。它是人的全部灵魂、思想和肉体点滴不漏地同时喷涌出来。它们众口同声。这其中有某种混乱、有某种不谐和，但是这混乱和不谐和恰恰是客观现实的体现，就好比扑腾一声跳进水中时会发出噪音。为自由诗凭空捏造一些律令，画出一条所有的脚尖都必须对齐的和谐的谱线，这是毫无裨益的。不管这些军士怎么操练，自由诗的脚尖也不会与任何谱线对齐。惠特曼把那些陈腔滥调修剪得一干二净——也许还包括他的那些陈腐的韵式和辞藻。仔细想来，这大概就是我们对自由诗所能做的全部了。我们可以清除那些刻板的韵则和老掉牙的对声音或者感觉的联想。我们可以捣毁那些我们如此喜爱用来吐露言辞的人造的管道与沟渠。我们可以让我们的心声像火焰一般的自然而灵活，让我们的言辞不受任何造作的形式或造作的流畅的束缚而倾泻出来，但是我们不可以为任何节奏和韵式定出明确的律令。我们捏造或者发现——二者在很大程度上是同一回事——所有律令都不可能适应于自由诗。它们仅仅适应于某种受到了约束和限制的不自由的诗。

我们只能说，自由诗与受到束缚的格律诗有本质的不同。它没有那种缅怀往事的性质。它不是我们在茶余饭后玩味其完美品性的往昔，它也不是我们拭目以待的晶莹无瑕的未来。它的潮流既不是那醉人的、令人心向往之的志向之潮，也不是那甜美的、令人心碎的怀念与哀伤之汐。过去与未来是人类情感的两种伟大境界，是人的一生中两个伟大的家，是两种永恒。它们都是结论性的、终极性的。它们的美是目标之美，精致而完美。精致的美和精确的对称属于稳定

– 《新诗集》自序 –

不变的永恒。

但是在自由诗中我们寻求的是短暂的、瞬间的、激烈的、赤裸裸的悸动。打破格律诗的迷人的形式,把留下的碎片当作一种实质而淋漓尽致地加以发挥,还名之曰"Vers Libre[1]",这就是大多数自由诗作者所取得的成就。他们不知道自由诗还有它自己的特异之质,不知道它既不是珍珠也不是星星,而是突发痉挛般的瞬时之物。它不企望任何一种永恒。它没有完美。它没有令人称心的稳定性,那些喜欢永久不变的人是不会对它满意的。这些品质它全不具备。它就是瞬间、本质,一切将要出现和已经出现之物的喷涌的源泉。这种诗犹如一阵痉挛,对所有的作用同时毫无防备地做出反应。它没有任何目的地。它只管发生。

对这种诗来说,任何外加的法则都只可能是镣铐和死亡。法则每一次都必须从内部重新产生。鸟在空中展翅高飞,随着每一次呼吸而屈伸,它是暴风雨中的一朵活火花,它的扑闪所依靠的正是它的善变和应变能力。这样一只鸟来自何方,飞向何处,它在哪一方牢固的陆地上升飞,又将收起翅膀在哪一方牢地上筑巢而栖,这不是问题所在。这是一个过去与将来的问题。现在,现在,这只鸟儿就翱翔在风中。

这就是崭新的诗歌。一个我们从来不曾征服的领域:纯

---

[1] 法文:自由诗。

粹的现在。瞬间是时间中的一个不解之谜，对我们来说是一个未知的领域。我们几乎从来不曾意识到的最大的谜，则是切身的、瞬间的自我。所有时间的根本在于瞬间。整个宇宙以及天地万物的根本，则是活生生的血肉之躯。诗歌、自由诗、惠特曼，给了我们线索。现在我们懂了。

理想——什么是理想？一个臆造的东西。一个抽象的东西。一个抽光了生命的僵死的抽象物。它是过去或者将来的一块碎片。它是一种具体化了的志向，或者一种具体化了的怀念，具体、固定又精美。它是从永恒之物的大仓库，从精美之物的大仓库中挑选出来的一样东西。

我们不谈具体化了的、经过挑选的东西。我们谈的是瞬间的、切身的自我，自我身上的那阵痉挛。我们谈的也是自由诗。

所有这些本该是当作《瞧！我们成功了！》的一篇序言。但是等这本书问世很久之后再来刊出这篇文章岂不更好吗？因为等到这时，读者对这本书会自有公论，不会受他人影响。

诗歌中的混沌[*]
——《太阳的凯旋车》引言

有人说，诗歌就是文字。正如图画就是颜料，壁画就是水彩一样。这种说法有正确的一面，但是远非完全正确，如果把它当作至理名言，那就有点儿傻。

诗歌是文字。诗歌是将文字串成一串，潺潺地流，叮当地响，各种色彩缤纷呈现。诗歌是一个个的意象交相辉映，诗歌是一个理念引发的彩虹色联想。这些东西都可以称之为诗歌，但它又是某种别的东西。有了所有这些构成要素，你就能得到某种很像诗歌的东西，某种我们可以冠之以古老的浪漫诗名的东西。诗犹如古玩，将永远合乎时尚，但是诗歌又是另一种东西。

诗歌的本质是它致力于唤起一种新的关注，以便在已知

---

[*] 本文作于1928年，最初发表于《交流》1929年12月号。此处采用的是最初发表于《凤凰》中的文本。

的世界中"发现"一个新世界。人以及野兽与花都活在一种奇特而且永远涌动着的混沌之中。我们对这种混沌习以为常之后就称之为宇宙。我们就是由这种内在的、不可言说的混沌组成的，我们称之为意识、精神甚至文明。但就本质而论它是混沌，不论它是否由幻象照亮。这正如彩虹可能会也可能不会照亮风狂雨暴的天空。而且同彩虹一样，幻象是会消失的。

但是人不可以生活在混沌之中。动物可以。对动物来说，一切都是混沌，在这种涌动之中只有少数几种运动和少数几个方面是有序的，而且动物感到心满意足。但人不会。人必须将自己裹在幻象之中，必须建造一所有明显的外观、稳定性和固定性的房子。出于对混沌的恐惧，他首先在自己与永无止息的旋风之间架起一把伞。然后再把伞的内侧涂抹得像一片天空。然后四处炫耀，在伞下生，在伞下死。这伞传到后人手中，就成了圆盖，成了墓穴，人们终于开始感觉到有点儿不对头。

人在自己与百无禁忌的混沌之间搭起奇妙的建筑物，然后在自己的阳伞之下渐渐地被漂得惨白，窒息而死。这时，诗人来了，这位世俗的仇敌将伞撕开一道口子；瞧！那若隐若现的混沌就是一个幻象，一扇朝向太阳的窗户。但是一会儿之后，芸芸众生习惯了这一幻象，也不再喜欢从混沌之中刮来的那股真真实实的风，于是就将那扇朝混沌而开的窗户涂抹成一片幻景，然后用这块涂抹出的幻景将伞缝补起来。

– 诗歌中的混沌 –

也就是说,他们习惯了这种幻象;它是他们房屋装饰的一部分。这样,这把伞终于从许多方向看起来都像一片开阔而且鲜艳夺目的天空。可是啊!这全是幻景,钉着数不清的补丁。荷马与济慈的诗作就是这样被加上了注释和词汇表。

这就是我们时代的诗歌史。在有些人的眼里,混沌里的暴风之中的泰坦巨神成了一垛墙,横亘在后代与他们本该继承的混沌之间。狂暴的天空在移动着,发出嗖嗖的响声。即使这些也成了横隔在人类与满天的新鲜空气之间的一把巨伞;然后又变成一个花里胡哨的穹隆——拱形屋顶上的一幅壁画,在这屋顶之下人变得苍白和不满。直到另一位诗人朝广阔的天空和大风劲吹的混沌撕开一道口子。

但是总有那么一天,我们的屋顶再也欺骗不了我们。它是涂了色的灰泥,所有人类历史上的所有技巧都蒙骗不了我们。但丁或者达·芬奇,贝多芬或者惠特曼,瞧,他们就被涂在我们穹隆的灰泥上,就像圣方济各在阿西西给鸟布道。精彩如空气、众鸟高翔的天空和万事万物的混沌——部分原因是壁画已经褪色。但是即便如此,走出那座教堂,来到大自然的混沌之中,我们仍然高兴。

我们得回到混沌中去,这对人类来说是一个重大的转折点。只要这把伞还撑在那里,诗人就会在它上面撕口子,芸芸众生就能渐渐受到教育,认清口子里的幻象:这就意味着,他们将用同口子里幻象一模一样的碎片将伞缝补起来;只要这一过程还能进行下去,人类能够受到教育从而强大起来，那么，文明就将或多或少是在幸福地延续，建成它自己的彩色牢狱。这被称为完善精神。

举个例说，当华兹华斯撕开一道口子，看见一朵报春花时，人们是何等欢欣鼓舞！到那时为止，人们见到过的还只是伞的阴影下模模糊糊的报春花。他们通过华兹华斯才看到了混沌之中微光闪烁的报春花。自那时起，我们逐渐地把白桃花也看作报春花。这就是说，我们把那道口子缝起来了。

当莎士比亚捅开一个大窟窿，越过早在中世纪就已树立起来的世俗观念、说教意象的花伞和铜浇铁铸般坚强的武士，看到外面混沌中有感情有欲望的人时，人们更是欣喜欲狂。可现在呢，我们穹隆的天壁和侧墙上不过是密密麻麻地涂满了哈姆雷特和麦克白，顺序排得稳稳当当整整齐齐。人不能与他的形象有丝毫出入。混沌全被挡在外面。

伞已经绷得很大，补丁和灰泥又牢靠又坚硬，再也无法撕开口子。就算撕开了，那窟窿也不过是一个幻象，那行为只是一种暴行。我们应该马上往窟窿上轻轻敷上一层，以便让它与其他部位相配。

所以伞是绝对的。所以对混沌的渴望成了怀古幽思。这种情形将继续下去，直到某种罡风将这把伞刮成东飘西落的丝带，将大部分人类刮得无影无踪。剩下的则在混沌之中瑟瑟发抖。因为混沌总是存在，并且将永远存在，不管我们怎样撑起幻象之伞。

那么诗人在这一紧急关头又怎样呢？他们揭示人类的内

诗歌中的混沌

心欲望。他们揭示什么呢？他们表现对混沌的渴望与恐惧。对混沌的渴望是他们诗的呼吸。对混沌的恐惧就通过他们的诗的形式与技巧显露出来。他们说，诗歌是由文字组成的。于是，他们吹出一些声音与意象的气泡，这些气泡很快就被将它们胀起来的对混沌的渴望的呼吸胀裂。但那些冒牌诗人可以造出一些亮闪闪的气泡挂到圣诞树上，它们永远不会破裂，因为它们没有诗歌的气息，但是我们终将丢弃它们。

评《当代诗选第二辑》

"这不仅仅是一本诗集,同时也是整整一个民族的心灵的记录。"这是《当代诗选第二辑》扉页上的一句话。整整一个民族的心灵的记录,听起来挺感人的。这本书里收集的其实是一些讨人喜欢的诗,工整、绵密,流畅得如饮蜜糖。

当然,任何一个国家任何一个时代的任何一本当代诗集都一定会多多少少像一罐子蜜糖。贺拉斯的时代、弥尔顿的时代、惠特曼的时代,都是大同小异,多多少少像一罐子蜜糖。这样一部诗选与此同时还会是整个民族的心灵记录吗?为什么不会呢?如果我们有一部惠特曼时代的有代表性的好诗集,如果这部诗集收入了惠特曼的两首诗,那么它就算是对那一时代的美国人民的心灵蛮忠实的记录了,好像整个民族都在耳语中或者低吟浅唱中把内心的体验灌进了留声机喇叭中。

连篇累牍的耳语声与咕哝声都是蜜糖,是甜蜜的废话、柔情的琐碎、逗人的玩意儿。因为任何一个民族的连篇累牍的心灵的体验都是诸如此类的东西。

美国人向来善于作"应景"诗。六十年以前他们作起来更是得心应手,用来嘲讽他们自己,也用来调侃他们的时代。现在开的玩笑少了,在时代的沙滩上留下的足印也少了。生活依然那么诚挚,但略少了些许真实。灵魂不再声称,生命不是尘土,也不复归尘土。诗歌的精灵如今喜欢用感受的水果配制的"混合色拉",喜欢用同情的熟蛋黄酱做调料。所剩无几的感情被某种流行的伤感磨得光滑整齐,消失殆尽:

> 雨水打湿了我的脸颊
> 可我的心中暖意洋洋……

你不妨说这是一盒子巧克力糖吧。我来给你一颗!糖呢!不是一切都是糖吗?

> 没有哪一个美的女儿
>   像你一样哟充满魔力——
> 你的声音如甜美的歌
>   在粼粼水波上游弋。

这是糖吗?下面这几行怎么样呢?

— 评《当代诗选第二辑》—

> 但你是刚出浴的少女
> 　暖人心窝又清甜，
> 穿着凉鞋的小脚丫
> 　追逐着飘飞的球。

上面这两段中有一段出自一部经典之作。有一段则是从当代人心灵的记录中撕下的碎片。

> 小船顺着河水悠悠荡来，
> 缆绳已卷起，一天的劳作
> 已告终——
>
> 满眼的风景在幽光微泽中消退，
> 而空中一派宁静肃穆笼罩；
> 只有那——

又是两段。你看出它们之间有任何本质性的区别吗？可不呢，一段不多不少和另一段是同一个意思。仅仅把些文字串起来能算是什么？

由于某种神秘的原因，串起来的文字里无奇不有。

> 当丁香昨日庭中吐紫——

这是一串文字，可它让我听得耳根子直竖。"低低地飞，榴面朱身的龙。"这一句又叫我竖起耳朵。可是下一句"月儿尖尖钩"却让我把耳轮垂到了耳垂，感觉全无。

所有新的表达方式中都有一种危险的因素。我们就像林子里的野兽听到一个异样的声音就竖起耳朵。

可是啊！尽管在这当代人的心灵记录中有一星儿"异样的声音"，但它还没有让我们听得竖起耳朵。甜甜的听起来耳熟，环环相接编进了一种新的针织图案。"基督啊，图案管什么用呢？"可为什么要乞灵于上帝？去问问《淑女们的家庭杂志》吧。通过一种新表达中的危险因素你就能够了解这种表达。济慈说"我的心在痛"，这绝不是开玩笑。

> 为什么当我想起楼梯
> 意外的伤感就涌上心头？

天知道呢，亲爱的，除非你一度情绪低落。

危险因素。人从来都是而且永远都会处在不可知的边缘。意识到有半点儿危险你就会惊恐得竖起耳朵。只要有谁赤裸着感情和思想，跨越进永远荒凉的意识的禁地一步，你就会恨他，吃惊地打量他。为什么他就不能守在篝火边舒舒适适地玩文字游戏呢？

现在是向上帝乞灵的时候了，是他造出了到永远也不可知的意识中去探险的人。

— 评《当代诗选第二辑》—

任何一个民族百分之九十九的心灵记录都是围着篝火做的游戏的记录——有文字游戏也有图片游戏，但有百分之一是朝着可怖、危险而奇妙的黑暗中迈进的一步。没危险就没有奇妙的东西。危险是对灵魂的现状而言。因此又有几分可恨可恶。

当当代人的心灵记录都是就蓝蓝的天空和变幻的大海等等的奇迹发出的悠扬鸣啭时，它就全是些糖。天空是握在现代诗人手里的一面蓝色的镜子，他不断地对着它发傻笑。我们各人头顶上的那方蓝天我们都熟悉得心痛了。事实上，这方蓝天就好比养金鱼的玻璃缸，是一件至高无上之物，人在里面游来荡去看到的还是自己。真正的天空像以西结的天空一样能够突然之间席卷而起。在文艺复兴时就发生过这样的事情。旧的天空萎缩了，人们在旧天空之外发现了一重新的苍穹，但是他们不是靠在篝火边玩文字游戏而发现它的。得有人像不要命的小丑一般跳将起来，穿过外屋空间的蓝色大铁圈。要么就辟出一条漫漫长路来，穿过水晶般明澈的苍天。

玩吧！玩吧！玩吧！西方世界的所有小花花公子与花花女子，玩弄好的，也玩弄坏的；玩弄悲的，也大吵大闹地玩弄喜的。西方世界的花花公子与花花女子们，并无恶意地履行着他们的神圣使命，将整个民族的心灵感受纸载笔录下来。他们甚至玩弄死亡，与死亡一起游戏。诗啊，你这个身着浴衣的孩子，玩得多尽兴啊！

你说自然永远是自然，天空永远是天空。但是坐下来静静地想一想，古代罗马人看到的地球上的自然是怎样一种自然，中世纪的人们所了解的他们头顶上的天空又是怎样一种天空，那么你的天空就会玻璃一般劈啦碎裂。世界是怎样就是怎样，而古人的幻想中的宇宙从来都是小孩子的游戏。照相机不可能撒谎。人的眼睛除非就是一架把外在世界拍摄下来进行彩色冲洗的照相机。

这听起来挺有道理。不过人的眼睛拍摄下自然的怪物的同时也拍摄下所谓科学眼光。人的眼睛拍摄下蛇发女怪和吐火女怪，就好比蜘蛛的眼睛拍摄下我们不能识别的图像，马的眼睛拍摄下十足的鬼影和模模糊糊的姿势。我们处在用科学的眼光看事物的时期。这个时期会过去的，而且这种眼光在我们子孙的眼中就像中世纪的眼光在我们的眼里一样，显得如梦如幻。

其最终的结果是我们被束缚在自己的意识之中。我们就像玻璃缸里的一条鱼，一圈又一圈地游着，目瞪口呆地凝视着倒映在无边无际的壁上的我们自己的影子，这个无边无际的东西就是我们对生命与宇宙的看法这个玻璃缸。我们是被关在我们自己对生命与存在形成的观念中的囚徒。我们已经穷尽了我们所了解的宇宙的可能性。剩下来所要做的就是给维纳斯去个电话，望他能指点迷津。

我们的意识被束缚住了。我们的思想、我们的感情、我们的经验都被束缚住了。对我们来说，太阳底下不存在任何新的东西。该知道的我们都已经知道，可经验并没有增添多少。准备谈恋爱的姑娘还没开始谈就已经从书和电影中了解了一切。她知道的就是她想要的，她想要的就是她知道的。像糖，尽管天天吃年年吃，糖还是好吃。但是吃糖的心灵记录却是一种不那么愉快的噪音。

一旦意识已被束缚住，太阳底下就没有什么新的东西。这正是使今天的所有艺术感到苦恼的东西，但美国的艺术尤甚。美国人的意识被束缚得特别厉害。美国人的意识就连花盆底下的小孔也没有，绝望的根须再也无处可伸。不，美国人的意识不仅放在坚固耐用的盆子里，而且还装在不能移动的装饰花瓶里。两层壳来束缚它，两层皮来遮拦他。

欧洲人的意识在它的容器上还有道道裂缝，在它的绝对的底下还有一个孔。它仍然有一支支的记忆的怪根在摸索着伸进下面的心的世界。

但是美国人的意识中绝对没有这种吊在那儿晃悠的东西。它没有任何透气孔和逃命的裂缝。它绝对是安安稳稳地缩在一个坚固的、做摆设的生活观念中。那里面多自由！生活真美好，所有人想的就是活得开心。"生活真美好！"是个花盆。"活得开心"是个做摆设的花瓶。

他们就这样继续开开心心地活，就连灾难临头时也这么活。年轻的姑娘知道她坠入爱河的准确时间；她知道她的情人或丈夫背叛她时或者她背叛他时她的确切感受；她知道做一个被抛弃的妻子、一个令人敬慕的母亲、一个性格乖僻的祖母的时候她的精确模样。一切都在十八岁时就知道。

Vive la vie![1]

太阳底下没有任何新东西,但有了那些旧东西你仍然可以开开心心地过你那熟悉的生活。

无论是一根坚果冰淇淋还是新交的潇洒情人、一个婴儿还是一辆汽车、一场婚变还是场讨厌的阑尾炎,亲爱的,那就是生活!无论是什么,你都得从中找到乐趣,所以,开始吧!

在这种态度中包含着一种妙趣横生的犬儒主义。开开心心地活的犬儒主义,快快乐乐地活的英雄主义。但我说,这在一部心灵的记录中听起来叫人怪难受的。回了一次锅再回一次锅的剩菜,用生活中剩下的骨头炖的残汤,再热一遍当作新炖的肉汤喝,还几乎一直叫作新鲜蔬菜汤。

> 我知道一片森林,静静深深……

记下"静静深深"的新颖诗意,然后说太阳底下没有任何新东西。

> 我灵魂的竖琴从不颤响平和的曲音;

我有同感。

> 因为毕竟,所要做的就是

---

1 法文:生活万岁!

— 评《当代诗选第二辑》—

把你的心声融入歌声——

要么是身处逆境。

我有时候真希望上帝能回来,
　　回到这个黑黑的茫茫世界;
尽管他有可能缺少某些德才,
　　他仍然有他快慰人的一面。

"接受上帝快慰人的一面,随遇而安。"——一位"生活的学生"悟出这样的道理。

哦,嗬!如今我身居要津!
如今我力量满身。
如今我又是不折不扣的自己,
是我自己的主人。

因为我现已来到我的山头,
　　在伤痕累累的岩石上无言屹立;

这把他造就成了男子汉……
坦诚的忏悔有利于净化灵魂。
这心灵的记录属于整个——什么?

雷切尔·安南德·泰勒

雷切尔·安南德·泰勒尚未成熟，她的诗作还不能当作演讲与论文的对象。她还年轻，不过三十岁；她结过婚，丈夫离开了她。她住在切尔西，不时去拜访吉尔伯特·默里[1]教授，用一种哀怨动听的语调说着许多文人奇怪而有讽刺性的事儿。这就是她伸给你尝的没成熟的青果子，你疑惑地接过去，谨慎地尝着，还没有在嘴里打几个滚，尝到果子的味道就把它吐出了嘴巴。欣赏一位稚嫩的新诗人的诗作是不可能的。他必须像葡萄干和梅子脯一样在批评文章的赞许的阳光下经过长时间的风吹日晒。你必须除掉果子里未经加工的原汁，然后，他的不朽诗歌中的韵味才品尝得出来，不受他身上暂时的东西的混淆与沾染。不是这样吗？

然而在我个人看来，泰勒却是位十足的女诗人。她的容

---

[1] 吉尔伯特·默里（1866—1975年），古典文学家，以翻译古希腊戏剧而著名，曾为泰勒的诗写过评论。

貌是纯粹的罗塞蒂式[1]：身材苗条，温文尔雅；一大缕又一大缕的漂亮红发挂在眼帘，一双火热的眼睛掩盖在后面时隐时现；一张紧闭着的小嘴纤巧红润；穿一件朴素的深色连衣裙，胸前挂着一枚硕大的饰针，是一枚样子古怪、用来避邪的雕刻饰针[2]；另有一双长长的、白皙柔弱的小手，恰如其分地闪着微光。这一切都是一位女诗人应该具备的。

她是一位苏格兰女子。从孩童时代起就寂寞孤单，成天沉湎于《圣经》与《天方夜谭》中，后来又迷上了马洛利的《亚瑟王传奇》。她不是在加尔文教的影响下成长起来的，而是由她自主，因而完全成了个浪漫派。她以往远离生活，现在仍在她的灵魂中保留着一个紫杉成荫的花园，在这个花园里她可以避世静处，将体验升华为芳香。

她的价值就在于，在一个几乎谁都满足于现实主义的恐怖统治带来的兴奋的世界面前，她打出了浪漫文学的旗帜，奏响了梨形吉他琴与上低音古提琴。她属于中世纪，她和古代的行吟诗人一样，是异教徒和浪漫派。她属于奥卡辛与尼古莱特[3]一族，而不属于任何其他派别。

她的第一部诗集发表于1904年。听听这些诗的标题吧：

罗曼司：《新娘》《黄金之歌》《女王》《赫罗德大帝的女儿》《亚瑟王之歌》《温斯代的骑士们》。

---

[1] 指D. G. 罗塞蒂以他后来的妻子、女诗人莉齐·罗塞蒂为模特的画像。
[2] 苏格兰人认为胸前佩戴饰针可以避邪。
[3] 13世纪法国普罗旺斯一部同名传奇中的男女主人公。

祈祷文:《鞭身教徒》《一位基督徒先驱》《罗莎·蒙迪》《一位艺术爱好者致基督》。

爱情颂歌:《痴情汉致贵妇》《花的圣母玛利亚》《不朽的时刻》。

幻想曲:《睡眠的寄宿舍》。

我将为大家朗诵其中的四首情歌。在泰勒太太给我的这首诗中,我发现了显然被这位女作者忽略的一朵幽谷百合,它紧靠着书中的第一首诗。作为一位讽刺浪漫派,她本来会将它付之一炬的。然而这首诗还保留着,被百合花染成了黄色,诗名叫《渴望》。第二首叫《投降》。第三首是回首往事的《没有意识到》。第四首是《破镜重圆》。

只要稍做思考,谁都能从中读出泰勒太太婚姻生活的故事。

不用说,这位女诗人的心都碎了。

我对她说:"没有任何事情比过度受人倾慕更折磨人了。"

"不,还有一件事更折磨人。"她回答说。

"是什么呢?"我问她。

"去爱别人。"她非常平静地说。

然而,有一颗破碎的心对诗人来说是大有好处的。这样,从那易碎的玻璃小瓶里飞溅出来的玉液琼浆就成了最令读者倾心也最令作者感到慰藉的诗句。一颗破碎的心的确给生活增光添彩。

泰勒太太的第二本诗集《玫瑰与葡萄树》是去年[1]出版的，这是从她的爱的宝壶中飞溅出来的诗。但是它们不是未经加工的、触目惊心的血珠。它们是朱红色、金黄色与玉绿色的。泰勒太太在"豪迈地展示她那颗流血的心"，首先让它令人啼笑皆非暴露在光天化日之下，然后又将它收进她那与世隔绝的魔地，往它身上吹上一口魔气，渗进缕缕微光，给它披上梦幻的彩衣，然后让它再次磅礴地喷涌出来。

《玫瑰与葡萄树》远要胜过1904年出版的《诗集》。这部诗集辞藻华丽，气势恢宏。以往所有丰满、甘美的希望的蓓蕾在这里绽放成了艳丽的花朵，沉甸甸的、深红色的花瓣似乎擦着了过往行人的臀部，而在前面，洁白的花朵似乎在倒向人的怀中。诗作富有感性色彩，但在情感方面全是抽象的、非个人的，没有任何声色之乐。人们会像体验施特劳斯[2]的音乐——比如《厄勒克特拉》——一样去体验这部诗集。它在技巧方面很富丽，情感则不够丰富。

泰勒太太的确是一位诗的能工巧匠。此外，她在格律与节奏方面是正统的。她绝不允许自己采用现代诗歌的松散形式，而是在一首抒情诗中从头到尾都采用同样的诗节。我真希望有更多的时间来对这种诗的形式做些评说。

然而谈到《玫瑰与葡萄树》，诗中并不能看出有很多传

---

1 本文作于1910年。
2 施特劳斯（1864—1949年），德国作曲家与指挥家。劳伦斯曾于1910年3月观看过他的歌剧《厄勒克特拉》（1909年）。

记性内容，大部分的诗都是由无法认出的经验转换而成。一种真正新鲜的口气是母亲的口气。我时常在想，为什么当妇女成为艺术家后，她从不揭示当母亲的意义，而是要么像我们在泰特美术馆中见到的一样画些马、维纳斯或者可爱的孩子，要么就是像夏洛特·布朗特和乔治·艾略特一样去描写求婚与艳事。泰勒太太则有一丝母亲的语调。读读《四朵深红色紫罗兰》吧。

现在再读读《果实之歌（给一位十月的母亲）》。——当我母亲生下我这个秋天的孩子时，她说过些什么呢。我不知道。

《玫瑰与葡萄树》的开篇之作《复活的音乐》是一首相当富有思想的诗。

上面是去年的作品。今年的是一部十四行体续篇，其中包括六十一首莎士比亚式的十四行诗，此外还有"多梦女子序曲""多梦女子尾声"和"引言"。泰勒太太在"引言"中说，女子有两种类型，即圣母与多梦女子。后者永远是艺术家，前者则永远不是。我猜想这就是对女艺术家为什么不歌颂母性的解释。泰勒太太是如今的"多梦女子"的代表，在这样一个无论是不是母亲所有女子都是女权主义者或者改革者的年代，持她这种观点的女子几乎绝无仅有。不幸的是，泰勒太太开始专心致志地梦想起她往日的生活与往日的自我来，用并非总是明白易懂的象征来诉说她的梦想。她属玄奥派。她的象征并不表明它们本身代表什么东西。它们是凯尔

特人与法国人的象征[1]的表姐妹,后者说,"假设x=激情之风,y=灵魂对爱的渴求",那么:

> 开满白蒙蒙花瓣的y
> 透过苍白的空气蒙蒙地吸来
> x的被烫伤了的亲吻。

泰勒太太同样开始搪塞起来:

> 既然我们肉体的哀伤的面纱
> 是用痛苦的微细蚕丝编织。

"痛苦的微细蚕丝"可能是很不错的说法,可我觉得它毫无意义。

但是"多梦女子序曲"则肯定令人难以忘怀。作为妇女,作为女权主义者和女博士们的姐妹,她真够大胆的,她竟敢说出这样的东西来。

不过泰勒太太比诗中的女子更勇敢,你读读"多梦女子的尾声"吧。

我认为这是一首很了不起的诗,耐人寻味,当人们读到

---

[1] "凯尔特人"大概是暗指W. B. 叶芝;"法国人"指波德莱尔、魏尔伦、兰波和马拉美。

"布尔太太"[1]时应该回过头来读一读这首诗。

这些诗是她的信条。仔细读来,她的气质风格就寓于这些十四行诗中,它们同心理小说一样引人入胜,甚至还要引人入胜得多。只要读一读第十八首就明白。

这些十四行中有一些写得非常美,它们在一个"宽阔大道"与震惊整个王国的诗的时代独树一帜。[2]

---

[1] 布登利主办的周刊《约翰·布尔》中的一个栏目的作者的笔名,这一刊物讨论中产阶级妇女关心的时装、饮食、乐趣等。
[2] 指代不详,"宽阔大道"可能指 E. V. 卢卡斯的一部同名诗集。

艺术与个人

下面这段出自一位社会党议员之口的话是相当有名的:"社会主义者当前的目标是为无业者找到工作,为无食者找到食物,为无衣者找到衣物。在此之后,才是征服智力的和艺术的世界。"[1]我们作为《新时代》的读者,还记得这位评论家说过:"男子、女子和孩子现在要的是食物和衣着;但我们也需要我们的美——我们的街道美、我们的手艺美、我们的绘画美。让那位迷了心窍的社会主义者改弦更张吧;和他一样想的人太多了。同时我们在渴望着美,我们的城市在渴望着美,可政治家们却在空谈把大笔大笔的钱拨充到慈善事业。"如果社会主义者的唯一职责就是为饥寒交迫者而斗争,那么斯诺登峰的铁甲统帅[2]的职责就是发动战争?我们这些既不渴望物质的东西又不具备政治斗士的勇猛精神或者矢志

---

[1] 引自英国社会党人奥雷治主编的报纸《新时代》。
[2] 指英国历史上的克伦威尔。

不渝的目标的人,却宁愿守在家里,刻毒地忘记站台上惊涛骇浪般的喧闹声,此刻我们的田野里云雀正在高飞呢。我们这些喜爱莲花花蕾的人[1]不是已经遭到侵袭,不得不面对一片犹如兵器铿锵的鼎沸人声吗?这还不骇人听闻?我们是不是决定为这一事业而献身,将高顶头盔击得砰然作响,用双刃剑从椅背后刺穿身居高位者的胸膛?[2]当次日向日葵给晨雾抹上色彩时,我们没有放弃主张吗?我们爱唱舒伯特的乐曲远甚于《马赛曲》,我们爱读抒情诗与《敏感的植物》远甚于《麦布女王》[3],既然他知道我们是僵死的躯体,难道我们就不害怕我们这位凶猛的社会党朋友会用怜悯的眼光来审视我们吗?我们不仇恨内战吗?我们难道不痛恨在狂热分子的统治下建立联邦的想法吗?[4]

而且,我们的想法不是懦弱自私的退缩,不是避开冲击。我们和那些聚在号角下高喊权利的人一样正确;我相信我们更正确,因为我们更安静。但我们是教师,我们呼吁那些无法回答的神谕,呼吁那些教育权威来为我们辩护;我们是胜利者。听啊!"教育的最终目标是培养具有崇高的道德品质的个人。"社会党人点头同意,我们却在轻声抱怨"太夸夸其谈了一点儿"。"崇高的道德品质"到底是什么东

---

[1] 指热心于美而不关心政治的人。
[2] 语出《圣经·路加福音》第1章第52节。
[3] 二者均为雪莱的作品,劳伦斯将它们做比较,旨在说明他对邪恶庸俗的社会礼教的反感。
[4] 指克伦威尔统治下的联邦;"狂热分子"指清教狂热分子。

— 艺术与个人 —

西?——既然人所共知,就无须解释。我们只想说,一个有道德的人必定是一个受到良好教育的人;必定能料想到推人前进的巨大影响,能估计到这影响产生的后果;而且必定有很好的均衡感,而奇怪的是,道德最高尚的人恰好缺乏这种品质。均衡感阻碍灵魂——高兴的话你也可以叫它思想——保持高度平衡。铁甲统帅啊,你的平衡到哪里去了?你不是用人类苦难的巨大砝码将天平压得扑通一声倒向了一边吗?好吧,也许我被压得倒向了美的一边,这样我们就取得了一种社会平衡,这平衡令人高兴,不是吗?可是到了嘴里的鸭子,到了嘴里的鸭子!我们肯定在某个地方取得了平衡,承认它——要么是在个性的灵魂里,要么在社会灵魂里。那么,所有影响人类行为的所有伟大力量都必须以我们目前的生活为目标,旨在将生活中的混乱减少到最低限度。好些伟大力量!你还会接受赫尔巴特划分出来的伟大兴趣吗?我们尊敬的赫尔巴特划分出六大兴趣,但我们却要谦卑地加上第七条,因为现代人是这么规定的。且看下表:

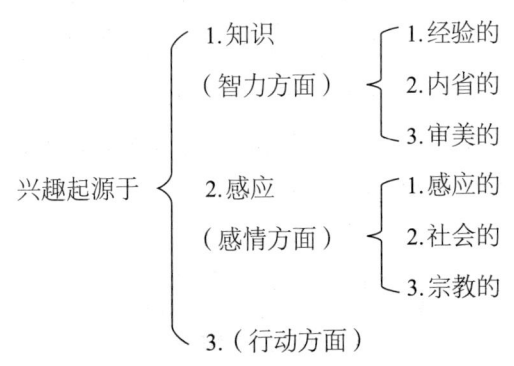

兴趣起源于
- 1. 知识(智力方面)
  - 1. 经验的
  - 2. 内省的
  - 3. 审美的
- 2. 感应(感情方面)
  - 1. 感应的
  - 2. 社会的
  - 3. 宗教的
- 3. (行动方面)

下面是解释：

Ⅰ. 1. 经验的——指具体的、个别的事物和实例方面的兴趣。

2. 内省的——指对现象的深层联系与起因等方面的兴趣，此类兴趣转变为哲学和科学的研究。

3. 审美的——指不是由上述现象或起因引起，而是由其和谐与对某一目的适应性在我（指赫尔巴特）身上获得的认同方面的兴趣。

Ⅱ. 1. 感应的——指个人的感受。

2. 社会的——指对其兴趣大得不受个人感情的影响的巨大社会整体中包含的个体的不断加深的认识。（社会主义者——扩展）

3. 宗教的——当这一感受延伸到人类的历史（起源）和命运，当它虔诚地认识到大自然的无边的法则，发现有某种可以理解而且始终如一的目的在对整个自然世界和人类意识起着作用，宗教的兴趣就产生了。然后，对人自己及其时代的重要性的观念就与某种惊奇和尊敬结合到一起——这是一种有益的情况。

最后是对行动的奇妙兴趣——做什么事情。板球运动员与网球运动员无须扩展。[1]

---

[1] 以上出自赫尔巴特的《教育科学》（1897年）和费尔金斯所著的《赫尔巴特教育科学与实践导论》。赫尔巴特（1776—1841年），德国哲学家、教育家、心理学家，发展多方面的兴趣的思想是赫氏教育学与心理学的基础。

– 艺术与个人 –

请让我举一个例子。你坐在一个阳光明媚的小湖边,这时一只天鹅高傲地向你飞驶而来。"看,"你说,"一只天鹅。过来,过来!我真希望有点儿东西扔给它。它的翅膀弓起了呢!它的伙伴在一个劲儿地唧唧叫呢!"(经验的)"我感到奇怪它为什么要把翅膀伸成那个样子?另一只长得瘦小。是雌的吗?雄的那只那样做是想吸引它吗?它真的像是在我们面前炫耀。"(内省的)"但它们真漂亮呀!雌的那只像条细长的小船在滑过水波,雄的则像一艘目中无人的船。看,它们长长的颈项真柔软啊!它们在水底觅食时的影子随着水波在荡漾。那副粗硬弯曲的翅膀不是充满力量吗;他们说它能折断你的大腿;可我猜想它需要很有力的翅膀。噢,还是要它回到水里去吧;在华丽的羽毛的衬托下那双黑脚太丑陋了;那摇摇晃晃的模样,那滑稽的步态,真难看。到水里去吧,你这可怜的傻瓜,你在岸上的样子太荒谬!"(这就是审美的兴趣,欣赏天鹅与水协调一致的美以及它们与环境之间的和谐。我不是说有另一种感情掺杂进来了。)

示例二。我们种在我们花园里的夜来香与烟草一到晚上就美艳绝伦。日落时分,它们绽放的白色与淡黄色花朵充满了魔力,在月光之下闪烁着高雅的幽光;那一簇簇红色的福禄考则变暗了,其香味粗俗刺鼻;但夜来香却专为月光而涂上了色彩,其香味犹如小夜曲,是专为夜晚准备的,这时蛾虫会出来为不眠的花朵主持仪式,会给它们带回甜美的爱的蜜露和花粉的香吻;因为夜来香的深深的合瓣花冠里只有蛾虫长长的鞭状舌头才能啜到花蜜,所以这一番夜晚的准备都是为了满足这位情人。此外，花朵与虫儿在并肩携手地成长，如果说花烟草与夜来香在伸长自己的花冠，以免可恶的苍蝇爬进它们的宝库，躲开异花传粉，到傍晚时才绽放开，蛾虫则在生长着自己的舌子，以便抚触爱人的深处。我想，我们是在无意识地欣赏这种相互之间的适应性所产生的和谐；而审美正是这样与宗教联系在一起的，因为它们都是多种认知中的同一种，这些认知都在不知不觉中进行，没有任何一掀开就真相大白的文字与字面意思的斗篷，上面的例子中也没有可以揭示出来的、掩盖着的伟大目的，而艺术家的职责也许正是要去把它找出来。这一普遍目的就是神圣理念的根源。这可能就好比植物由胚芽发展而来，普遍目的通过扭曲变形和修剪就成了幻想中的耶和华的形象，但是——

注意兴趣的秤盘是怎样升起的。审美的与宗教的是上述两类兴趣中最高的。你还注意到你能意识到经验的、内省的、感应的，社会的与宗教的兴趣，而审美的兴趣呢，我们谁不是受它的支配而做出极易出错的"喜欢与不喜欢"的判断？因为找不出任何原因。你喜欢一样东西，喜欢就行了；无论有多少沉重的物质的影响在阻挠你可怜的审美灵魂、在使它走入邪路，你都绝不会怀疑你喜欢的东西；如果有某位艺术地位高的人对合你口味之物稍微有点儿蔑视，那是他的冒失；即使你厌恶一样你曾经喜爱过的东西，在你五年前兴致勃勃地亲手装上框边的画上糊上一层东西，你也会后悔你灵魂的反复无常，担心自己背离了原来热情的欣赏力。你应该欣喜地说，"艺术家的灵魂正在我身上成熟"，正如当你发现哈格德[1]不是供人娱乐的王子一样,但是即使托马斯·莫尔爵士遥远的声音也能使他困惑。

让我们更深入地分析一下"审美的兴趣"及其定义。我们觉得它是不令人满意的;它太侧重于心智。美栖息在美学之中,而我们对美的欣赏通常并不是欣赏,而是一种混杂而强烈的情感。的确,艺术的全部目的似乎就在于唤起某种情感;这种情感有时可以用语言或思想来表达,有时则不可以;而思想却完全依靠语言,因而是有限的,我们大部分的情感它根本就触及不到。向来就有两派美学思想。第一派是心智和神秘派:

  I. 艺术——"美是完美而神圣的理念的表达"[2],柏拉图所说的理念是指某种纯粹的、尚未诞生的灵魂或观念,它永远在斗争中寻找通过物质获得完美的表达,正如《乌有乡》中的一个尚未诞生的人纠缠着两个苦命人,要他们给他一次生命,这样他就可以完善某种艺术——指调制无可挑剔的汤。[3]黑格尔派提出的观点是:"美是理念通过物质在闪光。"按歌德的说法,创造美的事物就是"按我们所认为的上帝的模样为他编织衣裳"。[4]

---

[1] 哈格德(1856—1925年),英国小说家,著有《所罗门的宝藏》《她》等。
[2] 这大概是劳伦斯对谢林和黑格尔的美学思想的总结。
[3] 见巴特勒著《乌有乡》第18、19章。
[4] 见《浮士德》第1部第1章。

与之相对的情感——物质派则分为：

Ⅱ. 1. "艺术是一种即使在动物王国也会出现的活动，产生于性欲与游戏的嗜好，它伴随有令人愉悦的激动"——达尔文。在这一类中包括席勒、斯宾塞等人以及达尔文。他们对花花公子的解释是，在他快要成人时梳妆打扮，出于游戏的天性而调情。正如你认为天鹅是自然而值得羡慕的对象一样，那些身着短裙的女子也是这样看待花花公子的。

2. "艺术是人感受到的情感通过线条、色彩、文字、声音、动作的外在显现。"

3. "艺术是适合于表达远离个人利益的愉悦印象的某种永恒之物或短暂动作的产品。"——我想这是格兰特·爱伦的定义。[1]

第一派将其美建立在赫尔巴特的"适应性"之上——完美的适应性明白地表明基本的理念与目的。

我们将某些混杂的因素唤起的某种情感状态称为和谐。所以赫尔巴特的定义有点趋向第二派，如果走得不太远的话。

下面让我们用几种例外的情形来证明我们这两个学派的规则。分析一下坡、莫泊桑、易卜生、高尔基等人的作品；再分析一下"拉奥孔"、法国现实派的某些绘画，甚至费尔德斯的"弃儿"，或者瓦茨的"玛门"，如果最后一种还算

---

1 以上引文均出自列夫·托尔斯泰的《什么是艺术？》一书。

得上艺术的话。这些作品不表示任何神圣的理念、不是上帝的衣裳，也不是由游戏或者性而引起的活动，它们也不表现通常意义上的愉悦。它们的唯一目的就是使感动创作者的情感在第二个人身上颤动起来，这似乎就是艺术的任务。正如托尔斯泰所说，艺术必须是人与人之间进行交流的第二大方法，他还坚持认为，艺术的语言必须是明白易懂的。但是，因为"明白易懂的"就意味着"能够思考的"，因为思考或多或少是在准确的语言中进行，因此，艺术并不具有非常伟大的价值，因为即使不求助于简单的散文之外的其他形式，也可以取得同样（或者差不多是同样）的效果。的确如托尔斯泰所说的，如果一个小伙子给他妹妹讲的故事使得她热泪盈眶，那么他就是一个艺术家；卡莱尔的主人公们都是艺术家，因为他们言必成歌，因为他们的语言都是用丰富的感情凝聚而成。但当这位小伙子讲故事时，其语言不过是像简明的旋律在清澈地流过整个故事；艺术更有可能存在于曲调与姿势之中；歌曲的价值在于其音乐及其勾起新的画面的力量；故事或者歌曲的价值和美就在于随曲调而来的感情、表情与姿势的和谐，无法用词语描绘的颤抖着的感情，以及从来不曾也永远不会出现在舞台上的画面。的确，有些文字本身就是艺术的，比如少数像"惊奇"（wonder）这样的词，这是一个优美而奇妙的词，在法文中没有词和它相对应。你看看它能表达多少种意思；你将怎样来表达它呢？还有像"笑声""闲聊""闪光"这样的词也是富有表现力的。但是语言很少能描绘是其父母的感情,也不能在他人身上唤起感情。它们必须"像情人一样配对,在耳中奏出和谐的乐声";它们必须"在和谐的伙伴关系中前进"[1]——简言之,它们必须有形式、有风格。

> 如果语言能表达一切,那么语言什么都不能表达;我们的歌声从来都是在沉默之中爆发出来。
> 所以授予的特权也同样还藏在这本由享受特权的文字组成的小书之后没有显露出来。
> 树林在巨风中摇摆从而产生音乐,可大地却强求它们保持沉默。
> 所以,爱人啊,为了你坚持你的爱,我唱着歌,我的心却在沉默。

艺术是让我们保持沉默的,这初始的沉默中包含着事物的秘密,包含着伟大的目的,而它们自己却默默无言;没有任何语言将它们道破,没有任何思想将它们思考,所以我们就通过艺术去努力触动它们;而这个热切的、不满意的世界却试图用宗教来解释它们。

当托尔斯泰要求艺术应该是明白易懂时,他使自己的目的化作了泡影。人类的命运似乎就是去最大限度地了解一

---

[1] F.S. 弗林特语,见《新时代》。

切，而人们通常又不忍心去接触没有一层文字的衣裳的赤裸裸的玄义。最深奥的秘密隐藏在人类的经历与情感中，在能支配这一秘密，给这无法言传的经验穿上理念的衣饰，给他套上语言的镣铐之前，人心绝不会感到满足。有一些伟大的德国人的音乐太含糊、太令人困惑、太难理解；魏尔伦、梅特林克、波德莱尔的诗，乔治·克劳森等人画太粗略；我们摸不着要领，如坠云里雾里。人们和托尔斯泰用这样的话埋怨个不停。他们应该知道，他们是在有目的地将自己引向一团漆黑的边缘，在那儿可没有一丝文字的闪光。他们宁可听战争乐曲的大声喧嚣，然后高叫："好啊，小号的声音像炸药！听，你分辨得出是战马在奔驰！——你听到了大炮的隆隆声吗？——真的妙极了！"真正的战争音乐会在广大士兵的心里唤起愤怒与恐惧、痛苦与原始的欲望，而没有对叮叮当当的击剑声的模仿。所以肖邦的《葬礼进行曲》比《索尔死亡进行曲》要高明得多：前者没有鼓的砰然作响，没有造作与夸张。

在对艺术能做什么做过较长篇幅的讨论之后，再来宣称它不能做什么就比较容易了。它不会唤起有害的情感，否则它就是糟糕的艺术。结论是：法国小说是糟糕的艺术，玛丽·科莱利[1]的则不是。至于艺术的种种局限我就留给大家

---

[1] 玛丽·科莱利（1854—1924年），畅销小说家，在20世纪初享有盛名，著有《两世界罗曼史》《撒旦的悲伤》等。

去继续做演绎推理。

人人都胸有成竹地从自己的观点出发,对有美感、有情趣的事物做出自己的判断。不幸的是,他的观点只是他个人的,他的情趣被证明是糟糕的。他说,"这是一个观点问题"。这不是。如果某一事物的情趣低,那是非常绝对的,就好比数学中的一个数字,要么是错,要么就是对。如果令人不快的东西在其主人的眼里是令人愉快的,这要么是因为他有好一些有害的力量在歪曲他的判断;要么是因为他太不开化,除了简单的色彩之外什么也吸引不了他;要么是因为一种肤浅的情感在他身上唤起了一种同样肤浅的情感。

例如莱顿爵士那幅广为人知的画《已婚》。[1] 其表现出来的情感是脆弱而且肤浅的。一个赤着脚、身披豹子皮的黑发青年在吻一个姑娘的指尖,除非他站在艺术家专门为公开展览而架设的小阳台上,否则他是不可能那样去吻的。这与格里芬哈根的《牧歌》表现出的激情形成鲜明对照。[2] 但莱顿的画是优美的——富有技巧。人们说艺术中形式给人的愉悦大部分是有形的。在莱顿的画中,当眼睛顺着某些曲线和某些曲线的组合(如衣饰有节奏的褶皱)而移动时是令人愉悦和高兴的。的确如此,但是艺术的形式纯粹是感性的,它优

---

[1] 莱顿(1830—1896年),英国学院派画家,皇家美术学院院长;《已婚》一画当时经常有人临摹。
[2] 格里芬哈根(1862—1931年),英籍丹麦画家;《牧歌》于1891年在皇家学院首次展出。

美，但是给人的助益不多。看看瓦茨的《玛门》，这幅画可恶可恨；它一点儿也不帮我们树立起一个长着凶神恶煞般的眼睛的可怕偶像，警告我们不要崇拜它；艺术家的情感没有得到满意的表现。所以，我们指责一位画家是因为他的感情肤浅而不能给人助益，尽管他有丰富的技法；指责另一位则是因为他的感情暴力凌辱了艺术，得罪了我们。令我们不快的第三种人是英国的感伤主义者，他们沉湎在感情之中——小女孩即将遭受时间之手的摧残，它摘下了最美的花朵——所有这一切都是由某位认为这是一个好题材的人写就的。感伤是艺术家能患的最严重的疾病，感伤使艺术变得卑鄙。如有可能，我们就严厉地谴责它吧。

艺术的胜利吗？休谟说："艺术的主要胜利就在于在潜移默化中陶冶性情，在于为我们指出哪一些性格是我们应该通过不断的反思和反复的锤炼去努力取得的。""不断的反思和反复的锤炼"换句话说就是精心地训练自己。你并非天生是一个美的法官——你必须通过分析最佳的示例，通过仔细地反省你自己的灵魂而习得。在你的性情得到陶冶之后，你将上千次地体验到你一度对它麻木不仁的感受，你将绝不会觉得时间漫长或者哪个时候无聊；一次延续终生的假期也不会漫长得使你想找点儿事做，因为永远都会有新的魅力在吸引你的灵魂，你都能愉快地拥有你自己，而不需要别人来给你欢乐和填补空虚。

艺术与道德

所谓"艺术是不道德的"不过是熟见的诡计中的一种。你看，哪里的艺术家都赶着穿上爵士乐手的衬衣，将自己打扮得一副无视道德的样子，或者至少也是一副无视资产阶级道德的样子。

因为资产阶级被认为是道德的根源。我个人则觉得资产阶级在道德方面太斤斤计较了。

摆在皱皱巴巴的桌布上的一只大水罐与六只摇晃的苹果和资产阶级道德有什么关系呢？但我却注意到，不懂艺术之道的人大都觉得塞尚的静物写生真的有悖道德。他们认为这画不对头。

对他们来说，是不对头。

然而他们是怎么从细枝末节中感受到它是"不道德的"呢？

同样的图案，如果处理得合乎常理的话，桌布就成了罩着衣服的裸体，水罐则成了半遮半露的裸体，在为裸者而伤心落泪，这样就会立刻变得道德高尚。为什么？

也许从绘画中比从任何其他艺术中我们能更好地认识到，使人觉得合乎道德与不合乎道德的微妙差别是什么。这种道德本能人皆有之。

但是道德主要是习惯。人皆有之的道德本能主要是对一种旧习惯的感情上的辩护。

但是在塞尚的静物写生中，到底是什么惹怒了人皆有之的道德本能呢？这六只苹果与一只水罐妨碍了哪一种古老的习惯呢？

水罐不像水罐，苹果不像苹果，桌布也不那么像桌布。连我都画得比他的更像！

很有可能！那么为什么不把这幅画当作不成功的试笔打发掉得了？哪里来的这种愤怒与敌意？哪里来的这种嘲弄不满呢？

六只苹果、一只水罐和一张桌布不可能暗示有失检点的行为。它们不能，即使对弗洛伊德分子也不能。要不然，芸芸俗众才会觉得投合他们的口味呢。

那么，不道德的东西从哪里来呢？因为它的确来了。

因为在整个文明的进程中文明人都在强化一种古怪的习惯，到如今他已在这种习惯中麻木不仁了。用这种缓慢地形成的习惯看待事物就好比用照相机。

你不妨说，反射在视网膜上的物体永远像照片。可能是的。但我怀疑。无论视网膜上的图像是什么，它都不大可能是看到某一物体的人实际摄入的那一物体的图像。他并不是用他的心去看。他看到的是柯达相机教他看的东西。可是任凭人怎么努力,他也成不了一架柯达相机。

当一个孩子见到一个人时,他摄入的是什么印象?两只眼睛、一个鼻子、一嘴的牙齿、两条直的腿和两条直的胳膊,就好像一个象形文字的图形,各个时代的孩子都用这一图形来代表人。至少当我还是孩子时这种古老的象形文字是还在使用的。

这就是孩子真正看到的东西吗?

如果你所说的看是指有意识的记录,那么这就是孩子实际看到的东西。摄影式的图像好好地映在视网膜上。但是孩子才不会理会,就好像是被挡在门外。

经过了多少年代,人类一直在努力把映在视网膜上的图像按其原貌记录下来,抛弃楔形文字与象形文字。这样我们就将得到客观实在。

我们成功了。我们刚一获得成功,马上就发明了柯达相机来证实我们的成功。谎言能够在只有光线进去的暗盒中照出来吗?不可能!说谎是要费尽心机的。

原始人不能真正看见的颜色现在我们也看得见,而且还能把它套进光谱中。

我们看见了!我们用自己的眼睛看见了。

当我们看见一头红色的母牛,我们看见的就是一头红色的母牛。我们对此充满信心,因为无懈可击的柯达相机看见的和我们看见的一模一样。

但是假如我们天生都是瞎子,必须通过触摸它、嗅它、听它的哞哞声,通过"感受"它,才能得到一头红色母牛的图像,那么我们会觉得它像什么东西?它会在我们黑暗的头脑中留下什么样的图像呢?肯定是个相去甚远的东西!

随着人的眼光朝柯达相机的发展,人对自己的认识也在朝照片发展。原始人根本就不知道自己是副什么模样,因为他一直都生活在半黑暗之中。可是我们却学会了去认识,而且我们人人都对自己有了一种完全是柯达式的认识。

你给你的心上人拍下一张照片,她站在一片长满毛茛的地里,正对一头带着牛犊的红色母牛温情地微笑着,大着胆子把一片卷心菜叶伸过去。

无与伦比地优美,绝对地"真实"。这就是你的心上人,一点儿没走样地是她自己,正陶醉在一派绝对的客观真实中,既完整又完美,她周围的一切都在为她增光添彩,不容争辩。她真的是"一幅画"。

这就是我们形成的习惯:把一切都化作视觉图像。人人在自己眼里都是一张图片。换句话说,他是一个完整的客观的小现实,绝对在他自己身上获得完整,靠他自己而存在,立在图片的正中间。其他一切只是布景,只是背景。对每个男女来说,宇宙只是他(她)自己的那张绝对的小照片的布景。

自从希腊人首次识破"黑暗"的魔法以来的数千年中,

人的清醒的自我一直是这么发展的。人已经学会认识自己。所以现在，他就是他所看到的东西。他就根据他自己的图像来塑造自己。

在以前，甚至在古埃及，人们都还没有学会实打实地认识。他们还在黑暗中摸索，既不确切地知道自己身在何处，也不知道自己身为何物。就像关在黑屋子里的人，他们只能感觉到自己的存在和在其他黑暗的存在物中涌动。

然而，我们学会了按我们自己的模样来认识自己，就像太阳看到的我们一样。柯达可以作证。我们用万能的眼光像无所不见的眼睛一样观看。而我们就是这样看到的模样：人人在他自己眼里都是一种身份、一种孤立的绝对，与由各种孤立的绝对组成的宇宙相对应。一张图片！一张柯达照片，是用万能的摄影胶片冲洗出来的。

我们获得了万能的眼光，甚至上帝能看到的也和我们看到的没有两样，只不过是像望远镜一样看得更远，或者像显微镜一样看得更细，但眼光相同。满眼都是真实的图像，每一个图像都局限于它自己。

我们行动起来就好像钻到了麻袋的底部，亲眼看见了柏拉图的"理念"，那照片似的完美景象就在这个麻袋宇宙的底部，一览无余。是我们自己的自我！

凭我们自己的视觉图像来确定我们自己的身份，这种做法已经成了一种本能，这种习惯由来已久。照片上的我，看得见的我，就是我。

就在我们刚开始得其所哉时,有人捅娄子来了。塞尚提着他的水罐和苹果来了,这画不仅不像写生,还是一个活脱脱的谎言。柯达可以为证。

柯达相机会拍出各种各样的照片:朦胧的、有情调的、强光的、跳跃的——张张迥然有别。然而图像依然是图像。不同的只是阳光的强弱、雾气的浓淡、光与影的比例。

这只无所不见的眼睛用每一种强度和每一种可能的心绪来观照;乔托、提香、艾尔·格列柯、特纳,[1] 各个千差万别,然而在这只无所不见的眼睛里,一切都是真实的图像。

然而塞尚的这幅静物写生却在与这只无所不见的眼睛故意作对。苹果在上帝的眼里不可能是这个样子,桌布不可能是这个样子,水罐也不可能是这个样子。所以,这幅画出了问题。

因为既然人是一个人格化的神身上生长出来的,那么他就因袭了这位人格化的神头脑里所有特性。所以,这只无所不见的人的眼睛现在就成了永恒的眼睛。

如果苹果在任何光线、环境或者情绪之中都不是那种样子,那么它们就不应该被画成那个样子。

噢,看——看——看!苹果在我的眼睛里就是那个样

---

[1] 乔托(1267—1337年),意大利画家和雕塑家,以叙述性构图和深入刻画人物心理著称;提香(1490?—1576年),意大利画家,擅长肖像画、宗教与神话题材画;艾尔·格列柯(1541—1614年),西班牙风格主义画家;特纳(1775—1851年),英国风景画家,擅长水彩画,融合油画与水彩技巧,追求光与色的效果。

子!塞尚叫道。管它们看上去像什么,它们就是那个样子。

苹果永远都是苹果!众人的声音——也就是神的声音说。

有时它们是罪孽,有时它们是给头上的一击,有时它们是肚子痛,有时它们是馅饼上的一块,有时它们是拌鹅肉的调料……

但是你看不见肚子痛,也看不见罪孽和头上的一击。所以从这些角度来画苹果的话,画出来的很可能是或者近似于一幅塞尚的静物写生。

苹果在刺猬的眼里、在鸫的眼里、在吃草的母牛眼里、在牛顿爵士的眼里、在毛虫的眼里、在大黄蜂的眼里、在发现有个东西在海里浮动的鲭鱼的眼里分别是哪般模样呢?你们去猜吧。那是那个无所不见者肯定长着鲭鱼的眼睛,也长着人的眼睛。

而塞尚的不道德之处就在于:他开始看到了比柯达式的无所不见的人的眼睛更多的东西。如果你能在一只苹果里看到肚子痛和头顶上的一击,并且把这些东西画成图像,那就将柯达照相机与电影判了死刑,所以肯定是不道德的。

谈装饰与例证,有意味的形式,或者浑厚质感的价值,或者可塑性、动感、空间结构,或者杂色关系吧,尽管大谈特谈。在用餐快结束时你还可以强迫客人把菜单也吃掉。

艺术的任务现在是,将来仍然是在不同的关系中揭示事物的本质。也就是说,你必须在苹果中看出肚子在痛,牛顿爵士在敲头盖骨,看出昆虫产卵时在胀开那张湿润的厚肚皮,看出夏娃在望着挂在树上的禁果想尝尝味道。有了这些,再加上鲭鱼浮出水面时那淡灰蓝色的一瞥,方坦·拉图尔[1]画的苹果在你眼里就成了炸肉卷儿。

真正的艺术家并不用不道德来替代道德。相反,他总是用美好的道德来替代粗野的道德。一旦你懂得了一种美好的道德,粗野的道德就变得相对不道德了。

宇宙犹如大海父亲,犹如一条承载着一切的大河在缓缓地移动。我们在移动,漫漫岁月的岩石也在移动。因为我们在移动,永远在移动,没有任何可以明辨的方向,所以这种移动是没有我们看得见的中心的。对我们而言,这个中心时刻都在变动。甚至北极星也不固定在北极。去吧!我们面前已经无路可走!

除了与我们相伴而行、身处其间和相互作对的事物保持一种真实的关系之外,我们别无其他办法可想。苹果与月亮一样,依旧有看不见的一面。海洋中的潮汐运动会把它的另一面朝我们转过来,或者把我们朝它的另一面转过去。

除了与同他接触着的宇宙保持一种真实的关系之外,人别无其他办法。古时候有个拉美西斯,他能坐如磐石,对一切事物视而不见,周围的一切全凭内心来静静感受。米开朗琪罗的亚当第一次睁开眼睛,看得见九重天外那位毫无表情

---

[1] 方坦·拉图尔(1836—1904年),法国画家,以静物与花卉画著称。

的老人。[1]特纳能够摸摸索索地爬进客观的光线世界张开着的嘴巴,爬得只剩一双脚后跟还隐约可见。正如大河裹挟着与它关系各不相同的人滚滚向前一样,人也必须这样度过他的一生。

每一种事物,包括有生命的和无生命的,都卷挟在它自己古怪的、缠绕着的涌流中滚滚而去,任何事物,甚至包括人、人格化的神,也包括人想象到、感受到或者认识到的一切,都不是固定不变或者持久永恒的。一切都在动。除非与其周围世界、与同它同流并进的事物处在活生生的、属于它自己的联系之中,任何东西都不是真实的、美好的或者正确的。

艺术构思是对创造的涌流中不同事物与不同因素之间的关系的认可。你不可能发明一种构思。你是在第四维度上认可它。那就是说,不仅要用上你的双眼,而且还要把你的血肉、你的筋骨融合进去。

古代埃及人与生机蓬勃的莽莽宇宙有一种美妙的关系,这种关系在现实中只是隐约可见。非洲黑人的视觉朦胧但血的感知却强烈,因而时至今日,他们仍然给我们以奇怪的形象,我们的眼睛看不清这种形象,但我们清楚他们压过我们一头。拉美西斯那默默无言的高大塑像宛如一滴水,多少世纪以来一直挂在黑暗之中,但是从未静止过。非洲人的偶像

---

[1] 指米开朗琪罗作于西斯廷教堂的壁画,画的是上帝造人的故事。

纹丝不动，栩栩如生地立在那里。然而这样一个一动不动的小木偶却比帕特农神庙[1]上所有的壁垣更能鼓动人心。它坐落在任何柯达相机也拍摄不到的地方。

至于我们，我们有柯达式的眼光，一切零散的东西要么聚在一起，要么快速晃动。就好比电影，上下抖动但绝不向前移动。[2]彼此不连贯的图像没完没了地变换着，嘎吱嘎吱地拼在一起，数英里长的"快照"全在晃动，但是每一张都不能向前移动或发生变化。一个死图像的万花筒在机械地摇晃。

我们所自吹自擂的"意识"的确就是这样由一些僵死的视觉图像构成的，和电影一样，没多少别的东西。

让塞尚的苹果永远从桌子上滚下去吧。它们按自身的规律活在自己的环境之中，而不是按柯达或者人的规律而生存。它们只是偶然地和人联系在一起。但对那些苹果而言，人绝不是绝对的。

我们与宇宙之间的一种新关系就意味着一种新道德。尝一口塞尚的那些摇晃的苹果吧，方坦·拉图尔的那些钉死了的苹果是所多玛[3]之果。假如现状是天堂，去尝这种新苹果的确是一种罪孽。但既然现状是牢狱而远非天堂，那么我们就阔步向前吧。

---

1 雅典卫城里供奉希腊雅典娜女神的主神庙，建于公元前5世纪。
2 劳伦斯那个时代的电影技术不成熟，就是这个特征。
3 因居民罪恶深重而被上帝焚毁的古城，见《圣经·创世记》。

作画[*]

人不得不自食其言。我记得我曾经断言——也许我也白纸黑字地写过——能够画的一切都画过了，能够涂的每一笔画都已涂上画布。视觉艺术已进死胡同。在不惑之年我自己却突然开始作起画来，而且还为之神迷。

然而这一年访遍巴黎的画店，观赏过杜飞们和基里科们[1]的画幅与日本人藤田[2]的那些长着珍珠眼的裸体画后，同样的厌倦之情席卷而来。他们都是那么作假，尽管费过不少工夫。他们根本就无物可画。其中间或有一幅弗里埃斯[3]的

---

[*] 作于1929年4月，首次发表于《创造性艺术》1929年7月号。
[1] 杜飞（1887—1953年），法国画家，由印象派转为野兽派，将物体夸张变形，求得装饰效果。名作有《三把伞》、风景画《尼斯》等；基里科（1888—1978年），意大利画家，超现实主义画派的先驱，代表作为希腊神话人物画。
[2] 音译，不详。
[3] 弗里埃斯（1879—1949年），法国野兽派画家，作品《春》《秋日劳动》等有立体派倾向。

优雅的花卉画或者洛朗森[1]的吸墨纸画似乎还称得上佳作。至少在这些画中还有一丝半缕的感情的自然流露。与那些大画家相比，够鸡毛蒜皮的，但不管怎么说，它们是真实的。

那么我自己又如何呢！我猛不丁闯进绘画中做些什么呢？我是作家，应该守住墨水瓶。我已经找到了表情达意的媒介，为什么当我年届四十之时又突然想起尝试另一种呢？

事已如此，我别无选择。要不是玛丽娅·赫克斯利拿着四幅她家里不用了的大画卷（其中一幅已被她捅破）来到我们佛罗伦萨附近的家中把它们赠送给我，也许我一生之中永远也不会作出一幅真正的画来。但是那些可爱的画卷一铺开来就太诱人了。那时候我们刚刚刷过屋子里的门窗，所以还剩着一点油、松脂和粉末颜料，这是从一家意大利店铺里买来的。有几把用来漆房子的刷子。还有一张画布，那位不知姓甚名谁的主人已经画了一个开头——画布是泥灰色的，上面画的是一个红发男子的轮廓。这个开头画得古怪又丑陋，作画的青年还算聪明，没有再画下去。他心中肯定没有任何作画的冲动。在绘画方面他一窍不通；也许他心中有点儿东西，但是还保留在心里，只露出了一点点泥灰色的"架子"。

就这样，仅仅是出于涂满那一画面、除掉那片泥灰色玩的想法，我便坐在地板上，画布则撑在一把椅子上，身边摆

---

[1] 洛朗森（1883—1956年），法国女画家，受野兽派和立体派的影响，风格简洁、细腻、色彩丰富，以擅描绘优雅而略显忧郁的妇女形象著称，作品有《聚会》等。

— 作画 —

着漆房子用的刷子，颜料则放在一把小焙锅中。我沉浸在画布之中。当眼前摆着一张空白画布，手中握着一支沾满湿湿的颜料的大画笔，正准备跳进去的时候，对我来说这可是最为兴奋的时刻。就好比纵身跳进池塘之中，然后开始狂乱地游起来。我个人觉得那就像是在急流之中挣扎，既觉得相当恐惧又觉得非常激动，喘着气朝你的全部价值游去。内行人的眼睛会洞察管窥，但是画完全出自本能、直觉，完全是一种肉体运动的结果。一旦本能与直觉到了画笔尖上，画就水到渠成，如果准备作的是一幅画的话。

至少我的第一幅画就是这么来的——我将那幅画取名为"神圣的一家"。几个钟头的工夫就画出来了，男人、女子、孩子、蓝衬衫、红披巾、暗房子——都很毛糙，但我个人觉得还算得上一幅画。奋力挣扎是以后的事。但是画本身已在第一阵冲动时就喷涌而出，否则根本就出不来。只有当画已成型，人才能努力使它变得完美。

我们的时代是一个清醒有余的时代。我们认识得太多，我们感受得太少。我和画家们相处的时间很多，在画室里也待过很久，他们就把所有的理论塞进了我的喉咙，这些理论之间太矛盾。人得像鸵鸟一样长一个大砂囊才能消化得了现代艺术理论中的那许多铜钉铁钉。也许所有的现代艺术理论——这些根本就不可能消化得掉的理论——就像鸵鸟砂囊中的钉子一样，的确有助于把艺术家灵魂中的情感与审美的食物磨碎，使它们都能得到消化，但是它们别无其他用处。

就连中和作用也没有。现代艺术理论使得真正的绘画变得全无可能。在绘画中你只能找到一些为理论做的注解，一些批评性冒险和一些异想天开的否定。而否定中的那一星半点的异想天开（比如杜飞与基里科的画中）也许只是逃脱了理论并且拯救了绘画的那一点点东西。你高兴的话就把一切都变成理论吧，但是当你开始作画时还是闭上你的理论眼，凭本能与直觉去运用它为好。

我本人向来喜爱绘画，或者说绘画艺术。我从来没有上过艺术学校，我一生之中只上过一堂真正的绘画课。但是在"作图"方面我还是训练有素的——我是指立体几何类、石膏模型类和制钉铁丝类的作图。我觉得立体几何类的作图中包含了所有基本透视原理，还是有用的。但制钉铁丝类与石膏模型光与影一类就有害了。我素来反感石膏模型与制钉铁丝的轮廓，很早以前我就断言我"画不成画"。我画不了画，所以单靠自己就做不成任何事情。当我真的动笔写生，画出一瓶瓶的花、面包与土豆，或者小巷里的小屋时，其结果并不怎么令人兴奋。大自然在我眼里多少有点儿像石膏模型，那些米勒弗的石膏头像或者"死去的格斗士"的形体从青年时代起就令我烦躁不安。只要我在它面前坐下来开始作画，那"物体"（管它是什么名称）总是让我觉得有一丝反感。所以，我就理所当然地认为我不可能正经地作画。也许我是不能。但是我非常相信我能作出画来，这才是这一方面的关键所在。绘画的艺术在于绘画，但许许多多的艺术家离作好

— 作画 —

画还相隔十万八千里,却照样画满了一张张的画布。

我是通过临摹别的画——通常是些复制品,有时甚至是照片——来学画的。当我还是孩子时,我多么全神贯注啊!临摹的是杂志里的一些精美而毫无价值的风景画复制品。我画到水彩都几乎干了,一笔一画地画着,每次画半平方英寸,每一平方英寸都画得工工整整,就好像是在创作拼花图案,根本就没有想过我是在涂一大片的水彩。这种每次集中精力画几小时,每次画一英寸的方法是完全错误的。然而当那些临摹之作完成时,它们还真的让我高兴了一阵——它们中有一种生命的光彩,在我眼里那就是美。一幅画是由于你注入了生命才会富有生机的。如果你不注入生命——不注入激情、强烈的愉悦或者视觉的兴奋——那么就像许多画一样,不管注入了多少毫不马虎而且非常科学的劳动,这幅画都是死的。即使你只是在临摹一幅纯粹是平庸的复制品上的一座古桥,你对这座古桥,或者其氛围,或者它在你心中激发的一个意象产生的强烈而愉悦的感受也能重现在纸上,并且赋予一个平庸的概念以某种生命。

任何一种艺术家都需要一种纯洁的精神。每一所艺术学校都必须写下这样一句校训:"学有所成者是精神之纯洁者,因为他们的王国是神圣的王国。"但我们所说的"精神之纯洁"是指精神方面的纯洁。艺术家也许放浪不羁,用社会的眼光来看也许是流氓恶棍。但是如果他能画一位裸体女人或者几只苹果,如果他能把它们画成活灵灵的形象,那么他在精神上就是纯洁的,在作画的时候,他的王国就是神圣的王国。这就是包括视觉艺术、文学和音乐在内的一切艺术的起点:保持精神上的纯洁。精神上的纯洁不同于善。它比善更难做到而且更接近神圣。神圣不仅是善,而且是一切。

人们可以从自然之物中看到神圣;我今天就从竖在长长的花梗上弱不禁风的、可爱的山茶花中,从巴塞罗那的街上这些密密麻麻、灿烂夺目的花摊上就看到了神圣。它们不同于平常那些肥硕的山茶花,而是更像栀子花,娇嫩嫩、静悄悄地屹立着,我觉得它们就像一幅画。所以,现在我能将它们画出来。但假如我买下一大把,然后面对着它们"写生",那么我准会失去它们。睁开眼睛瞪着它们,我就会失去它们。我已从经验之中领会到。这只是个人的体验。有些人似乎只有盲目地瞪着自己才能获得想象力,比如塞尚;但这样瞪着会毁掉我的想象力。那就是为什么在学校里我总是不能"画"的原因。有人以为画的就是目睹的东西。

人们能够细察、审视并从中获得最好的想象力的东西就是想象力自身,即想象中的意象。这就是我为我从未受过任何训练,而是通过临摹他人的画来自己训练自己而感到高兴的原因。随着我日益雄心勃勃,我临摹了李德的风景画、弗兰克·布朗文的漫画式作品及彼得·德温特与格廷的水彩画。我对在我年轻时由《画室》分八部分出版的英国水彩画家作品系列真是感激不尽。八辑中我只有六辑,但它们对我来说是无价之宝。我怀着极大的乐趣临摹着它们,发现

– 作画 –

其中有一些极难临摹。我在临摹那些水彩画复制品中所付出的劳动肯定不比大部分现代学艺术的学生在他们所有学习岁月中付出的少。我从中受益匪浅。我不仅学到了许多画水彩画的技法（任何临摹从保罗·桑比、彼得·德温特和格廷到弗兰克·布朗文和布拉巴松等印象派的英国水彩画的人都会明白他需要多少技巧），我还丰富了我的想象力。我相信人的想象力是只有通过与想象力本身的紧密接触才能得到丰富的，也就是说，通过了解绘画作品——真正富有想象力的作品，通过反复琢磨它们和真正融入它们之中去。融入一幅画中是一种巨大的乐趣。但是这需要一种精神的纯洁性，需要除掉庸俗的感官乐趣，尤其要除掉很少有人知道怎样才能除掉的庸俗的接触。啊，要是艺术学校只教这些那该多好！要是它们说的不是"这幅画画错了，画得不正确，画得糟糕"，而是"这不是旨趣很低吗？这不是感觉迟钝吗？那不是一条没有感觉到其中的微妙生命的僵硬的曲线吗？"，那该多好！——但是艺术受到了完全错误的对待。它被当作科学来对待，其实它不是科学。艺术是一种宗教，但没有属于社会的"十诫"之类的玩意儿。艺术是一种极其微妙的觉悟与谐和的形式——即一种一致性，物我融为一体的状态。但是这种大谐和给人快乐吗？我只能把它当作一种快乐的形式来看待。

在我一生中我时不时地回过头去作画，因为它给我带来一种文字绝不可能带来的快乐。也许文字中的愉悦更奥妙，因此也更属于无意识。在绘画中能意识到的快乐当然更浓烈。我回过头去画画是为了寻找真正的快感——我所谓画画是指临摹，要么用油画颜料、要么用水彩颜料临摹。我觉得我得到的最大的快感是在临摹安吉利科[1]的《逃往埃及》[2]和洛伦策提的底比斯巨画时获得的，这两幅画我都是对着黑白照片临摹，然后自己涂上色彩；也许比威尼斯的卡巴秋[3]的名画更让人快慰。这时我才真正认识到，一幅杰作中的每一条曲线、每一个姿势中都注入了多么强大的生命。纯洁的精神、敏锐的感悟、描绘出一幅内心图画的强烈渴望，全部同时体现在画面之中。相比之下，英国人的水彩画显得薄弱，法国人与佛兰芒人的则显得肤浅。伦勃朗的伟大作品我从未临摹过，尽管我过去比现在更喜爱它们；鲁本斯[4]的画我从未试过，尽管我素来非常喜爱，但他的画似乎太驳杂。但是我临摹过德霍赫[5]、凡戴克[6]以及其他一些我忘记了姓名的画

---

1 安吉利科（1387—1455年），意大利画家，作品富有线条节奏感和明快的装饰色彩，主要为祭坛画与教堂壁画。
2 此画应为意大利画家乔托之作，劳伦斯有误。
3 卡巴秋（1450—1525年），意大利画家，擅长肖像画，代表作为《圣·乌尔苏拉传奇》。
4 鲁本斯（1577—1640年），佛兰德斯画家，所作神话、历史、宗教、肖像、风景等均构图气势磅礴，色彩富丽。名作有《农民的舞踏》《戴帽子的女人》等。
5 德霍赫（1629—1681年），荷兰风俗画家，以画内景与阳光著称，主要作品有《荷兰庭院》《摇篮旁的妈妈》等。
6 凡戴克（1599—1641年），佛兰德斯画家，英王查理一世的宫廷画师，作品多以宗教、神话为题材，尤以贵族肖像画著称。

— 作画 —

家的作品。然而这些作品中没有一部像意大利人的那样给我一种发自内心的震动,比如卡巴秋的作品,那幅存于国立美术馆的美丽的《普罗克利斯之死》,那幅存于尤非齐美术馆、描绘红袜秀腿的《婚礼》,还有帕都亚人乔托的作品。我那时候肯定临摹过很多幅,从中得到过无数的乐趣。

这时手中突然有了一张空白画布,我发现我自己可以作一幅画。在空白画布上作一幅画,那才是关键。等我真正有了勇气一试身手,我已是四十岁的人了。后来作起画来就一发不可收。

现在我已经学会了离开物体来画,不要模特,也不要技巧。有时我直接对着模特作水彩画,但是这样总是把"画"给毁了。只有当画已经画成时我才能运用模特;这时我才能看一看模特,看我的画在哪些细节方面不成功,或者是为了对一些我觉得不令人满意但又不知其所以然的地方做些更改。这时候模特也许能给我一些启示。但在开始作画之时,模特只会把画毁了。画必须完全是出自艺术家对构图与形象的内心感受。我们可以称之为记忆,但它要高于记忆。当它活在意识之中时,它是一个像梦幻之物一样栩栩如生的意象,但又是不可知的。我相信在许多人的意识中都有活生生的意象,将这些意象挖掘出来会给人带来极大的乐趣。可是他们不知道从何下手。而教育只会妨碍他们去挖掘。

我觉得画里面是包含着愉悦的,否则就不能称其为画。皮埃罗·德拉·弗朗西斯卡、索多玛和戈雅那些极为忧伤的画中尚且还具备真正的绘画中那种无法言表的愉悦。现代评论家们发表过很多关于丑的言论，但是我从来没有见过有哪一幅真正的画是丑的。画的主题可能是丑的，可能具有一种令人恐怖、痛苦，甚至厌恶的色调，就像在格列柯的画中一样，然而奇怪的是，这一切都被画中的愉悦扫荡而去。没有哪位艺术家在绘画时不是伴随着这种奇特的营造意象的愉悦的，甚至最忧郁的艺术家也是如此。

为《查泰莱夫人的情人》辩护

由于各种盗版的《查泰莱夫人的情人》纷纷出笼,我不得不在1929年推出一种廉价的普及本,那是在法国出的,售价为六十法郎,希望至少能满足欧洲读者的要求。那些盗版者(当然是在美国)真可谓反应灵敏、行动快捷,佛罗伦萨的正版到美国还不及一个月,第一个盗印版就已经在纽约上市了。那是照真本影印的摹真本,读者还满以为买到的是正宗原版呢,卖书的也不乏可靠的书商。盗印本的价格通常是十五美元,而真本为十美元,购书者还蒙在鼓里,根本不知道其中有诈。

人们对这一果敢的尝试群起仿效。有人告诉我还有一个摹真本,我手上就有一册,不知是在纽约还是在费城印的。书用了暗黄色布封,绿色的书名,是影印的,上面还有盗印者家的小男孩模仿的我的签名。脏兮兮的,一看就令人觉得可恶。这一版本是1928年年底从纽约运抵伦敦的,以三十先令的价格出售。正是在这一时候我在佛罗伦萨出了第二版,仅印二百册，价格为一基尼。我本打算再等上一两年的，但不得不对付这种黄封面的盗印本，可惜我印得太少，黄色的盗印本仍有流通。

后来又有一个非常严肃而悲哀的本子到了我手上，装订得像本《圣经》或者赞美诗集，长长的，黑封面，很沉闷。这一次，盗印者不仅严肃而且认真。他印的扉页不是一页而是两页，每页上都有小花饰，代表美国银鹰，鹰头周围是六颗星，鹰爪子里火星四溅，鹰的四周月桂花环相绕，以示他在最近这次文学劫掠中所取得的赫赫战功。总之，这是一个居心叵测的本子，就像大海盗基德船长涂黑了脸，在为那些被蒙住眼在突出舷外的木板上行走、即将葬身龟腹的俘虏布道。盗印者为何要加一个假封面使书变长呢？我不清楚。所产生的效果是使人格外郁闷不堪，看似高雅实则可恶。这本书当然也是影印的。签名倒是省去了。有人对我讲，这个故作悲哀的大本子的售价十一、二十、三十、四十、五十美元不等，这就得看卖书人兴致如何，买书人愿不愿意上当了。

上面所说的三种美国盗印本是肯定有的。我还听人提起过第四种盗印本，但既然我没有亲眼看见，姑信其无吧。

然而，一家巴黎书商又盗印了一万五千册，还堂而皇之地标明"德国印刷"。不管是不是德国印刷，但肯定是印刷的，而不是影印的，因为原版中一些拼写错误都已纠正过来。这是一个很体面的本子，和真本非常相似，只是缺了签名，封底的边缘还饰有黄绿色丝绸，假还是无法乱真，这一盗印本的批发价是一百法郎，而零售价则三百法郎、四百法郎、五百法郎不等。一些厚颜无耻的书商竟然伪造了签名，把书当作有作者签名的原版出售。但愿不是真有其事。听起来"商业界"也太脸上无光了。但是也有一些书商对盗印本根本就不予理睬，这倒给了人些许安慰。不论道德上还是商业上的顾虑都使他们却步。还有些人卖是卖，但不怎么热心。显然，他们都愿意卖作者授权的本子。看来道德良心还真在反对盗版中起了作用，尽管作用没有大到使他们不越雷池一步。

这些盗印版都没有得到我的任何形式的授权，我也不曾得到分毫的利益。不过，一位有点儿忏悔之意的纽约书商真的给我寄来了一些美元，他声称那是他店里卖出的所有书所应给我的百分之十的版税。"我知道，这只是大水桶里的一滴。"他是这样写的，他的意思当然是大水桶里流出来的一滴。既然一滴也是不错的一小滴，可想而知盗印者得到的是多么可爱的一大桶！

我从欧洲的盗印者那里收到一纸姗姗来迟的应诺，他们发现书商们顽固不化，就许诺不管是以前卖出的还是以后卖出的书，都给我版税，条件是我得认可他们的版本。哎，我转而一想，在这个你不敲诈他他就敲诈你的世界上，何乐而不为呢？然而真的到了那份儿上，自尊心又作怪了。犹大随时准备给耶稣一吻，这可以理解，但我怎能给盗印者一个回吻呢？

于是我千方百计地把在法国出的那个价格低、印数少的版本出版了，按原版影印下来，以六十法郎的价格出售。英国出版商极力主张我出一个洁本，并许以高回报，甚至可能是一小桶，孩子们在海边玩的那种桶！他们还坚持要我给大众一部好小说瞧瞧，去掉那么些"色彩"和那么些"字眼"。我真的动心了，便开始修改起来。但不可能，我宁愿用剪刀把自己的鼻子剪成另一个样子！我的书在流血。

尽管讨伐的呼声四起，我还是将这部小推出来了，我认为它是一本诚实的书、一本健康的书、一本我们时代不可或缺的书。那些一开始耸人听闻的字眼过一会儿就不会再"耸人"。是头脑被习惯剥夺使然？绝不是。这些字眼只"耸人"眼睛，根本就不耸人头脑。没头脑的人将继续受"耸"，但他们无所谓。有头脑的人认识到他们不会也从不曾受"耸"，他们体悟到的是一种欣慰。

这就是关键所在。时至今日，我们人类的进化和开化程度已远远逾越了我们文化中与之俱来的那些禁忌。看清楚这一事实是非常重要的。对那些东侵的十字军教徒来说：可能仅仅几个字就会起到某种我们意想不到的呼唤和挑逗作用。那些所谓淫言秽语的这种挑逗性对本性蒙昧、混沌、残暴的中世纪人来说肯定是危险的，甚至对当今那些思想落伍、头脑欠发达的人来说，这种挑逗性也仍然是太大了一点儿。但是，真正的文化使我们对一个词语做出的反应只存在于思维和想象方面，这些反应发生在头脑中，我们就不至于产生激烈而任性的肉体上的反应，不至于有伤风化。在过去，人类由于头脑太简单或者说太原始，无法对自己的身体和身体的各种功能进行反思，因而被各种不可抗拒的本能反应搞得不知所措也就理所当然。时过境迁，文化和文明已教会我们把这些反应分门别类开来。我们现已清楚，行动并不一定遵循思想的章法，事实上，思想与行动、言辞与行为是两种不同的意识、两种不同的生活。坦率地说，我们需要把这两者沟通起来。但我们行动时不能思想，思想时不能行动，因而就有必要随思想而行动，随行动而思想。而事实上，我们沉于思想时是不可能真的行动起来，行动时也无法真正思想起来。思想和行动这两种状态是彼此排斥的，但又应该和谐一致。

这就是这部小说的真正要害所在。我的目的是要饮食男女能充分、全面、诚实而又不下流地对性进行思考。

即使我们在行动上无法得到性的充分满足，那么我们至少也得在性的思想方面全面一点儿、干净一点儿。什么处女与贞洁犹如一字未写的白纸一张之类的言谈，纯粹是扯淡。少男少女就是一个折磨人的结，一团性情感与性思想的剪不断理还乱的麻，只有岁月才能解开。在性方面，我们想要真实完美又纯洁，想要完全又彻底，想要性行为与性思想和谐一致、互不相扰，就得经年累月地坦诚地思考它，经年累月地用行动来为之奋斗，只有这样才能最终达到这样的境界。

我绝对不是要妇女们都去猎一个狩猎人做恋人，绝对不是要她们跟什么人跑。不论男女，他们在戒除性事、没有性交往、洁身自好的时候是他们最幸福的时候，同时也是他们对性理解认识得更全面的时候，现在这样的人太多太多。我们的时代是一个认识的时代而不是行动的时代。过去行动真是太多了，性行动尤甚，行动在一次接一次地重复（烦不烦？），却并没有做出相应的思考、相应的认识。现在我们要做的是认识性。充分自觉地认识性的重要性在今日甚至超过了性行为本身。走过了几个世纪的蒙蔽之后，我们的头脑需要了解，需要全面地了解，真的，我们的血肉之躯被搁置得太多。现在当人们在进行性活动的时候，一半的时间是在例行公事，因为他们想的是照理应该这么做。而事实上，起先是头脑，而身体还没有激发起来呢。究其原因，那就是我们的祖先一直是这么勤勤恳恳地进行性活动而压根儿就不曾想到甚至意识到自己的肉体，现在性行为又变得机械、乏味、令人失望，而只有新的思想认识才能使体验新起来。

在性方面，的确，在所有肉体活动方面，思想都得迎头赶上。我们的性思想停滞不前，那种蒙昧、那种魍魉般的卑躬屈膝的恐惧本应属于我们那些原始而野蛮的祖先，却至今仍在我们的头脑中挥之不去。就性和肉体这方面而言，我们的头脑还没有进化。现在我们必须迎头赶上，必须在对肉体的感觉与对感性经验的理性认识和感觉与感性经验本身之间达成一种平衡，在行动的意识与行动本身之间达成平衡，使二者和谐一致。这就意味着给性一种适当的尊严，给肉体的

— 为《查泰莱夫人的情人》辩护 —

奇特的体验一种适当敬畏,这就意味着敢于使用所谓的淫秽词语,因为它们本来就是思想意识和肉体的天然的一部分。只有当头脑鄙视和恐惧肉体、肉体仇恨和抗拒思想的时候,淫秽才会产生。

我们读一读巴克上校的案情就会明白是怎么回事。巴克上校女扮男装,娶了位妻子,并和妻子在"天伦之乐"中度过了五年,可怜的妻子一直以为嫁给了一位真正的丈夫,过的是正常而幸福的生活。这桩假婚姻终于败露,对这位可怜的妇女来说,谁都认为是残酷的。这种事情真是荒谬。然而,现在可能还有成千上万的妇女在这样受骗,并且还将继续受骗。为什么?因为她们一无所知,因为她们不可能想到性的存在,在这方面她们是白痴。最好让所有十七岁的少女都来读读这本书。

那位兼任校长的牧师一案也是明证,这位可敬的人物多少年来都是"圣洁而品行端正的",可是年届六十五岁之时却因侮辱小女孩而坐到了被告席上。这一事件发生之时,那位老之将至的内务大臣正在疾声鼓噪要对两性之事闪烁其词、保持缄默呢。难道那位最正直又"纯洁"的老绅士之事一点儿也没让他噤喏声?

可是,一如既往。头脑对肉体、对肉体的潜力仍旧抱有一种卑躬屈节的恐惧。在这些方面我们要解放、要教化的恰恰是头脑。被头脑对肉体的这种恐惧逼疯的人恐怕数不胜数。像斯威夫特之类的大思想家之所以会癫狂,至少可以部分地从这一原因追究起。在他写给情人西利亚的诗中有这样一句疯狂的叠句:"但是——西利亚,西利亚,西利亚大×。"可见当一位大思想家恐慌了的时候,恐惧对他产生的后果是多么严重。斯威夫特这样一位大才子竟然不知道自己荒谬到了何种地步! 西利亚当然大×! 谁不? 她要是不,那才真的糟透了,那就没救了。想想西利亚也真可怜,她的"情人"竟使她因自己正常的生理功能而感到无地自容。真可怕。这就是禁忌语的后果,这就是在肉体和性意识方面,头脑发育不全的结果。

清教徒式的"嘘! 嘘!"声培育出来的是性白痴,形成鲜明对照的是我们现代活泼放纵、趣味高雅的年轻人,他们可要进步得多,才不会理你的"嘘! 嘘!"声,而是一味地"我想做啥就做啥"。害怕肉体、否定肉体的存在是一个极端,如今的先进青年又走到了另一个极端,他们把肉体当成了一个供娱乐的洋娃娃,一个有点儿龌龊的洋娃娃,当然你多少能找到点儿乐趣,但总有一天它会拆你的台的。你说性很重要,这些年轻人就会嗤之以鼻,他们把它当作鸡尾酒一杯,还以此来嘲弄尊长。这些年轻人先进又高雅,一本《查泰莱夫人的情人》对他们来说算什么,太简单太普通了。几个下流的字眼不算什么,对待爱情的观念也很老式。有什么大惊小怪的? 鸡尾酒一杯! 他们说这本书讲的还是十四岁的小男孩的心理。但是,十四岁的小男孩对性还有那么一点本能的敬畏和正当的恐惧,他的心理比那些"鸡尾酒一杯"的

– 为《查泰莱夫人的情人》辩护 –

年轻人的心理要健康，他们什么也不放在眼里，脑袋里除了玩弄生活的洋娃娃之外什么也没有，性就是主要的洋娃娃之一。这些疯狂青年，真是埃拉加巴卢斯[1]！

所以，对那些陈腐守旧、在现代社会很可能变成淫荡之徒的清教徒来说，对那些潇洒放纵、无所不敢、想到做到的青年人来说，对那些文化低下、头脑不洁、想找的就是污秽的人来说，这本书是没有容身之地的。但是我想对那些人说一句：想堕落你们就堕落吧，你们去守着清规戒律吧，你们去潇洒放荡吧，你们去头脑污秽吧，但我还是坚持我书中的观点：只有当精神和肉体取得和谐、自然而然地彼此平衡、自然而然地彼此尊重，生活才会不是受罪。

显然，现在既没有平衡也没有和谐。肉体充其量不过是精神的走卒，更有甚者，是个玩物。人们所谓保持"健康"不过是保持身体良好的工作状态，为的是干活，青年人花那么多时间来保持健康，却没有意识到自己是在自我专注、自我陶醉。头脑中有一套刻板的观念和"感情"，肉体不过是照章办事，就像一条训练有素的狗想乞讨一点儿糖吃，管它想不想吃糖，即使它想猛不丁地痛咬那只要握的手一口，也还得握握那只手。现在男人女人的肉体就是这样一条训练有素的狗。这么说对那些自由、解放的青年来说最恰当不过。因为这条狗受的训练是来做一些以往的狗从未做过的事，他

---

[1] 埃拉加巴卢斯：古罗马皇帝，以淫荡与残酷著称。

们就自诩为自由、充满真正的生机，是上等货。但是他们非常清楚并非如此，就像生意人一样清楚，自己大错特错了。人们并非真的是狗，只是看上去像狗、行动起来像狗。肚子里满是委屈、痛苦和不满。就其本质天性方面而言，肉体已经死了或者麻痹了。它所拥有的只是杂技团里的狗的第二生命，演戏与卖弄，完了就瘫倒。

它自己还能有什么生命呢？肉体的生命成了感觉与感情的生命。肉体感受到真正的饥、真正的渴，感受阳光或白雪中的真正的欢欣，感受玫瑰花香或紫丁香美的真正乐趣，感受真正的怒、真正的悲、真正的爱、真正的柔情、真正的温暖、真正的激情、真正的憎恨、真正的伤心。所有这些感情都属于肉体，只是由思想意识到。我们听到的可能是最令人伤心的坏消息，而感觉到的仅仅是一点点情绪上的波动。然而，几小时过后，也许是在睡眠中，意识可能会传到肉体的中心，真正的悲伤折磨起心来。

思想中的感情与真正的感情有天壤之别。如今，许多人从生到死从未拥有过任何真正的感情，尽管他们显然过着"丰富的感情生活"，表现出强烈的思想感情，但这全是虚假的。有这么一种魔术，名叫"秘影法"，一个人站在镜台前，镜子反射出他从腰到头的部分身体，而观众看到的是从头到腰，随后他的倒影又朝下，变成腰在上头在下。不管在魔术中这意味着什么，这就是今日的我们的写照，我们那有活力、有感情的自我已荡然无存，而只是从头脑向下的一个倒影。我们的教育一开始就教会了我们某一套感情，什么是该感觉到的，什么是不该感觉到的，怎么去感觉我们允许自己感觉到的感情。其他一切均是不存在的。对任何好的新书的庸俗的评价就是：真的谁也不曾有过那样的感觉！——人们允许自己感觉的就那么几种优雅的感情。上个世纪就是如此。这种限制自己感觉的做法最终扼杀了所有感觉能力，在深层的感情领域则什么也感觉不到，这在我们这个世纪已变成了现实。严格意义上的深层感情已经死了，不得不伪装。

深层感情一词我们指的是各种形式的爱，从真正的欲望到温柔的爱情，对同胞之爱和对上帝之爱，我们指的是爱、欢乐、高兴、希望、真实的愤慨，对公正与不公正、真理与谎言、荣誉与耻辱的强烈感受，以及对任何事物的真正信仰，因为信仰也是头脑所默许的一种深沉的感情。现在，所有这些东西都已或多或少地死了，取而代之的是这些感情上喧噪而感伤的冒牌货。

从来没有哪个年代比我们的年代更多愁善感、更缺乏真情实感、更虚情假意。多愁善感和虚情假意已成为了一种游戏，人人都想胜过自己的邻居。任何时候无线电和电影里放的都是虚情假意，目下的报纸杂志与文学也是如此。人们在虚情假意中打滚，生活在虚情假意里而且以它为生，浑身上下都有虚情假意渗出来。有时，人们在虚情假意中过得似乎还很悠然，然而久而久之，他们就垮下来，破碎了。你可以长时间在自己的感情方面愚弄自己，但不可能永远愚弄下去。肉体总有一天会向你发起反击的，而且是无情的反击。

至于其他人，你可以用虚情假意永远愚弄大多数人，可以在大部分时间内愚弄所有的人，但不可能永远愚弄所有的人。一对年轻人坠入虚假的情网，而且一直在欺骗自己、欺骗对方，然而虚假的爱情是好蛋糕却不是好面包，其结果是一种可怕的感情消化不良。接着是一桩摩登的婚姻，随之就是一次更摩登的离异。

虚情假意带来的麻烦就在于，无人能得到真正的幸福，无人能得到真正的满足，无人能得到任何安宁。人人都沉湎于虚情假意之中，却又急不可耐地要摆脱它。他们急匆匆地摆脱张三的虚情假意，却又投进了李四的虚情假意，从王五的到赵六的，从电影到广播，从天涯到海角，变动得越多，越是那么回事。

在现在的虚情假意中，爱情居首位。年轻人会告诉你，首先这是一个最大的骗局，如果你真的拿它当回事看。爱情是件好事，如果你把它看得淡，当作一种娱乐，但是一旦你郑重其事，你就会失望得要命。

年轻女子们说，没有一个真正的男人值得爱；年轻男子们说，没有一个真正的姑娘可以诉说衷肠。于是他们就和假男人假姑娘恋爱下去，这就意味着你不可能有真实的感情，不得不虚情假意，因为人总是得有点儿感情的，比如在恋爱中，想得到真实感情的年轻人毕竟还是有的，可为什么就是得不到呢？他们惶惑至极。尤其是在恋爱中。

可是在时下，尤其在恋爱中，却只有虚假的感情存在。我们受到过的都是这样的教育，在感情方面谁也不要相信，从亲生父母起，或者说到亲生父母为止。有感情对任何人也别动真的，这就是今天的口号。甚至钱也可以托付给别人，但感情绝对不能。不然它们将定遭践踏。

我们生活在一个从表面上看却又十分真实的社会信托制度下，但是我相信任何一个时代都不会比我们的时代人与人之间更互不信任。我的朋友中鲜有人会扒我的口袋，也不会让我坐到一把会伤我身体的椅子上，但我的真实感情却会成为所有朋友奚落的对象。他们也无法自已，时代精神嘛。爱情如此，友情也如此，因为它们之中都包含有一种最根本的同情。虚假的爱情就是这样产生的，谁也躲它不开。

有虚假的感情就不可能有真正的性。性这东西你是无法真正欺骗它的。在感情欺骗这种最恶劣的欺骗中，性是中心。感情的骗局一旦到了性，就必定破产。但在接近性的过程中，感情的欺骗却是步步加剧，直到到达顶点然后破产。

性与造作的感情水火不容，不可两立，它尤为痛恨的是那种互不相爱却假装相爱甚至想象自己爱过的人，这是我们的时代现象。当然，这一现象任何时代都有，只是在我们这个时代最为普遍。人们以为自己爱得如胶似漆，难舍难分，多少年来一直以为自己是理想的一对儿，瞧！突然之间，最深沉、最强烈的恨却降临了。如果这恨在年轻时没有出现，直到年轻的一对儿步入中年，性方面发生巨变之时，它还保存在那儿。就等风云乍起！

在我们这个时代，男男女女一旦曾经"爱过"，他们彼此的仇恨就太强烈了，没有任何事情比这恨的强度更令人吃惊，更令人惊愕。它来无影去无踪，但如果你跟人关系密切，便随处可见，打杂女工身上有，情人女友身上也有；公爵夫人身上有，警察的妻子身上也有。

如果你忘了对男男女女而言，恨都是由反对虚假的爱情而生的一种生理反应，那就大事不妙。现在所有的爱都是假的，千篇一律。所有的年轻人都知道恋爱中应该如何去感受，应该如何去行事，而且就那么去感受和行事。这就是虚假的爱情。他们会遭报复的，十倍的报复。性，以及男女的性机体，你变着戏法将虚假的爱情硬塞给它，即使它本身付出的也只是假爱情，积压到一定的程度它是会转变成致命而不顾一切的愤怒的。爱情中的虚假成分最终会使人的最深处的性疯狂，或者将它扼杀。即使它最终将扼杀掉性，但是说它常会使内在的性暴跳起来更可靠一点儿。发怒的时候总会有的，奇怪的是，在这一爱情游戏中，谁对性的冒犯最深，谁就越是怒火冲天，而那些多多少少真诚地爱过的人即使受骗最大也总是要温和些。

真正的悲剧在于，我们谁也不是铁板一块，谁也不全是假爱，谁也不全是真爱。在许多婚姻中，尽管假东西成堆，但男女双方又都还有那么一点点真东西在闪光。在一个对假事物格外警觉，对感情尤其是性感情中的骗局与冒牌货格外疑心的年代，因虚情假意所产生的愤怒与不信任很可能会压倒甚至熄灭那一团真正的、真诚的爱的小火，这团小火本来是可以使夫妻两人生活得快快乐乐的。悲剧就是这样诞生的。很容易产生一种只对虚假的感情和感情欺骗唠叨个不休的危险，大多数"先进"作家正是这样的。当然，他们这样做是为了抵制那些感伤的"甜派"作家的茫茫骗局。

也许我应该将我对性的观感略述一二，我一直在为此而蒙受众口一词的攻击。前些天，一位"正经"的年轻人对我说，"我说，我无法相信英格兰会通过性而获得新生。"我能说的只有这么一句："你肯定没法相信。"像他这样一个可怜兮兮、忸忸怩怩、自我陶醉的和尚，还有什么性可言呢？他对性的意义一无所知。在他看来，人只有头脑，或者说是毫无头脑。对这种人只能一笑置之，他四处寻找笑柄或者真理，自己却紧闭在自我这层壳中，因而寻找也是枉然。

如今，当那些才华横溢的年轻人（比如上面这位）跟我谈论起或者讥讽性的时候，我一言不发。无话可说。但是我心里厌恶极了。对他们来说，性的意义简单明了，那就是女人的内衣，和那么一阵摸索。他们遍谈《安娜·卡列尼娜》这类的爱情文学，也博览阿芙洛蒂特的雕塑和绘画，这些都是令人赞不绝口的名作。然而一到现实中，性，如今在他们眼里就沦落为俗气的年轻女郎和昂贵的内衣。不论是牛津的青年精英还是普通的劳动百姓，均是如此。在一个游人如织的避暑胜地曾发生过这样一个故事：城里来的女士找了一个山里青年做"舞伴"，一起消了一个夏季（或许要短一些）的暑。挨到9月末，消暑的游客几乎走光了。这位山里的农家小伙也跟他那位京城里来的"女士"说过拜拜之后，就四处闲荡。如是有人问他："噢，是约翰啊！你在想你的那位女士吧！""没有的事！"他回答说，"只是她那漂亮的内衣才真叫人留恋呢。"这样的故事四处可见。

对他们来说，那就是性的全部意义——不过是装饰品。英国就靠这玩意儿来重焕生机？天啦！英国也太可怜了。在他们让英国重焕生机之前，英国先得让她的青年人身上的性重焕生机。需要新生的不是英国，而是她的青年。

他们谴责我野蛮，说我想把英国拉回到原始时代。但是我发现，野蛮和原始的却是这种对性的粗俗愚昧、这种性方面的死气沉沉。那种把女子的内衣看成她身上最刺激的部分的男子就是野蛮人。野蛮人就是如此。我们读到过野蛮女子的故事，她一件一件地连套三层外衣，以此来刺激她的男人，这是真的。真的是粗俗得令人作呕，竟把性当作了一种本能行动和宽衣解带的一阵摸索，在我看来，这是一种低级的原始和野蛮。在性这方面，我们白种人的文明是粗俗的、原始的，而且是丑陋野蛮的，英美两国尤其如此。

萧伯纳就是明证。我们文明的这位伟大拥护者说，穿上衣服能产生性，脱光衣服则会扼杀性——说的是裹得严严实实的女子和我们当今那些光胳膊、露大腿的姐妹。他还嘲讽教皇要把女人包裹起来，说世界上最后一位懂得性的人是欧洲牧师的首领，最能解答性问题的人则是欧洲妓女的首领（如果有这么一个人的话）。

在此，我们至少看到了我们的重要思想家们的轻率和世俗。如今那些半裸的女子在那些裹得严严实实的男子的眼里当然挑逗不起性情感，但这样的男子同样也挑逗不起女子的情感。但是为什么？为什么现在的裸露女子比萧伯纳先生那裹得严严实实的女子激起的性情感要少得多？如果把它仅仅看成一个裸与裹的问题，那就有些不明智了。

当女子的性本身就是能动的和活跃的之时，那么它就是一种超越她的理智的一种力量。它自会散出其特有的魅力，逗得男子心向往之。而女子得保护自己，尽可能地把自己裹起来。她出于羞怯和庄重而给自己蒙上面纱，因为她的性本身就是一股力量，能唤起男子的欲望。如果女子的性是活跃的和主动的，又像如今的女子一样把肉体裸露出来，那么男子会为她而疯狂。《圣经》中的大卫王就是这样为拔示巴而疯狂的。[1]

但是当女子的性丧失了其能动的召唤力，处在一种僵死或者不活跃的状态中，这时女子就会想方设法去吸引男子，原因很简单，那就是她发现她对男子不再具有吸引力了。所以，所有原本是无意识和令人愉快的行为如今却变成有意

---

[1] 见《圣经·撒母耳记（下）》。

的和令人反感的了。女子的肉体暴露得越来越多，而她越暴露，男子就越是在性方面对她表示厌恶。但是我们不要忘了，当男子厌恶性时，他在社会上就会受到刺激。现在这二者是相互悖反的。从社会的角度看，男子喜欢半裸女子的挑逗，喜欢她半裸着身子招摇过市。这是潇洒，这是反叛和独立的宣言，这是现代，这是自由开放，这是时髦，因为这是绝对无性或者反性的。现在男子和女子都不想感受到真正的欲望。他们要的是虚假的、精神的替代物。

但是我们人都是些非常复杂的动物，有着各种各样的，而且常常是彼此对立的欲望。那些极力怂恿女子变得非常大胆和性冷淡的男子恰恰就是那些抱怨女子没有性感最厉害的男子。女子也是这样。那些极度崇拜在社会上吃得开、对男子很冷漠的女子恰恰是那些最尖酸地骂他们"不是男人"的女子。现在在公共场合，在社会上，人人都要虚假的性。可是在他们一生中的某些时候，任何一个个人都会对虚假的性深恶痛绝，而且，越是那些平日看重它的人到头来也许就是那些最痛恨它、最痛恨别人身上虚假的性的人。

现在的姑娘们可以把自己裹得只剩一双眼睛露在外面，穿起古典的硬布衬裙，梳起高高发髻，如此等等，尽管这样一来她们也许不会像我们的那些半裸女子一样让男子变成铁石心肠，但是她们同样也不会散发出真正的性的魅力。如果根本就没有性可以裹了，那么裹也毫无益处，至少也是益处不大。男子通常是心甘情愿地受骗，有时明知那裹着的里面什么也没有，但还是愿意受骗。

关键在于，当女子在性方面充满活力、浑身都颤抖着性的魅力时（这并非她们的意愿），她总是雅致地把自己遮盖起来，披盖上一层又一层的衣服，1880年的那些摆阔气的裙撑之类的东西不过是即将来临的性冷淡的一个先兆。

当性具有魅力的时候，妇女们千方百计地乔装掩盖，而男子则在夸张炫耀。教皇要求女子在教堂把裸露的肉体遮盖起来时，他所反对的其实不是性，而是女子不顾礼义廉耻的没有性的鬼把戏。教皇和教士们的结论是，女子半裸着身子在大街上和教堂里摇来摆去，这不仅在男子，也在女子心里产生了一种"亵渎神圣"的坏思想。他们说得对。但其原因并非这样会挑逗起性欲，这不会，至少也是很少会有挑逗作用。这一点连萧伯纳先生也清楚。但是当女子的肉体竟挑逗不起任何欲望时，肯定是出了大毛病，令人伤心的大毛病。因为如今女子们裸露的臂膀唤起的是一种轻浮、厌世、庸俗的情感，如果你对教堂还有任何尊重的话，你就绝不该带着这种情感走进神圣的教堂。按照意大利的传统，如果女子光着膀子进教堂，那就明摆着是对教堂的不尊。

天主教（尤其是南欧的天主教）既不像北欧的教会一样反对性，也不像萧伯纳先生之类的社会思想家一样不计较性。天主教不仅认可性的存在，而且还把婚姻看成是以性的融洽为基础的一种神圣的誓言，为的是生儿育女。但是在南欧，生儿育女就不像在北欧一样单纯是一种科学的事实和行为。在那里，生儿育女至今仍和神秘的感官与古老的过去联系在一起。男子有可能是创造者，因而头上有一层光辉。所有这一切都被北欧的教会和萧伯纳式的琐碎逻辑剥得一干二净。

但是，在北欧已经丧失的这一切，南欧的教会都试图把它保存下来，它们知道这是生命的根。男子如果还想过上作为父亲和丈夫的完美和充实的生活的话，那么这种作为未来的创造者和立法者的感觉对于日常的生活来说也许就是不可或缺的。对男女双方来说，白头偕老的心理对取得内心的宁静也许是必不可少的。即使这种婚姻给人一种命中注定的感觉，它仍然是必要的。天主教才不会费时间去警醒世人在天堂既没有婚姻也没有婚姻的赠礼呢。它强调的是：如果你结婚，你就从一而终！而人们接受这种信条，接受这种命运，接受这份庄严。在牧师看来，性暗示着婚姻，婚姻暗示着幸福的生活，教会暗示着伟大的生命。

因此在教会看来，性的魅惑并不是要命的东西。倒是那些公然与性作对的赤裸的臂膀、轻浮、"自由"、厌世、不恭的举止才真是要命得多。性在教会看来也许是淫秽的或者亵渎神圣的，但绝不是厌世的和无神论的。而当今妇女们的光膀子则有可能是厌世的和无神论的，是一种危险而庸俗的无神论，教会自然会反对。无论如何，欧洲的牧师首领比萧伯纳先生更懂得性，因为他更了解人类的自然本性。他积累了一千年的传统经验，而萧伯纳先生则是一夜之间冒出来的。

作为戏剧家的萧伯纳先生冒出了那么些招数,来表演现代大众的虚假的性。他无疑演得出。最廉价的电影也演得出。但同样也明显的是,尽管他似乎一点儿也不怀疑性的存在,但是真正的人的性之内里他却连边儿也摸不着。

同时,萧伯纳先生还把欧洲的妓女首领看作是与他平起平坐的人物,建议人们向他而不是教士的首领请教性问题。这种并列是公正的。欧洲的妓女首领肯定和萧伯纳先生一样懂得性。正如萧伯纳先生一样,这位欧洲的妓女首领肯定对人们矫揉造作的性,对这种用戏法造出来的假冒的上等货色如数家珍。也正像他一样,妓女首领对男人身上真正的性一无所知,真正的性随着季节和岁月的节奏常变常新,有冬至时的严寒,也有复活节的热烈。妓女首领肯定对此一无所知,因为当了妓女,她就必然会丧失掉它。但就算到了这步田地,她也比萧伯纳先生懂得多。她懂得男子的内在生命中的确存在博大精深的、富有节奏的性。因为她一而再、再而三地奋起反抗过它,所以她懂。在世界上所有的文学里,妓女都是以极度的性无能的面目出现的,说她留不住男人,说她对男人本能的忠诚深为愤怒,世界历史表明,这种忠诚和他喜欢杂交的本能的不忠几乎同样深刻和强烈。世界上所有的文学都表明,男人女人身上这种本能的忠贞是多么深刻,他们是何等渴望得到这种本能的满足,他们又是何等烦恼于自己无法找到真正的忠诚。这种忠诚的本能也许是我们称之为性的这一伟大情结中最深刻的一种本能。哪里有性,哪里就潜伏着对忠诚的渴望。妓女因为奋起反抗这种渴望，所以她了解它，她只能留住没有真正的性、只有虚假的性的男人，而这些男人正是她鄙视的。真正的有性的男人必然会离开她，因为在她那里，他们真正的欲望不可能得到满足。

妓女首领深深地懂得这些。教皇如果愿意费神来想一想的话，他也很懂，因为这一切都存在于教会的传统意识里。但这位戏剧家首领对此却一无所知。在他的性格中有一块古怪的空白。在他看来，所有的性都是不忠，而且只有不忠才称得上性。婚姻是没有性、没有用的。性只能通过不忠来表现，所有性的女王就是妓女首领。如果婚姻中冒出了性的果实，那是因为婚姻中的一方另有私情，想要变得不忠。不忠才是性，妓女们对此深有体会。而妻子们在这方面却一无所知，也一无所是。

这就是戏剧家首领和思想家首领给我们这代人的教导。而芸芸大众则对他们的观点全盘接受。性这东西无一例外都是下流的。除了下流，除了不忠和私通之外，性是不存在的。我们那些以轻浮刚愎的萧伯纳先生为首的主流思想家早已把此类胡言宣教得纤悉无遗，差点儿是众口铄金了。性除了以卖淫和泄欲的私通这种种虚假的形式出现之外，几乎不再存在。因而婚姻是空洞的、虚假的。

现在性与婚姻是至关重要的问题。我们的社会生活建立在婚姻之上，社会学家们则说婚姻建立在财产之上。人们发现婚姻是保存财产与促进生产的最佳方式。这就成了婚姻的全部。

但是真是如此吗？我们现在正处在反抗婚姻、激烈地反抗婚姻的种种约束和限制的痛苦之中。事实上，现代生活中的不幸至少有四分之三可以归咎于婚姻。现在无论是已婚的还是未婚的，鲜有人不对婚姻制度是深恶痛绝的，鲜有人不认为婚姻是一种强加在人类生活之上的制度。人们对婚姻的反感远甚于对政府的反感。

几乎人人都想当然地认为，一旦我们能够找到一条冲破婚姻之路，婚姻将立即被废除。苏联废除了婚姻，或者说曾经一度废除婚姻。假如还会冒出什么新的"现代"国家来，几乎可以肯定它们会如法炮制。它们会试图用某种社会制度来取代婚姻，废除这遭人恨的婚姻的枷锁。国家供养母亲，国家供养儿童，妇女赢得独立。这是列入了每一场伟大的社会改革计划的日程中的事。这当然就意味着婚姻的废除。

我们得问问我们自己的唯一一个问题是：我们真的想废除它吗？我们想要妇女绝对独立，想要国家供养母亲与儿童，从而就必然地废除婚姻吗？我们要这样吗？因为问题的关键在于，要让男子和女子做他们真正想做的。尽管我们必须记住，在我们这里和在任何地方一样，男子有双重欲望，即粗浅的欲望与深刻的欲望；个人的、表面的、暂时的欲望与非个人的、内在的、通过漫长的历程才能满足的大欲望。一时的欲望一望就知，而其他深层的欲望就难了。我们那些思想家首领的职责是把我们深层的欲望告诉我们，而不是为了那些小小的欲望而在我们的身边尖叫个没完。

教会是建立在对至少是人的某些最重要、最深沉的欲望的认可之上的，这些欲望需要好多年，或者整个人生，甚至几个世纪才能得到满足。尽管教士过着独身生活，尽管教会可以建立在像圣彼得或者圣保罗那样遗世独立的石头之上，可是事实上它却是建立在坚不可摧的婚姻之上。假如使婚姻出现严重的不可靠、不牢固，假如毁坏了婚姻的永恒性，教会就会坍倒。瞧瞧英国国教衰落到了何等地步吧。

其原因就在于教会是建立在人类的谐和之上的。而在基督教世界里谐和的首要因素是联姻。无论你称之为联姻、婚姻纽带，还是什么别的东西，它都是维系基督教社会的根本的系带。割断它，你就会回到基督教时代以前存在过的、由国家主宰一切的那种状态中去。罗马时代的国家拥有一切权力，罗马时代的元老代表国家，罗马时代的家庭是家长的财产，可谓天下之土莫非王土。在希腊也是一样，尽管人们对财产的永久性没有那么强的要求，但是对暂时的占有则欲望极强。家庭在希腊要比在罗马不稳定得多。

但是无论在希腊还是罗马，家庭是男子的家庭，家庭又代表着国家，也有（或者曾经有过）家庭是妇女的家庭的国家。还有家庭基本上不存在的国家，也就是那些由教士掌管着一切的教士国家，在那样的国家里教士起着家庭的作用。后来又出现了苏维埃国家，在这种国家里，家庭也是不存在的，个人由国家直接实施机械的管理，这正如在古埃及那样的宗教大国里一样，国家通过教士的监督和仪式直接控制每一个个人。

现在的问题是：我们是想前进呢，还是想倒退到上面所说的任何一种形式的国家管理中去呢？我们喜欢由皇帝一统天下的罗马帝制呢，还是喜欢共和制呢？我们是从我们的家庭和自由着眼想成为希腊群岛上某一个城邦国家里的希腊自由民呢，还是愿意将自己想象成古代埃及人，回到那种一切都由教士管、一切都通过仪式来实现的古怪状态中去呢？

就我个人而言，对这些东西我都不得不大说一声"不！"，说过之后我们又不得不回过头来想想那句名言：基督教对人的社会生活的最大贡献可能就是婚姻。基督教给世界带来了为我们所了解的婚姻。基督教在国家的大一统之内建立起了家庭这个小小的自治领地。基督教在某种意义上使得婚姻不可侵犯——不受国家的侵犯。也许正是婚姻给予了人最大的自由，在国家这个大王国之内给予了他一个归他掌管的小王国，给予了他一个维护自己的独立和反抗不公正的国家的一个立足之点。丈夫和妻子就是国王和王后，他们统率一两个臣民，掌管归他们自己所有的方寸领土。这就是真正的婚姻。不论对男子、女子还是孩子来说，这都是一种真正的自由，因为这是一种真正的实现和满足。

那么，我们想打破婚姻吗？如果我们真的打破它，那就意味着我们将落到由庞大得多的国家的直接支配之下。我们想受国家（任何国家）的直接支配吗？我是肯定不想的。

教会造就了婚姻，使它成为一种神圣之物，一种在性的交流中将男女联结成一体，除非死亡，永不分离的神圣之物。而且即使由于死亡而分离，也仍然没有脱离婚姻的约束。就个人而言，婚姻是永恒的。婚姻使得两个不完整的个体结合成一个完整的整体，使男子的灵魂与女子的灵魂终身都在一起得到和谐的发展。婚姻是神圣不可侵犯的，它是一条使男女双方在教会的精神统治之下和谐地获得尘世的满足的大道。

这是基督教对人类生活做出的伟大贡献，可是却经常受人忽视。这对人来说是不是朝着实现完美生活的方向迈出的一大步呢？是还是不是？婚姻对人的自我实现是一个巨大的帮助，还是一种挫折呢？这的确是一个大问题，人人都得做出回答。

假如我们用非国教的新教观点来看待自己，认为我们都是些孤立的灵魂，我们至高无上的事业就是拯救自己的灵魂，那么婚姻肯定是一种阻碍。如果我只是为了拯救自己的灵魂，我最好把婚姻抛在一边。那些当和尚和隐士的肯定是这么想的。如果我只是为拯救他人的灵魂，我就更应该抛弃婚姻，去当使徒和传教圣人。

但是假如我既不热衷于拯救自己的灵魂，又不在乎拯救别人的灵魂，假如我坦率地承认我对拯救一无所知呢？"获得拯救"在我看来只是一派胡言，自以为是的胡言。假如我不能理解"救世主"与"拯救"这些玩意儿，假如我认为灵魂必须通过终身的努力才能得到发展和完善，必须永远得到维持和滋养，得到发展和进一步的完善，那又怎样呢？

这样我就认识到，婚姻（或者某种类似于婚姻的东西）是必不可少的。旧式的教会最理解人持久的需要是什么——这种需要超越了朝来暮去的短暂的需要。教会建立起婚姻为的是生活，为的是让灵魂的活灵活现的生命得到实现，而不是让它挨着搁着去享受来生。

旧式的教会懂得生活有我们的一份，应该去享受，应该在生活中得到满足。本笃会的清规戒律，阿西西的方济各的苦修苦炼，都是教会的永恒的天堂中的闪光。生活的节奏就是由教会时时日日、年年月月、一个时代又一个时代地保存下来传授给人们的，那种短暂的耀眼的闪光得与永恒的节奏合拍。当我们在南欧、在乡野，每当黎明、中午、日落时刺耳的钟声响起，钟声与弥撒或者祷告的声音合成一片，这时我们就感受到这种节奏的存在。我们在节日里、在行列仪式里、在三王节、在复活节、在圣灵降临节、在圣约翰节、在万圣节和万灵节，都感受到它的存在。这是岁月的车轮在滚滚向前，是太阳在从冬至向春分移动，是季节的来临和流逝。这同时又是男男女女心中内在的节奏：四旬斋的哀伤、复活节的欢乐、圣灵降临节的神奇、圣约翰节的烟花、万灵节时坟茔上的烛光、圣诞节时亮堂堂的圣诞树，这都表明男男女女心中情感的节奏被激活了。男子以男子的方式体验着情感的伟大节奏，女子则以女子的方式体验着，当男子与女子的节奏和谐合拍时,这节奏就完美了。

奥古斯丁说,上帝每天都创造出一个新世界。这一说法对有活力、有情感的灵魂来说是正确的。每一次黎明都把曙光洒在一个全新的宇宙,每一次复活节都用一轮全新的光辉照亮一个布满新花的新世界。男男女女的灵魂以同样的方式焕发新机,他们的生活充满无穷的欢乐和永不消退的新奇。所以男女之间终其一生都是新鲜的,婚姻的节奏与岁月的节奏和谐一致。

性是宇宙中阴阳两性的平衡体,吸引、排斥、中和,新的吸引、新的排斥,常变常新。四旬斋是漫长的中和期,人们情绪低落,复活节的亲吻带来欢娱,春天带来性的狂欢,仲夏带来激情,秋天是缓慢的衰败、反抗和悲愁,再一次的灰暗,然后是冬日漫漫长夜的猛烈刺激。性随着一年四季的节奏变化而在男男女女的身上不停地变化。太阳律动的节奏就是人跟大地的关系。噢,当人割断了他与岁月的节奏的联系,破坏了他与太阳和大地的和谐,那可是灭顶之灾啊。噢,当爱被当成了一种纯属个人的情感,与日出日落脱离了关系,与季节变化失去那种神秘的联系,那该是什么样的灾难,对爱来说又是怎样的残害啊!这正是我们身上出的问题。我们的根在流血,因为我们失去了与大地、太阳和星星的联系;爱变成了龇牙咧嘴的嘲讽,因为我们把可怜的花朵从生命之树的躯干上拔了下来,还满以为它会在桌子上我们那只文明的花瓶里长开不谢呢。

– 为《查泰莱夫人的情人》辩护 –

婚姻是人类生活的线索，但是没有任何婚姻是离得开滚滚向前的车轮和左摇右摆的地球、离得开漂泊的行星与光彩夺目的恒星的。男子在黎明时分与在日落时分难道不是判若两人？女人不也一样？神秘的生命之曲难道不正是由他们那不断变化的谐和音与不谐和音组成的吗？

难道整个的人生不都是如此吗？男子在三十岁、四十岁、五十岁、六十岁、七十岁时都是不相同的，陪伴在他身边的女子同样在变化。但是在他们的不同之间难道就没有一点点奇特的关联吗？在年轻的时候，在孩子出生的时期，在青春期和孩子幼小的时期，女子的生命发生痛苦的转折的时期又是一种更新的时期，在激情衰退但欢乐的柔情更甜美的时期，在阴暗的、因人而异的死亡临近的时期——当男女相视无语，隐约地感觉到分离而又不是真正的分离的时期，在所有这些时期，难道就没有某种特殊的和谐？难道没有某种看不见、不可知的平衡、和谐、完美在相互起着作用？不正如一首无声的交响乐一样，随着节奏从一个乐章过渡到另一个乐章，各个乐章彼此不同，千差万别，然而又是由男女双方奇特的、互不相容的生命用无声的曲调奏出的同一部交响乐吗？

这就是婚姻，神秘的婚姻，在今生今世得到实现的婚姻。我们可以完全相信，在天堂是既没有婚姻又没有婚姻的赠礼的。所有这一切都必须在今生得到满足，否则，它就永远不可能得到满足。那些伟大的圣徒，甚至包括耶稣在内，他们活着不过是为了给神圣永恒的婚姻增添新的满足和新的美。

但是——这个"但是"就像一颗子弹令我们伤心裂肺——如果婚姻不是永远地建立在阳物的基础之上，不与太阳、地球、月亮、恒星与行星联系在一起，不与时时日日、年年月月的节奏和谐一致，它就不能成为婚姻。婚姻如果不与血的脉动相应和，它就不能成为婚姻。因为血是灵魂的载体，是最深层的意识的载体。决定我们的存在的是血液，决定我们的生存、活动和存在的是心脏和肝脏。只有在血液中，知识、生命、感觉才浑然一体，不可分离，任何毒蛇和智慧的苹果都不能导致它们分离。所以只有当结合是血液的结合，婚姻才成为真正的婚姻。男子的血液与女子的血液是两股永不相同的流水，永远泾渭分明。就连从科学中我们也明白这个道理。因此，它们是两条围绕着整个生命而流动的河，在婚姻中这两条河合成一个完整的圆，在性生活中，这两条河相互接触，彼此更新，但又永远不会相混合。阳物就是填满女子血液的河谷的一根血柱。男性血液的大河接触着女性血液的大河的深底，然而谁也不会冲破彼此的疆界。这是极为深刻的交流，实际上，所有的宗教都懂得这一点。这是一个最伟大的谜，几乎每一次新婚仪式都表明了这点，表明神秘的婚姻的最高成就。

这种交流，两条河的这种接触就是性行为的意义所在。打一个老的比方说就是：幼发拉底河与底格里斯河及其围绕着的美索不达米亚平原，这片土地就是天堂或者伊甸园，就是人类的发祥之地。正如所有的宗教都懂得的,这两条河环行的线路,这两股血液之流的交流——而不是任何其他东西——就是婚姻。

丈夫与妻子是两条血液之河,两条性质永不相同的河。它们能够彼此接触、交流和更新,使对方焕发新生,而又不冲破那两条微妙的界线,不会搅和到一起来。阳物是这两条河之间的交接点,它将这两条河连成一体,永远使互不相容的两条河形成同一条环行的线路。这种一体性是双体性经过一生一世的时间逐渐发展而来的,它是时间或者永恒所取得的最高成就。孩子、美、雅致之物等一切属于人类的东西,人类的所有真正的创造,都是从这种一体性之中萌发出来的。我们所知道的上帝的意志就是,他希望有这么一个统一体产生,在今生今世得到完善——这个统一体就在人类的两股伟大的血液之流中产生。

男人会死亡,女人也会死亡,这也许会使他们的灵魂彼此分离,重新回归造物主。谁知道呢?但是我们知道,从人性的角度看,男女的血液之流在婚姻中合为一体,使得宇宙完整了,使得太阳的涌流与星星的涌流完整了。

当然,还存在与之相对应的东西,也就是那矫揉造作之物。还存在虚假的婚姻,如今几乎所有的婚姻都像是虚假的。现代人身上只有个性,当两个人都对对方的个性感到"惊奇"的时候,也就是,当他们在家具、书籍、体育或者娱乐方面志趣相投的时候,当他们喜爱和对方一块"聊"的时候，当他们钦佩对方的"思想"的时候，现代婚姻随即产生。这种思想和个性方面的共鸣是异性之间建立友谊的良好基础，但是因此而建立婚姻却会是一场灾难。婚姻必然是从性行为开始的，而性行为现在是、过去是、将来仍然是在某种意义上与男女之间的精神和个性关系相敌对的。由两种个性组成的婚姻终将以肉体的深仇大恨而告终，这几乎成了一条公理。一开始，两个人彼此忠贞不渝，最后却彼此仇恨，这种仇恨他们自己都说不明道不清。他们试图掩盖这种仇恨，因为这让他们感到羞耻，然而，尤其是当他们厮守在一起时，这太让他们痛苦不堪了。对那些个性强的人来说，婚姻中小小的不快日积月累，很快就会超过极限而一发不可收拾，那股怒气就接近疯狂。而这一切都没有说得清的起因。

而真正的原因则是，异性之间专注于神经、头脑和个人爱好方面的共鸣是与血液方面的共鸣相敌对的。现代的个性崇拜对异性之间的友谊是极佳的，对婚姻则是致命的。总而言之，现代人最好别结婚。这样他们就能更忠实于自己的本真个性。

但是不管结婚不结婚，要命的事总会发生。假如你只懂得个性的共鸣与个性的爱，愤怒与仇恨总有一天会占据灵魂，因为血的共鸣与血的接触受到了挫折，遭到了拒绝。若是独身，这种拒绝会腐烂消亡，而如果结婚，这种拒绝就会导致愤怒。而现在，这种愤怒犹如惊雷暴雨，是再也不能避免的。这是精神现象。关键在于，性完全被用来推动个性与个性的"爱情"的发展,而不是用来获得性的满足或实现。实际上,"个性"婚姻中的性行为很可能远比"血婚姻"中的多。女子朝思暮想着一位永远的情人,而相比之下,她在个性婚姻中容易得到这样一位情人。可是,他有的是永无止境的欲望,却一事无成,什么也满足不了,于是乎,她就恨起他来!

我谈论性是一个错误。我一直在说,性意味着血的共鸣与血的接触。从理论上讲是这样。可是事实上,几乎所有现代的性都纯粹是一种神经方面的事,冷淡而且毫无血性。这就是个性化的性。这种苍白的、冷淡的、神经性的、"诗意的"、个性化的性,会产生一种非常独特的生理与心理效果,这就是现代人对性的全部了解。男女身上的两股血流就像血的激情与血的欲望一样涌动着,汇聚到了一起。但是涌动着的血欲望的接触是积极主动的,会使血液焕发新生;而在这种神经性、个性化的欲望的强求之下,接触着的两股血流却相互摩擦和毁灭,从而使血液变得苍白和枯竭。个性化、神经性或者精神性的性对血起着破坏作用,起着分解代谢作用;而热烈的血欲望之下的交媾则起着新陈代谢作用。由神经性性行为导致的分解代谢可能会产生暂时的狂喜,使精神高度亢奋。但是这正如酒精或者毒品的发作,是血液中某些细胞发生分解的结果,是一个枯竭的过程。这是现代人精力不济的诸多原因之一。性活动本应该是振奋精神、恢复元气的,如今却令人精疲力竭、萎靡不振。所以,当上面那位年轻人说他不相信性能使英国重获生机时，我不得不赞成他的观点。既然性在现代全是个性化与神经性的，其结果就必然是萎靡不振和精神崩溃。现代性活动的这种崩溃性影响是不容否定的。也许比手淫略胜一筹，手淫就更为致命。

我终于开始明白批评家们为什么对我推崇性的作用横加指责。他们只懂得一种形式的性。事实上，在他们看来也只有一种形式的性——神经性的、个性化的、分裂性的、苍白的性。这种东西可以被吹嘘得天花乱坠，但我们切不可以对它抱有任何希望。我非常同意，我非常同意他们所说的话：靠这种性，英国是毫无重获生机的希望的。

同时，我也看不出一个无性可言的英国还会有什么重获生机的希望。一个丧失了性的英国在我看来似乎是毫无希望的，也没有人对它抱有大的希望。尽管在这样的一个人们通常所理解的性既非我所指又非我所求的地方侈谈性，也许我是在犯傻，但我仍然无法苟同，无法相信丝毫没有性的英国能获得新生。一个没有性的英国——听起来真令我绝望！

而另一种性则是热烈的、属于血液的，它能使男子与女子建立活生生的联系，能使他们获得新生，我们如何重新获得这种性呢？我不知道。但是我们必须把它找回来，要么是由年轻的一代把它找回来，否则我们都会迷失方向。因为通往未来之桥是阳物，可是它却到了穷途末路。可是，我们不要现代的"神经"之爱的那可怜的、神经的虚假阳物。不要它。

— 为《查泰莱夫人的情人》辩护 —

因为生命的新冲动如果没有血的接触是永远不会到来的；我说的是真正的、积极的血的接触，而不是神经性的消极反应。而主要的血的接触是发生在男女之间，向来都是如此，永远都将是如此。这就是积极的性的接触。同性恋的接触即使不是对男女间因精神上的性造成的不满的唯一替代物，它也是次要的替代物。

如果英国需要获得新生（这是那位似乎觉得需要"新生"的青年人的原话，他用的就是这个词儿），那么它只能靠一种新的血接触、一种新接触、一种新婚姻来获得。这将是一种阳刚之气的新生，而不是一种性的新生。因为阳物是男子身上神圣的生命力与直接的接触的唯一一个古老而伟大的象征。

这同时也是一种婚姻的更新——转变为真正具有阳刚之气的婚姻。更进一步说，婚姻将与富有节奏的宇宙重新融于一体。我们是无法脱离宇宙的节奏的，否则我们的生命将痛苦地枯竭。基督教的先驱们试图将宇宙仪式古老的异教节奏抹杀掉，而且还取得了某种胜利。他们抹杀了行星与黄道带，这也许是因为占星学已被贬为打卦算命的玩意儿。他们想要抹掉一年四季中的节日。但教会懂得，人并非独自地过着生活，而是与旋转的日月星辰生活在一起，于是就恢复了那些异教徒几乎全部的神圣节日，那些信奉基督教的农民就像异教农民一样根据日出日落来安排饮食起居，在日出、日落和晌午时分（这是一天之中太阳的三大时刻），他们停下手中的活儿来做祷告。然后是远古以来的七日一周中的祭日，还有主殉难和再生的复活节、圣灵降临节、施洗约翰节、十一月亡灵祭拜节，还有圣诞节、三王节。多少世纪以来，芸芸众生就是在教会的统率下以这种节奏生活的。宗教只有把它的根扎在民众之中才能永恒。一个民族一旦失去了宗教的节奏，它就死了，没有希望了。但是新教的传播给人们的生活中一年四季的宗教和仪式般的节奏来了当头一棒。新教教徒几乎使这一点成为事实。现在你看到的是一个可怜、盲目、支离破碎的民族，他们只能用政治和法定假日来满足自己对运转中的宇宙及其永恒的规律的活生生的要求。婚姻作为一种伟大的要求，也因为丧失了伟大的规律的支配、丧失了本该永远支配生命的宇宙节奏，而蒙受同样的苦难。人类必须找回宇宙的节奏，找回永恒的婚姻。

所有这些都是为我的小说《查泰莱夫人的情人》写的附言或者随感。人有卑微的需求，也有深层的需求。我们疯狂地、错误地为追求卑微的需求而生，终于有一天，把我们的深层需求丧失殆尽。有卑微的道德，即关于个人与人的卑微需求的道德，只可惜我们就靠这种道德而生活。但还有伟大的道德，即关于所有妇女、所有男子，以及所有国家、民族和阶级的道德。这种伟大的道德在长时间里影响着人类的命运，符合人的伟大需要，而且经常与满足卑微需求的卑微道德发生冲突。悲剧意识还告诉我们，人的一个伟大需要就是对死亡的认识与体验，每个人都有认识自己身上的死亡的需要。前悲剧与后悲剧时代的伟大意识告诉我们——尽管我们尚未进入后悲剧时代——人最大的需要就是永远地更新生与死的全部节奏、太阳年的节奏、人的一生中生理年的节奏、星星年的节奏，以及灵魂的不朽年的节奏。这就是我们的需要，我们紧迫的需要。这是头脑、灵魂、肉体、精神、性等一切的需要。想用言辞来满足这么一种需要是无济于事的。任何言辞、任何理性、任何语言都无法办到。该说的话大都已经说过，我们只需凝神聆听。但是谁来让我们关注行动，关注岁月与季节的大行动、灵魂的轮回的行动、女子与男子的生命合为一体的行动、漂泊的月亮的小行动、太阳的大行动，以及比太阳更大的星星的最大行动呢？现在我们应该学会的是生命的行动。我们自以为已经学会了言辞，可是呢？瞧瞧我们吧。我们也许是语言精，事实上是行动狂。现在让我们做好准备，让我们现有的"卑微"生命去死，让大生命在与日换星移的宇宙的接触中再生吧。

这实际上是一个关系问题。我们必须与浩瀚的宇宙重新建立起有生气、有助益的关系，其方法是通过日复一日的仪式——这是各家各户的家常之事——黎明、晌午和黄昏时饮食与祷告仪式、生火与泼水的仪式、呼第一口气与最后一口气的仪式。这是各家各户饮食起居的仪式，天天都有。月之阴晴圆缺、星之朝降暮升的仪式是男女有别的。季节更迭的仪式属于集体，是男男女女的共同行为，是整个集体汇聚一起列队起舞，表演灵魂的戏剧与激情。星星年中的大事则是国家与整个民族的仪式。我们必须回到这些仪式中去，否则就必须由我们来转动它们以适合我们的要求。因为实际的情况是，我们由于没有满足我们的深层需要而正在枯萎，我们切断了自己与使内心获养料与新生的伟大源泉——在宇宙中永恒地流动的源泉——的联系。至关重要的是，人类正在死亡。人类就像一棵被连根拔起的大树，根底朝天。我们必须将自己栽种到宇宙之中去。

这就意味着返璞归真。但是我们得重塑那些古朴的形式，这比宣传福音书还要困难。福音书告诉我们，我们全都获得了拯救。可是我们看看今日的世界吧，我们会意识到，人类非但没有从罪孽（管它是何种罪孽）中被拯救出来，反而失去了生命，失去了一切，几近虚无与灭绝。我们得往回走，走过漫漫长路，走到理想主义观念开始以前，走到柏拉图以前，走到生命的悲剧理念出现以前，直至重新回到我们起步的地方。因为福音书上所宣传的通过理想救世和逃离肉体樊笼与关于人生的悲剧观念是一致的。拯救与悲剧是同一回事，是同一事物的两个侧面。

回到理想主义宗教和哲学兴起，从而把人引入悲剧的歧途的时代以前去吧。人类最近三千年的历史走的是一条引入理想、空灵和悲剧的歧途，如今这条歧途终结了。这就好比剧院里一场悲剧的剧终。舞台上尸横遍地，更糟糕的是这一片僵尸什么意义也没有留下，大幕却已落了下来。

而在生活中，大幕是永远不会落下来的。死尸依旧躺在那里，一动不动，总得有人来清扫这些尸体，总得有人把戏演下去。这是以后的事。如今悲剧与理想主义时代已成过去。剩下的主角们已经完全呆滞不动。然而我们还得往前面演。

那些伟大的理想主义者本质上是些悲观主义者，他们认为生活不过是徒劳的冲突，所以，即使到死也要避开它。现在我们得重建那些被他们摧毁了的伟大关系。释迦牟尼、柏拉图、耶稣，就其对生活的态度看，他们是三位彻底的悲观主义者，他们的训谕是：幸福只有在脱离了凡俗生活的抽象自我中才有，幸福超脱了平日的生死成败，而存在于"永世不变"的或者永恒的生活之中。然而，在接近三千年之后的今天，我们几乎已经被完全从季节、生死和成败的富有节奏的生活中抽象出来，现在我们却认识到，这种抽象既非幸福也非解脱，而是虚无。它带来的是毫无意义的僵化。那些伟大的救世主和导师不过是将我们与生活一刀两断。真是可悲的歧途。

对我们来说，生活已经死了，但是如何才能使它重现生机呢？"知识"毁掉了太阳，把它变成了一个布满斑斑点点的气体之球；"知识"毁掉了月亮，把它说成是一个受天花般的死火山侵蚀的毫无生命的小地球；机器毁掉了地球，把它变成了一个稍微有点儿崎岖不平，但你可以遍地飞驰的平面。我们怎样才能从这一切中找回那些是我们灵魂的天堂的伟大球体，从中获得无限欢愉？我们怎样才能找回阿波罗、阿蒂斯、德墨忒尔、冥后普西尼和冥王狄斯的神殿？怎样才能哪怕看上一眼启明星或者猎户座？

我们必须把它们找回来，因为它们是我们的灵魂，我们的伟大意识栖身的世界。在理性与科学的世界里，月亮是一堆死土，太阳是一个布满斑点的气球。抽象的思想就栖身在这样一个荒凉贫瘠的小世界里。这就是我们那卑微的意识栖身的世界。我们就隔着一段微不足道的距离来认识它。当我们与世界隔离了时，我们就是这样透过万事万物间的微小距离来认识这个世界的。当我们与世界融为一体来认识它时，我们会知道地球是紫蓝色或者深蓝色的，我们会知道月亮是给我们带来了欢乐还是从我们身上偷走了欢乐；我们会知道太阳这头满意地呜呜着的大金狮，是像母狮舔幼崽一样舔着我们使我们勇猛起来，还是像一头愤怒的红雄狮一样张牙舞爪地向我们扑来。有多少种认识事物的方式，就有多少种知识。但是对人类来说，有两种认识的方式，一种是分裂开来认识，这是精神的、理性的、科学的方法；另一种是结合到一起来认识，这是宗教的、诗的方法。基督教流变到新教，终于失去了与宇宙的一致性，失去了肉体、性、情绪和激情与地球、太阳和星星的一体性。

但是关系分为三层：第一层是人与活生生的宇宙的关系；第二层是男女关系；第三层是男子之间的关系。每一层关系都是血的关系，而不仅仅是精神或思想的关系。我们已经把宇宙抽象成了"物"与"力"，把男子女子抽象成了独立的个性——人性是独立的部件，无法组合拢来——所以，这三大关系都是没有血肉的，是死的。

然而，没有哪一种关系比男子与男子之间的关系更死。如果我们深入分析一下现在男子彼此间的感觉，我们会发现每一个男子都觉得任何其他男子是他的威胁。这虽然有些古怪，但是越是看重思想与理念的男子就越觉得另一个男子的身体是对他的威胁，好像会威胁到他们的存在。每一个接近我的男子都会威胁我的存在。不，还不止于此，会威胁到我的整个身心。

这是支撑起我们的文明的丑恶事实。正如一本战争小说的广告所说，这是一部"友谊与希望，烂泥与血"的史诗，其意思当然是说，友谊与希望必然以烂泥与血而告终。

当讨伐性与肉体的庞大十字军在柏拉图的配合下发起猛攻的时候，这是一场为了"理念"、为了与肉体分离的"精神"知识而战的宗教战争。性是伟大的联合者，它发出阵阵巨大而缓慢的震动，暖人心房，使人们幸福地结合在一起。理想主义的哲学与宗教则要置之死地而后快。它们做到了。现在它们已完成了这一使命。友谊与希望最后一次大迸发出来的是烂泥与血。如今人们全是些孤立的小整体。尽管"和善"是现在通行无阻的规则——人人必须"和善"——然而我们却在这"和善"之下发现了一颗非常令人厌倦的冷淡的心、一种无情、一种麻木。人人都是对他人的威胁。

人们只知道彼此间相威胁的一面。个人主义胜利了。如果我只是一个个人，那么任何别人，尤其是任何别的男子，就是我的威胁。这就是我们现在这个社会的独特之处。我们彼此之间都甜蜜到了极点，"善良"到了极点，因为我们彼此之间害怕到了极点。

孤立感和随之来的威胁感与恐惧感是我们与同胞的整体感与集体感的衰弱的必然产物，与此同时，意味着在孤立中生存的个人主义感与个性感则在增强。那些所谓"有文化"的阶级是最先形成"个性"与个人主义，也是最先陷入这种无意识的威胁与恐惧感中的。那种古老的、热情的一体感和整体感在劳动阶级身上则要多保存几十年的时间。随后在他们身上也消失了。后来阶级意识开始猖獗，变成了阶级仇恨。阶级仇恨与阶级意识不过是古老的整体感与古老的热情在崩溃的一个标志，的确，人人都感觉到自己处在隔离之中。然后就出现了相互对立和斗争的集团。内部斗争成了自我维护的一个条件。

这同样是当今社会生活的悲剧。在古老的英国，有一种奇特的血的联系将各个阶级维系在一起。乡绅们可能傲慢、粗暴、专横跋扈，然而他们在某种程度上却和人民是一体的，是同一股血流中的一部分。在笛福和菲尔丁那里我们就感受到这一点。而后来到心胸狭窄的简·奥斯汀那里，这种感觉就消失了。这个老处女已经把"个性"而不是性格当作典型来刻画，她强调的是分离中的敏锐认识，而不是一体中的认识。我觉得她十足地令人不快，正如可以用善良、大度等英语词汇来形容菲尔丁一样,我们同样可以用恶劣、小气、势利来形容她。

在《查泰莱夫人的情人》中我们有一个叫克利福爵士的男子,他纯粹是一种个性,除了那些能为他所用的人之外,他与他的男女同胞完全失去了一切联系。一切温暖全部消失了,家庭是冷冰冰的,人心已非人心。他不仅纯粹是我们的文明的产物,同时也标志着这个世界上伟大人性之死。严格地说来他是仁慈的,但是他不知道温暖的同情心是什么。他就是他。所以他失去了他心爱的女子。

另一个男子则依旧怀有男子的热情,可是他却受到追击和毁灭。就连那个来到他身边的女子是否会忠诚于他和他的生命意义也还成问题。

曾经有人多次问我,我是不是故意让克利福瘫痪,这是否是象征。文学界的朋友们则说,让他当个完整而有性功能的人,但同样让那个女子离开他,这样更好。

至于这种"象征"是不是有意为之,我不知道。在开始构思克利福的时候,我肯定没有这种想法。当我构思克利福和康妮时,我根本就没考虑过他们是什么和为什么。他们就那样自然而然地来了。但是从头到尾写了三遍。但当我读第一稿时,我认识到克利福的瘫痪是一种象征,是大部分属于他那一类型和阶级的人在深层的情感与激情方面的瘫痪的象征。我认识到,通过技巧来使他瘫痪的话,那也许是对康妮不公平的捉弄。这样离开他就把她写得太俗气了。然而故事是这么来的,我就任其自然了。无论我们是不是称其为象征,它都必然会这么发生。

我在小说已经写成将近两年后的今天再写下这些文字,既不是为了解释什么,也不是为了辩护什么,而不过是为了表达我的感情信念,这些也许是这本书必要的背景说明。这本书无疑显得蔑视常规礼教,也许也必要对采取这种蔑视态度的原因做一说明。因为épater le bourgeois[1],或者惊世骇俗的欲念是愚蠢的,因而也不足为虑。如果说我使用了禁忌语,那也事出有因。不使用属于它自己的阳物语言,不使用淫秽的词语,我们永远也别想把阳物事实从"高雅"的泥淖中解救出来。对阳物事实的最大的亵渎莫过于这种"把它拔到一个更高的层面"的做法。同样,如果一位大家闺秀嫁给一个狩猎人(她还没有嫁呢)不是出于对本阶级的仇恨,但至少也是不在乎阶级差异的。

最后提一下,有人给我来信抱怨说,盗印本倒是见过一些,原版却没见过。原版第一次是在佛罗伦萨发行的,是精装本,封面是深紫红色的,上面印着我画的黑色凤凰(这只鸟是不朽的象征,正从火焰中腾空而起),封底上有一道白色的鉴条。纸张精致,是手工压制的米色意大利纸,印刷得虽然好,但算不上精致,装订是在一家佛罗伦萨小店进行的,也很一般。版式设计尽管不是出自专家之手,但比许多

---

[1] 法文:让守旧的庸人惊愕。

– 为《查泰莱夫人的情人》辩护 –

"精致"得多的书籍还要看上去令人愉快。

如果说有许多拼写错误（的确有），那是因为这书是在一家意大利的家庭小书坊中排的版，他们对英文一字不识。因为他们谁也不认识英文，所以就用不着指责他们。校样也很糟糕。印刷工开始几页做得还挺好，做多了就会醉酒。这样文字就会稀奇古怪地跳舞，不能被称为英语了。所以如果错误不少，没有更多的错误就是万幸了。

后来有一家报纸说，这位可怜的印刷商印这本书是受骗上当。根本就没有受骗。印刷商是位小个儿白胡子，刚刚续上一房妻室，有人跟他说：这本英文书里有一些这样这样的文字，写的是那样那样的东西。如果怕惹麻烦就别印的好！"写的什么？"他问。当那人如实相告时，他以佛罗伦萨人满不在乎的口气说："嘀，妈哟！可是我们天天干那个呀！"在他看来，这不过那么回事。既然它既不写政治，又不别有用心，就没什么要想的。全是些平常生活之事。

但是这还真够艰苦，这本书能印出来可谓是奇迹。铅字刚好够排书的一半，于是就将这一半先印一千册，为了谨慎起见，另外两千册印在小开的普通纸上，然后将字模拆下来，排另一部分。

书的发售同样费尽周折。这本书几乎一到美国海关就被扣留。幸运的是在英国还推延了好些时日。所以，实际上整个这一版（至少有八百册）肯定进入了英国。

随后是一片粗鄙的谩骂声，但是谩骂是不可避免的。

"我们天天干这事儿。"那个小个子意大利印刷商说过。"既荒谬又可怕!"英国新闻界有这样耸人听闻地报道。"感谢你终于写了一本真正关于性的书,我对没有性的书厌恶透了。"佛罗伦萨一位最有声望的市民(意大利人)这样对我说。"我不知道——我不知道——它是不是稍微过火了一点儿。"一位胆怯的佛罗伦萨评论家(意大利人)说,"你听,劳伦斯先生,你觉得真的非这样说不可吗?"我告诉他是的,然后他沉思起来。"那么,他们中一个是机灵的色鬼。另一个是性白痴,"有一位美国妇女是这样说书中的两个男子的,"所以我恐怕康妮的选择是错误的——司空见惯!"

图书在版编目（CIP）数据

劳伦斯读书随笔 /（英）D.H.劳伦斯著；陈庆勋译. —北京：商务印书馆，2021
ISBN 978-7-100-20311-1

Ⅰ.①劳⋯　Ⅱ.①D⋯②陈⋯　Ⅲ.①随笔—作品集—英国—现代　Ⅳ.①I561.65

中国版本图书馆 CIP 数据核字（2021）第173743号

权利保留，侵权必究。

劳伦斯读书随笔

〔英〕D. H. 劳伦斯　著
陈庆勋　译

商 务 印 书 馆 出 版
（北京王府井大街36号　邮政编码100710）
商 务 印 书 馆 发 行
山西人民印刷有限责任公司印刷
ISBN 978-7-100-20311-1

2022年1月第1版	开本 787×1092 1/32
2022年1月第1次印刷	印张 11¾

定价：69.00元